나를 탐닉하는 밤에

낙원은 탐정의 부재

사센도 유키 장편소설

김은모 옮김

블루홀6

✦ 도코요 저택 평면도 ✦

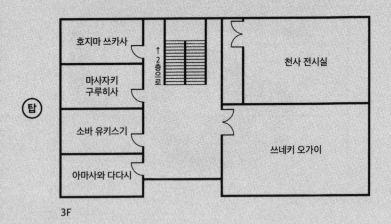

탑

호지마 쓰카사	
마사자키 구루히사	↑2층으로
소바 유키스기	천사 전시실
아마사와 다다시	쓰네키 오가이

3F

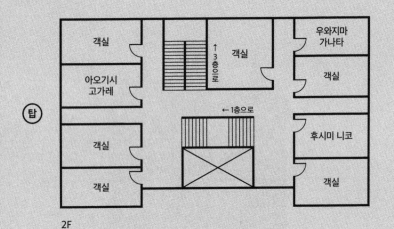

탑

객실		우와지마 가나타
아오기시 고가레	↑3층으로 객실	객실
객실	←1층으로	후시미 니코
객실		객실

2F

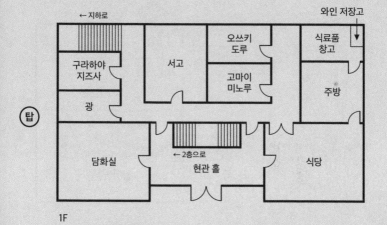

탑

1F

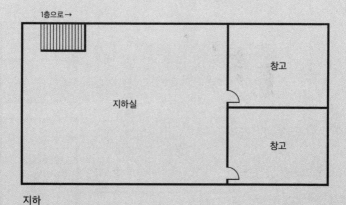

지하

✦ 차례 ✦

제1장

지상 낙원

1

얼굴이 깎여나간 천사들이 잿빛 하늘을 날아간다.

천사는 비가 내리기 전의 하늘을 좋아하는지 천사가 두세 마리 무리 지어 의기양양하게 날아가는 모습을 본 뒤에는 반드시, 라고 해도 될 만큼 자주 비가 내린다.

그렇다면 도코요지마섬에도 곧 비가 내리겠지.

그렇게 생각하자 아오기시는 기분이 한층 침울해졌다. 어제 뱃길로 네 시간이나 걸려 이 섬에 도착한 후로 아오기시는 한숨만 쉬고 있다.

방은 지내기 편하다. 다섯 평쯤 되는 방은 아오기시의 집보다 넓고, 가구도 어지간한 호텔은 상대도 안 될 만큼 호화롭다.

반쯤 덤으로 초대받은 탐정 나부랭이에게도 더할 나위 없이 대접해준다고 할 수 있으리라. 이번에 초대받은 사람은 하나같이 엄청난, 이라는 수식어가 붙을 만큼 유명인이다. 주눅이 드는 건 아니지만, 부자연스럽게 자기가 왜 그사이에 끼어 있느냐는 느낌은 지울 수 없었다.

애당초 여기서 뭘 하는지조차 아오기시에게는 알려주지 않았다. 어떤 달콤한 말에 넘어가서 섬까지 오기는 했지만, 그저 이 저택에서 환대받고 있을 뿐이다. 자세한 설명도 듣지 못하고 창문으로 천사를 바라보고 있자니 묘하게 불안한 기분이 들었다.

대체 무슨 일에 휘말렸는지 상상도 가지 않는다. 어쨌거나 여기는 천사로 가득한 섬이고, 모인 사람들은 일종의 '천사광'이다.

어떤 의미에서는 아오기시도 그중 하나였다.

지금은 오전 6시. 7시 반에 아침 식사를 하기까지 아직 시간이 있다. 그러나 눈은 완전히 말똥말똥해졌다. 하염없이 침대에 누워 시간을 때울 마음도 들지 않았다. 일어나는 편이 나으리라.

아오기시는 가볍게 머리를 긁적이다가 적당히 몸단장을 하고 방을 나섰다.

수건이 과하게 부드러워 얼굴에 들러붙듯 휘감기던 감촉이 가시지 않는다. 잘 닦아놓은 거울에 비친, 시원찮은 자신의 모습도 눈에 새겨져 있다. 30대 후반치고는 이미 수명이

다된 것 같은 얼굴. 후줄근한 양복도 한몫해 전체적으로 너저분하다. 이대로 주변을 어슬렁거리고 있으면 천사가 데리러 와주지 않을까.

몹시 긴 복도를 걷고 있는데 뒤에서 누가 말을 걸었다.

"안녕하세요, 아오기시 님. 일찍 일어나셨군요. 불편한 점은 없으셨는지요."

돌아보자 저택 메이드인 구라하야 지즈사가 서 있었다.

저택 주인 쓰네키 오가이의 취향인지, 구라하야의 복장은 여간해서는 찾아보기 힘든 고전적인 메이드복이었다. 발목까지 내려오는 긴 치마를 보고 아오기시는 무심코 치마 속에 무기라도 숨겨놓지 않았을지 의심했다. 직업병이라고는 하지만 긴 치마에서 무기를 연상하다니 고상하지 못하다.

"딱히는. 여기, 정말로 셋이서 꾸려나가는 건가? 웬만한 호텔보다 훨씬 관리가 잘 되어 있는데."

"청소며 세탁이며 힘든 일은 대부분 기계의 힘을 빌리고 있고……무엇보다 여기는,"

거기서 구라하야가 말을 끊고 창밖에 눈길을 주었다. 아름다운 바다 경치 속을 날아다니는 천사 두세 마리가 보였다. 잠시 후 구라하야가 웃는 얼굴로 말했다.

"이 세상의 낙원, 도코요지마섬이니까요."

"……낙원이라. 확실히 천사가 많군. 먹이를 주면 비둘기처럼 몰려올 것 같아."

"원하신다면 각설탕을 가져오겠습니다. 두세 개만 던져도 아오기시 님 말씀대로 천사들이 모여들 거예요."

"아니, 됐어."

인상이 말쑥한 메이드가 웃음을 유지한 채 고개 숙여 인사하는 걸 보고, 아오기시는 웬일로 반성했다.

돌아갈 배는 나흘 후에야 오는데, 자신의 기분이 언짢다는 이유로 이곳 분위기를 망쳐서는 안 된다. 이유야 어떻든 이섬에 오기로 결정한 건 아오기시 본인이다. 언제까지고 침울하게 지낼 수는 없다.

계단을 내려가 별생각 없이 담화실로 향했다. 거기에 무료로 사용할 수 있는 음료 서버가 있었을 것이다.

구시대적인 저택에는 어울리지 않는 설비지만, 이런 부분을 편리하게 현대화해놓은 건 고맙다. 도코요 저택의 담화실은 예스러운 쉼터라기보다 공항 라운지 같은 인상이었다. 거기라면 아침 식사 시간까지 적당하게 시간을 때울 수 있으리라.

하지만 그곳에는 선객이 있었다. 그것도 아오기시가 별로 만나고 싶지 않은 선객이었다.

담화실 의자에는 척 보기에도 고급스럽게 느껴지는 양복을 차려입은 50세 전후의 남자가 앉아 있었다. 희끗희끗한

머리를 단정하게 빗어넘긴 남자는 이목구비가 반듯하니, 정체를 모르면 무슨 배우같이 보이리라. 다른 사람의 시선을 받는 데 익숙한 사람임을 누구나 한눈에 알아볼 만한 모양새다. 그는 김이 피어오르는 커피를 마시며 우아하게 책을 읽고 있었다.

알밉게도 외국 원서를 읽고 있어서 정확한 제목은 알 수 없었다. 읽을 수 있는 건 참으로 이 섬에 어울리는 'Heaven'이라는 단어뿐이었다.

"아아, 좋은 아침입니다. 아오기시 씨."

이 시간이라면 대단한 양반들하고는 마주치지 않을 줄 알았는데, 하필이면 제일 만나고 싶지 않은 사람과 마주치고 말았다. 남자는 표정이 굳은 아오기시에게 싹싹하게 다가왔다.

"이야, 좀 더 빨리 인사드리고 싶었는데 타이밍을 놓쳤군요. 도코요지마섬에 오신 걸 환영합니다. 뭐, 제 섬은 아니지만요. 만나서 기쁩니다, 명탐정님."

"……별말씀을."

"저는 천국 연구가 아마사와 다다시라고 합니다. 인연이 생겨서 기쁘네요."

자기소개를 하지 않아도 알고 있었다. 요즘은 아마사와의 이름을 모르기가 더 어렵다. 텔레비전에서든 서점에서든 아마사와 다다시의 자신감 넘치는 얼굴을 볼 수 있으니까.

그는 이 나라에서 천사 연구의 제일선에 서 있는, 그 분야의 일인자다. 천사에 얽힌 단어는 전부 이 수상쩍은 전문가가 만들었다고 하니, 그 영향력은 막강하다. 이 섬에 온 권력자들 가운데서도 한층 좋아할 수 없는 상대였다. 아오기시도 마지못해 인사했다.

"……반갑습니다, 아오기시 고가레입니다."

"대단하십니다. 수많은 사건을 해결하셨다고 들었어요. 동경심이 샘솟네요. 저도 어렸을 적에는 셜록 홈스에 푹 빠져 살았습니다. 좋군요, 정의의 사도라는 느낌이라."

무신경하게 던진 말에 약간 반응할 뻔했다. 간신히 마음을 추스르고 겸손을 떨었다.

"……제가 뭐 그리 대단하다고요. 무엇보다 이제 탐정은……."

"그럴까요. 바로 지금 같은 세상이기에 탐정이라는 직업이 특별한 역할을 수행해야 한다고는 생각지 않으십니까?"

"특별한 역할이라니요?"

"천사의 힘이 미치지 않는 부분을 해결하는 것 말입니다."

서글서글한 표정으로 늘어놓는 아마사와의 말에 구체성은 눈곱만큼도 없다. 그저 인사를 나누는 김에 말해본 것뿐이리라.

실제로 탐정이 맡을 역할은 없다. 남은 것이라고는 불륜 조사나 반려동물 찾기, 그리고 사건 뒤처리 정도다.

정의의 사도로서 탐정이 할 일은 이 세상에 거의 남아 있지 않다.

2

5년 전에 발생한 '강림'은 세상을 완전히 뒤바꾸었다.

어디서 그 일이 제일 먼저 일어났는지는 정확하지 않다. 강림에 필요한 비극의 무대는 전 세계에 수두룩하게 준비되어 있었기 때문이다.

그러니 여기서는 제일 유명한 사례를 언급하도록 하겠다.

어느 나라에서 발생한 국왕군의 마을 주민 학살이다.

그 나라에는 예전부터 독재적인 성격의 왕과 압정에 시달리는 국민이라는, 흔하면서도 불행한 구도가 존재했다. 권력자의 심기가 불편하면 죽는다. 단순하기에 최악인 지옥. 마을 사람들은 그런 지옥에 떨어졌다. 그 마을이 왜 숙청의 대상이 됐는지는 아무도 기억하지 못한다. 분명 변변치 않은 이유였을 것이다.

구체적인 이유가 없기에 끝나지 않는 학살은 많은 희생자를 낳았다. 총을 든 병사들이 무기도 없는 마을 주민들을 쫓아가 무덤덤하게 쏘아 죽였다.

그리고 한 병사가 쏜 총알이 도망치는 마을 주민을 꿰뚫었을 때, 하늘에서 빛줄기가 내려왔다.

흐린 하늘을 가르는 그 빛을 보고 모두가 할 말을 잃었다고 한다. 어두침침하니 흐린 날씨 속에서 그것은 무엇보다도 환상적인 광경이었을 것이다. 그동안에도 쓰러진 마을 주민들의 피는 땅을 붉게 물들였고 다리에 총을 맞은 아이가 고통에 겨워 땅을 벅벅 긁었지만, 그런 줄도 모를 만큼 그 광경은 충격적이었다. 방금까지 우왕좌왕 도망치던 마을 주민들마저 발을 멈추고 하늘을 올려다보았다.

동시에 빛줄기에서 천사들이 튀어나왔다.

천사는 흡사 짐승 같은 몸놀림으로 병사에게 덤벼들어 움직임을 봉쇄했다. 지금과 다름없는 천사의 생김새는 평소 인간이 상상했던 것보다 훨씬 괴물 같았으므로, 습격당한 쪽은 기괴한 원숭이에게 붙잡혔다고 생각했을지도 모른다.

병사를 제압한 천사가 탁한 빛깔의 날개를 펼쳤다. 그 순간, 병사의 발밑이 붉은색으로 환히 빛나기 시작했다.

살이 타는 냄새가 점점 주변에 퍼져 나갔다. 활활 타는 땅에 짓눌린 병사가 몸부림을 쳤지만, 천사의 손에서는 벗어날 수 없었다. 잠시 후 불타는 땅에서도 천사가 얼굴을 내밀고 손을 뻗었다. 병사는 고작 몇 초 만에 화염이 일렁이는 땅으로 끌려 들어갔다. 귀를 막고 싶을 만큼 끔찍한 단말마의 비명이 울려 퍼졌다.

그런 광경이 여기저기서 눈에 들어왔다. 총을 들고 있던 병사들은 천사에게 붙잡혀 어딘지도 모르는 화염의 늪 속으로 가라앉았다. 인간의 목소리가 아닌 것 같은 절규와 귀에 거슬리는 천사의 날갯소리가 사방에 울렸다.

주변이 조용해졌을 무렵 병사들의 모습은 싹 사라지고 없었다. 마을 주민을 쏘기를 망설였던 병사 몇 명만 남아, 눈 앞에 펼쳐진 광경과 머리 위를 날아다니는 천사들을 겁에 질린 표정으로 바라보았다. 그들은 자신들이 왜 습격당하지 않았는지, 그 이유를 아직 몰랐다.

마을 주민들은 그로테스크하고 기괴한 천사들에게 감사의 기도를 올렸지만, 천사들은 그리 기뻐하는 낌새도 없이 그저 피 냄새가 풍기는 곳을 빙빙 맴돌았다.

비슷한 일이 세계 각지에서 발생했다. 인간을 두 명 이상 죽인 자는 빠짐없이 지옥에 떨어졌다.

이것이 세상을 뒤바꾼 '강림'이다.

천사는 인간의 기대를 절반은 이루어주고, 절반은 배신하는 모습으로 강림했다.

천사는 인간의 상상처럼 날개를 가지고 있었지만, 조류처럼 깃털이 빽빽이 덮여 있는 게 아니라 뼈대가 불거진 잿빛 날개였다. 그 시점에서 인간은 그 모습에 묘한 혐오감을 느꼈다. 거무죽죽한 혈관이 비쳐 보이는 형상은 박쥐 날개와 비슷했다.

뼈대가 불거진 날개는 팔다리가 이상하게 길쭉한 잿빛 몸통에 연결되어 있었다. 호리호리하니 인간과 비슷한 구조지만 성별을 구분할 수 없는 몸통에는 어째선지 늘 서리가 내렸다.

천사의 외관에서 제일 두드러지는 특징을 뽑자면 역시 얼굴이리라.

천사의 얼굴은 대패로 깎은 듯이 평평해서 표정은커녕 눈코입도 존재하지 않았다. 표면은 거울처럼 맑지만 아무것도 비치지 않고 빛조차 반사되지 않는다. 만지면 딱딱한 감촉의 얼굴은 무슨 도구를 사용하든 흠집 하나 나지 않았다.

천사는 자칫하면 악마가 연상될 것처럼 생겼다. 하지만 이 생물을 관측한 인간은 하나같이 이것을 '천사'라고 불렀다.

그딴 게 천사일 리 없다고 울분을 못 참겠다는 듯 화내던 사람들도 실제로 그것을 보면 어째선지 천사라고 부른다. 뱀을 뱀이라고밖에 부를 수 없듯이, 천사는 천사라고밖에 부를 수 없었다. 강한 반감을 품고 있던 사람들도 어쩔 수 없이 이

새로운 천사를 받아들였다.

그리하여 구부정한 모습으로 하늘을 날아다니는 이 '천사'는 기존의 이미지와 동떨어졌음에도 금방 그 지위를 확립했다.

천사의 성질은 순식간에 세상을 바꾸었다.

천사가 살인자를 지옥으로 떨어뜨리는 장면을 본 사람은 아주 조심스러워졌다. 동시다발적으로 일어난 심판과 나타나지 않는 곳이 없는 천사를 보면, 아무리 어리석은 자라도 규칙을 파악할 수 있었기 때문이다.

한 명은 죽여도 지옥에 떨어지지 않지만, 두 명을 죽이면 지옥행이라는 규칙을.

왜 한 명은 되고 두 명은 안 되는가. 왜 하필 그날 강림했는가. 죄인이 끌려가는 지옥에는 뭐가 기다리고 있는가. 의문은 끊이지 않았지만 인간이 할 수 있는 일은 하나뿐이었다. 이해하고 받아들이는 것이다.

즉시 각 보도기관에서 천사의 존재를 알렸고, 한참 늦게서야 정부가 천사에 관한 예상 정보를 전파했다. 천사가 전염병의 숙주일 가능성과 사람을 해칠 가능성 등이 제시돼 각국에서는 한동안 외출 금지령이 발령됐다.

하지만 그런 걱정은 쓸모없었다. 천사는 병을 옮기지도, 사람을 해치지도 않았다. 그저 인간들이 만든 문명 세계 사이를 둥실둥실 날아다닐 뿐이다. 그들이 부여한 것은 규칙뿐. 한 명은 괜찮지만 두 명을 죽이면 지옥행. 지옥이 얼마나 무자비한지는 산 채로 불태워지는 죄인들이 내지르는 끔찍한 단말마의 비명이 알려주었다.

전 세계가 공황 상태에 빠졌고 특히 의료 분야에서는 더욱 혼란을 보였다. 두 명을 죽이면 지옥행인데, 수술 중에 환자가 죽으면 어떻게 되느냐는 것이다. 아무리 유능한 의사일지언정 생명을 구하지 못할 때도 있다. 그들은 완전무결하지 못하다는 이유로 심판을 받아야 하는 걸까?

이 의문에 응답한 것은 어떤 특수한 천사인데, 이는 별개의 이야기이므로 일단 제쳐놓겠다.

강림이 일어났을 무렵, 아오기시는 한 연쇄살인범을 쫓고 있었다.

범인은 연달아 젊은 여성을 덮쳐서 숨통을 찢고, 거기에 소지품을 채워 넣는 잔인한 방법을 사용해 세간의 이목을 끌고 싶어 했다. 자신의 범행을 알리는 도발적인 편지를 보내 경찰과 매스컴을 자극하기도 했다. 전형적인 극장형 범죄다. 아오기시는 집요한 탐문을 거듭해 범인에게 들키지 않고 착실하게 그의 그림자를 따라갔다.

아오기시가 처음으로 천사를 본 것은, 이렇듯 분주하게 증거를 수집하던 어느 날 오후였다.

범인이 사용한 군용칼의 출처를 알아낼 수 있을지도 몰라서 판매점으로 향하는 길이었다. 칼에 사용된 특별한 연마제는 범인이 남긴 얼마 안 되는 단서다. 이것만 있으면 종적이 막연한 범인에게 한 발짝 다가갈 수 있을지도 모른다. 그런 생각을 하며 헐레벌떡 걷고 있을 때였다.

천사 한 마리가 아오기시의 머리 위를 가로질렀다.

천사는 눈코입이 없는 얼굴을 아오기시에게 돌리더니, 그 자리를 몇 번 맴돌았다. 2미터 정도로 천사치고는 작은 개체였지만, 기가 죽은 아오기시는 뒷걸음으로 근처 벽에 기대어 '그것'을 올려다보았다.

신을 믿은 적도 없거니와 성서 내용조차 모른다. 새전은 신사 입장료라고 생각했고, 무덤조차 단순한 돌로만 여겼다.

그러나 다른 사람들과 마찬가지로 아오기시도 어김없이 그것을 천사로 인식했다.

어린아이가 서투르게 만든 철사 세공품처럼 생긴 천사는, 아오기시도 느낄 수 있을 만큼 성스러웠던 것이다.

아오기시의 반응에 만족했는지 잠시 후 천사는 날아갔다.

아오기시는 한동안 꼼짝도 하지 못하고 한없이 푸른 하늘을 가만히 바라보았다.

아오기시가 쫓던 연쇄살인범은 강림 이후 범행을 멈췄다.

무리도 아니다. 두 명을 죽이면 지옥에 떨어진다는 규칙은 연쇄살인범과 상성이 좋지 않다. 경찰과 매스컴에 편지도 보내지 않게 됐고, 결국 사건은 조용히 종결됐다. 살인에서 손을 뗀 범인의 행방은 영원히 묘연해졌다.

살인범의 흉악한 범죄를 멈춘 건 탐정이 아니라 지옥이었다. 지옥에 떨어지고 싶은 사람은 아무도 없다. 산 채로 지옥의 업화에 불타는 건 체포되는 것보다 훨씬 무섭다. 이리하여 인간이 살인에서 손을 뗀다면, 신의 안배는 굉장하다고 할 수 있겠다. 카인과 아벨의 비극으로부터 기나긴 시간이 흐른 후, 신이 드디어 무거운 몸을 일으켜 행동에 나선 것이다.

몇 번이고 그렇게 자신을 다독였지만 아오기시는 피폐해졌다.

제 한 몸 지키기 위해 살인에서 손을 뗀 범인은 이 세상 어딘가에서 벌을 받고 있을까. 아니면 개심한 것으로 간주되어 무사히 천국행을 허락받았을까. 그 의문의 해답조차 아오기시로서는 알 수 없다.

강림 이후 탐정의 존재의의는 사라졌다. 적어도 아오기시 생각은 그랬다. 탐정이 죽을힘을 다해 사건을 해결한들, 그런 노력은 범죄를 없애는 데 일조하지 못했다.

반면 지옥의 존재는 어떤가. 지옥은 탐정보다 훨씬 직접적으로 연쇄살인을 줄였다. 자신이 쫓고 있던 살인범의 사례도 있고 하여, 그 사실은 아오기시에게 견딜 수 없는 무력감을 안겼다.

그래서 강림 직후에 아오기시는 그렇게까지 피폐해진 것이다.

"너무 시무룩해하지 마세요, 아오기시 씨."

그런 아오기시를 묘하게 밝은 목소리로 격려한 남자가 있었다.

기분이 언짢은 아오기시를 달랜 후, 아카기 스바루는 만사태평한 고양이 같은 얼굴로 말을 이었다.

"범인을 못 잡아서 이렇게 풀이 죽은 거죠?"

"그런 게 아니야. 복장이 뒤집혀서 그래. 놈이 무슨 짓을 저질렀는지 알잖아. 하지만 강림 이전에 저지른 짓이라면 몇 명을 죽인들 심판받지 않아. 그런 악인이 지옥에 떨어지지 않고 삶을 누리고 있단 말이야. 이런 세상에서 시무룩하지 않을 수 있겠냐."

"무슨 말씀이세요. 우리는 정의의 사도잖아요. 이런 세상에서도 해야 할 일은 많죠. 우리는 그걸 하면 돼요. 차에 치일 뻔한 아이를 몸을 던져 구한다거나."

그 목소리를 떠올린 순간 심장이 크게 뛰고 머리 가장자리가 지끈지끈 아팠다.

머릿속에 깃든 부하의 말을, 고개를 휘휘 내저어 억지로 떨쳐냈다.

그로부터 5년이나 지났고 여기는 멀리 떨어진 섬에 있는 저택의 담화실이다. 회상에 잠길 만한 곳이 아니다. 게다가 타이밍도 좋지 않다. 아오기시가 갑자기 깊은 생각에 빠진 듯한 표정을 짓자 아마사와는 놀랐다기보다 뜨악한 기색이었다.

"실례했습니다. 편두통이 심해서요."

"······그것참, 고생이시군요."

아마사와에게 나쁜 인상을 준 기분이 들지만 딱히 상관없었다. 어차피 마음에 안 드는 상대다. 이 섬을 떠나면 만날 일도 없다.

거북한 침묵을 견디며 커피를 홀짝홀짝 마시고 있는데 누군가 담화실에 들어왔다.

창백하고 신경질적으로 생긴 얼굴. 긴 머리를 묶지도 않고 내버려둔 건, 외부와의 접촉을 거부하고 있기 때문일까. 쓰네키의 주치의임을 나타내기 위해 남자는 늘 흰 가운 차림으로 다닌다.

이 섬에서 얼굴을 마주하는 건 처음이지만 아오기시는 이 남자의 이름을 안다. 이름을 아는 정도가 아니라 몇 번이나 만난 적이 있어서 그가 이제 잔에 무슨 음료를 따를지도 짐작이 간다. 우롱차다. 맞았다.

우와지마 가나타는 아오기시가 있다는 걸 알아차리자마자 못마땅하다는 듯 인상을 찌푸리고 고개를 홱 돌렸다. 그 모습을 보고 뭔가 한마디 듣기 전에 일어섰다. 두 사람이 마주쳤을 때는 아오기시가 떠난다. 그건 아오기시가 멋대로 정한 규칙이었다. 남은 커피를 들이마시고 잔을 치운 후 담화실을 나섰다.

우와지마가 아오기시와 친근하게 이야기를 나눈 건 아오기시 탐정사무소가 아직 붕괴하지 않았던 시절의 일이다. 아오기시가 어엿한 탐정이었던 시절로 지금과는 상황이 전혀 다르다.

우와지마는 여태 아오기시를 용서하지 않은 것이다.

당연하다. 아오기시에게는 미움받을 만한 이유가 있다. 아무리 뉘우치고 후회한들 어지간한 일이 일어나지 않는 한, 이 골은 메워지지 않으리라.

3

쓰네키 오가이는 담배를 피우지 않으므로 흡연실은 저택 밖에 설치되어 있다. 찌뿌드드하게 흐린 아침에 밖으로 나가려니 내키지 않았지만, 담화실에서 쫓겨난 아오기시가 갈 곳이라고는 흡연실 정도였다.

현관 홀을 지나 밖으로 나와서 조금만 걸으면 '기상탑'이 나온다. 중세 양식의 돌탑은 등대처럼 보이지만, 진짜 등대는 선착장 근처에 있는 것으로 보아 여기는 이름 그대로 날씨 관측에만 사용했던 듯하다.

지금은 그 탑의 1층을 흡연실로 사용하니까 날씨 관측용이라는 존재의의는 더더욱 희미해졌다. 탑 꼭대기는 탁 트인 전망대지만 굳이 올라가고 싶지는 않았다. 새 담뱃갑을 뜯으면서 탑으로 가서 무거운 나무문을 열었다. 그러자 또 선객이 있었다.

"어, 안녕하세요."

아오기시 또래로 보이는 남자가 잠옷 차림으로 인사했다. 빤히 바라보는 걸 알아차렸는지 "복장을 갖추기 전에 니코틴을 공급해야 하는 체질이라서요" 하고 변명했다.

칠칠치 못한 인상인데 머리만큼은 깔끔하게 빗질한 것이 불균형적이다. 멀끔하게 차려입으면 인상은 분명 딴판으로 바뀔 것이다. 외모를 꾸며야 하는 직업 중에 여기에 있을 사람 하면.

"……아아, 당신 기자인가?"

"맞습니다. 기자 호지마입니다. 기억하실 줄이야."

일부러 선택한 듯한 존댓말로 말하며 호지마는 빙긋 웃었다.

"섬에는 친하게 지내는 기자도 부를 거야" 하고 쓰네키가 말했다. 아마 호지마가 그 기자이리라. 솔직히 기자로서 그렇게까지 유능해 보이지는 않는다. 여우같이 생긴 눈과 야무지지 못하게 벌어진 입매에는 싹싹한 인상이 없지도 않지만.

"어, 그쪽은……."

"아오기시 고가레. 탐정이야."

"우와, 탐정이라고요! 쓰네키 씨도 취향이 제법 괜찮으시군. 섬이니 저택이니 하는 곳에 탐정은 으레 따르기 마련이니까요. 그렇다면 정원 은둔자가 아닌 저택 탐정……아, 그건 보통인가."

"정원 은둔자라니, 그건 뭐지?"

"중세의 풍습입니다. 정원에 작은 오두막을 짓고 사람을 살게 하는 거죠. 오두막을 제공받는 대신 정원에 사는 은둔자처럼 행동하며 가끔 고매하신 말씀을 하는 거예요. 뭐, 살아 있는 장식품이라고나 할까요."

호지마는 거기까지 말을 술술 늘어놓고 나서야 실례임을 알아차린 것 같았다. 입을 틀어막듯 담배를 물었다. 하지만 지금 세상에서 탐정의 역할이 얼마나 축소됐는지 생각하면, 날카로운 지적이라고도 할 수 있었다. 저택을 치장하는 살아 있는 장식품 역할이 탐정에게는 딱 어울릴지도 모른다.

아오기시는 작게 한숨을 내쉬고 나서 물었다.

"호지마 씨, 여기에는 뭘 하러 왔지?"

기자를 불렀으니 그에 어울리는 역할을 맡지 않았을까 싶었다. 하지만 호지마는 여전히 웃음을 머금은 얼굴로 대답했다.

"별다른 이유는 없습니다. 그냥 쓰네키 씨가 호의로 초청해주셨을 뿐이에요. 박봉의 기자를 리조트에 불러서 데리고 노는 기분이겠죠. 뭐, 어차피 이번에도 천사 일색인 쓰네키 씨의 취미 생활에 어울려줘야겠지만요. 질리지도 않나 봅니다. 천사에 관련된 것이라면 돈을 아낌없이 쓴다니까요."

"그렇군……"

자기도 모르게 낙담 어린 말이 새어 나왔다. 확실히 도코요지마섬에는 타의 추종을 불허할 만큼 천사 관련 자료가 잘 갖추어져 있고, 천사가 이렇게 많이 모이는 곳도 달리 없다는 모양이다. 하지만 굳이 그걸 보여주기 위해 아오기시를 부른 건 아니리라. 그 정도만으로는 결코 아오기시의 목적을 이룰 수 없다. 석연치 않은 표정을 짓자 호지마가 생각난 것처럼 "아, 하지만 오늘 밤은 조금 특별한 이벤트가 있다나" 하고 말했다.

"특별한 이벤트? 뭘 하는데?"

"구체적인 이야기는 못 들었습니다. 꽁꽁 숨겨놨다가 초대손님을 놀라게 하는 게 쓰네키 씨의 방식이거든요."

놀라움을 주고 싶어서 그런 것만은 아니리라고 아오기시는 생각했다. 입이 아주 가벼워 보이는 이 남자에게 말하면 이벤트 내용을 모두에게 떠들고 다닐 것 같았다.

"궁금합니까? 혹시 아오기시 씨도 그런 걸 좋아한다든가?"

"아니야."

말이 끝나기가 무섭게 부정했지만, 호지마는 기분 나쁘게 히죽거리는 웃음을 지었다.

"뭔지는 모르지만 '천사식'이라면 저는 도망칠 겁니다. 아오기시 씨는 괴식도 괜찮습니까?"

"괜찮기는. 그거라면 무조건 거절할 거야."

아오기시는 진저리난다는 얼굴로 그렇게 대꾸했다. 피우고 있는 담배가 몹시 맛없게 느껴졌다.

갖가지 사정을 이해하고 천사가 있는 세상에 순응한 후,

인간은 순식간에 불손한 쪽으로 관심을 돌렸다.

무모하고 저돌적인 인간과 호기심이 폭발한 학자들이 천사를 포획하기 시작한 것이다.

천사를 붙잡는 건 거리를 헤집고 다니는 까마귀를 붙잡기보다 쉬웠다. 해파리처럼 둥둥 떠다니는 개체에 덤벼들어 날개와 팔다리를 묶으면 그만이다. 인간을 지옥에 떨어뜨릴 때는 그렇게 강력한 힘을 발휘하건만 죄 없는 인간 앞에서 천사는 어처구니없을 만큼 약했다.

이리하여 천사는 해부됐다.

해부와 함께 다양한 연구가 진행돼 뼈와 근육은 인간, 피부는 파충류와 비슷하다는 사실이 밝혀졌고, 제일 으스스한 날개는 정체 모를 물질로 구성되었음이 확인됐으며, 얼굴이 평평한 작은 머리에는 뇌가 없다는 사실이 드러났다. 서리가 내린 몸에 흐르는 피는 미지근하고 붉었다. 하지만 인간의 호기심이 그 정도로 끝날 리 없다.

천사를 제일 먼저 죽인 사람은 누구였을까. 공식적으로 인정받은 건 어느 대학의 생물학 교수지만 정확하게는 모른다. 천사한테는 죽은 후 서서히 잿빛 모래로 변하는 기묘한 성질이 있는데, 거리에는 죽은 지 얼마 되지 않아 형태가 남아 있는 천사의 주검도, 바람에 휘말린 잿빛 모래도 얼마든지 있었다. 희미하기는 하지만 천사가 남긴 혈흔도 발자국처럼 남아 있었다. 더구나 천사가 강림한 후 새로운 세상의 여명기에는 천사를 없애려고 시도한 사람도 많았다. 천사는 각지에서 죽었다. 그러므로 천사를 죽여도 아무 일 없지 않나 싶기는 했다.

그래도 공식적으로는 최초로 천사를 죽일 때, 교수 주변에는 아무도 다가가지 않았다.

교수는 첫 번째 천사에게 약물을 투여해 죽음으로 이끌었지만 어떤 천벌도 받지 않았다.

두 번째 천사는 목을 절단해 죽음으로 이끌었지만 아무 천벌도 받지 않았다. 세 번째 천사는 목을 졸랐지만 이때는 좀처럼 죽지 않았다. 목뼈가 부러지고서야 겨우 그 개체도 죽었다. 역시 천벌을 받지 않았다.

그날 교수가 죽인 천사는 열여덟 마리에 달했으나 그는 지옥으로 끌려가지 않았다. 천사를 두 마리 이상 죽여도 지옥에는 떨어지지 않는 모양이다.

이리하여 천사를 죽이기는 간단하고 천벌도 받지 않는다는 사실을 알았지만 그렇다고 뭐가 달라지는 것은 아니었다. 천사를 죽여도 그들은 어디선가 난데없이 나타났고, 시체는 시간이 흐르면 단순한 모래로 변했다. 이렇게 죽이는 의미가 없는 생물은 또 없었고 애당초 이것이 생물인지도 의심스러웠다.

인간을 심판하는 천사에게 쌓인 울분을 죽이는 것으로 풀려고 해도 천사는 반응이 너무 시원찮았다. 그들은 상처를 입어도 기껏해야 몸을 움찔하는 정도라 재미가 없었다. 만약 천사의 얼굴이 인간과 비슷하고 표정이 조금이라도 달라졌다면 이렇게 되지는 않았으리라.

그러고 나서 새로이 알아낸 사실이라고 하면 천사가 희한하게 설탕을 좋아해서 인간이 각설탕을 뿌리면 우르르 몰려들어 평평한 얼굴을 이리저리 문댄다는 것 정도일까. 천사의 겉모습은 하나도 귀엽지 않으므로 아무 소득도 없는 발견이었다. 반려동물로 기르려 해도 천사가 개나 고양이보다 나은 구석이 없었다.

강림 이후 천사에게 뭔가를 계속 빼앗겨온 인간은 천사를 효과적으로 활용하는 방법을 고안함으로써 복수할 수 있다고 믿었다.

포획한 천사를 먹는 '천사식'은 그런 활용 방법 중 하나였다.

"천사식은 아직 세간에서 변태 같은 취미로 보고 있으니, 쓰네키 씨의 '특별한 이벤트'답지 않습니까?"

호지마는 능글맞게 웃으며 말했다.

그의 말대로 천사를 먹는다는 행위에 거부감을 느끼는 사람은 많다. 천사를 먹고 지옥에 떨어진 사례는 없지만 어쩐지 기피하게 되는 것이다. 먹기에는 인간의 모습과 너무 비슷하거니와 시각적으로 식욕을 돋우는 생김새도 아니다. 덧붙여 그렇게 맛있지 않다고 들었다.

"천사는 더럽게 맛없잖아. 무엇보다 그렇게 기분 나쁜 걸 먹을 마음은 없어."

"그렇죠. 저도 사양입니다."

호지마가 우웩, 하며 짐짓 혀를 쑥 내밀었다. 과장된 반응도 그렇고 이 기자 또한 신뢰할 수 없을 것 같았다. 하지만 그도 쓰네키 오가이가 직접 부른 손님이다. 실은 우수한 사람인 걸까.

"그래도 이번에는 쓰네키 씨가 자신 있게 잘나가는 양반들을 부르겠다고 해서 저도 기대하고 왔습니다."

"도코요지마섬에서 이런⋯⋯회합 같은 걸 여러 번 가졌나 보지?"

"네, 그야 뭐, 제법 많이."

고개를 끄덕이며 의미심장하게 말한 호지마가 담배를 벽에 눌러서 껐다. 벽에는 담뱃불에 눌은 자국이 헤아릴 수 없이 많이 남아 있었다. 호지마는 몇 번이나 여기에 온 것이다.

"그런데 아오기시 씨는 왜 여기 왔습니까? 혹시 아마사와 선생님과 친분이 있다든가? 아니면 국회의원 마사자키 씨

36

하고?"

"나도 쓰네키 씨한테 직접 초청받았어."

"이야, 그분이. 왜요?"

"어쩌다 보니. 쓰네키 씨가 내게 의뢰를 했지."

4

쓰네키 오가이의 의뢰는 파격적이었다.

강림이 발생하고 5년이 지나자 아오기시 탐정사무소는 완전히 쪼그라들었다. 소속 직원도 이제 아오기시밖에 없다. 쓸쓸한 곳이다. 의뢰를 받는 빈도도 그때그때 달랐다. 먹고살 만큼만 일하고 나머지는 거절한다. 그렇게 들쭉날쭉 일하는 탐정에게 변변한 의뢰가 들어올 리 없다.

그런 아오기시 탐정사무소에 쓰네키는 어마어마한 보수를 제시했다. 일찍이 번성했던 사무소이기도 하고, 지금은 흥신소 일을 맡는 곳 자체가 적다. 그래도 시세보다 훨씬 높았다.

"나는 쓰네키 오가이요. 댁이 아오기시 고가레 씨인가."

사무소를 찾아온 쓰네키는 그렇게 말하고 우아하게 고개를 꾸벅했다. 양복 밑에는 방탄조끼고 방검복이고 아무것도 입지 않은 것처럼 보였다. 세상이 변하고 나서 평화로워졌다고 백 퍼센트 믿는 건지 경호원조차 데리고 오지 않았다.

곧 예순다섯 살이 되는 나이인데도 쓰네키는 아주 젊고 활기차 보였다. 그는 유명한 술집 프랜차이즈를 비롯해 요식업 분야에서 이름을 날리는 일대 사업가다. 늘 남의 위에 서서 살아온 인생은 허울이 아니었던 듯하다. 태도는 부드럽지만 묘하게 날카로운 눈빛에서는 끝 모를 깊이가 느껴졌다.

"……네, 맞습니다. 무슨 일로 오셨습니까?"

"날 쫓아다니는 사람이 누구인지 밝혀내 주길 바라네."

쓰네키는 아주 진지한 표정으로 말했다. 흡사 갱스터 영화의 등장인물이다.

"혹시 위해를 가했다면 저보다는 경찰이 나을 텐데요."

"아직 위해를 가하는 단계까지는 가지 않았어. 아오기시 씨도 이 단계에서 경찰이 얼마나 무능한지는 잘 알 테지."

확실히 그냥 누가 미행한다는 이유로 경찰이 나서는 일은 거의 없다. 그래도 쓰네키 정도 지위와 권력이 있는 사람이라면 얼마든지 손을 쓸 수 있을 것 같기는 하다. 그런데도 굳이 아오기시를 찾아와서 부탁하다니 수상쩍다면 수상쩍다.

"사업을 하다 보면 신뢰할 수 있느냐 없느냐를 가늠하는 것이 제일 중요해."

의혹이 깊어지는 가운데 쓰네키가 조용히 말했다.

"나는 아오기시 씨를 믿어. 그래서 부탁하고 싶은 거야."

그리하여 아오기시는 쓰네키의 의뢰를 받아들였다.

쓰네키를 미행하는 사람과 마찬가지로 쓰네키의 뒤를 밟아 동업자를 찾아내기로 했다.

미행자 중 한 명은 비교적 간단히 찾아냈다. 옛날에 이 일대에서 유명했던 신문기자 출신 공갈꾼이었다. 분명 아무 근거도 없이 적당한 가십거리를 찾고 있던 것이리라. 눈에 거슬리기는 하지만 한 달쯤 지나면 다음 목표물로 옮겨갈 것이다.

이쯤에서 조사를 마치려던 차에 아오기시는 다른 미행자의 존재도 알아차렸다.

이쪽은 하찮은 공갈꾼보다 미행 실력이 좋아서 처음에는 착각이라고 생각했을 정도였다. 하지만 쓰네키 주변을 감시하고 있으면 그 여자가 반드시 눈에 띄었다. 우연을 가장해 풍경에 녹아들기는 했지만 아무래도 빈도가 너무 높았다.

조사를 시작하고 열흘이 지났을 무렵, 아오기시는 평소 같으면 절대로 하지 않을 짓을 했다. 여느 때와 다름없이 미행에 힘쓰는 여자에게 다가가 어깨를 잡은 것이다.

"이봐."

가까이에서 보자 여자의 얼굴은 생각보다 훨씬 어려 보였다. 이목구비 하나하나가 조그마하고 입매가 특히 앳되었다. 넓은 이마 밑의 까만 눈은 소녀처럼 풋풋했다. 한순간 생판 처음 보는 소녀에게 말을 건 것이 아닐까 당황했다. 어쩌면 비명을 지를지도 모른다.

하지만 그러지는 않았다. 시간이 멈춘 것처럼 여자는 아오기시를 가만히 바라봤다. 검은자위가 큰 눈이 한층 동그래졌다.

"아오기시……고가레……."

넋이 나간 듯이 멍한 표정이었다. 잠시 후 여자가 단숨에 정신을 차렸다. 어깨를 잡은 아오기시의 손을 꽉 움켜쥐고 눈을 번뜩이며 말했다.

"잠깐만, 당신, 아오기시 씨? 탐정이신."

"응. 그런데."

일선에서는 물러났지만 여전히 그 이름을 아는 사람이 많은 듯하다. 어떤 의미에서는 탐정 실격이다. 정말 일해 먹기 힘들다.

"저기요! 이야기 좀 들어줘요. 저, 기자예요! 어차피 쓰네키에게 의뢰를 받은 거죠? 잠깐만요, 저는 후시미 니코라고 하는데요!"

들어본 이름이었다.

정확히 말하자면 그 이름을 달고 나온 기사를 본 기억이 있었다. 아오기시의 표정에서 그 사실이 드러났으리라. 후시미가 숨을 씩씩거리며 열띤 어조로 말했다.

"혹시 기사 읽었어요?!……그렇겠죠. 아오기시 씨니까요. 그럼 이해해주겠네요. 제가 제대로 된 기자라는걸."

"……기사는 읽었어. 하지만 그뿐이야. 그거랑 쓰네키 씨를 스토킹하는 행위는 아무 관계도 없지. 무엇보다 저쪽은 이미 눈치챘어."

"이야, 의외로 눈치가 빠르네. 역시 구린 짓을 하는 인간은 다른 건가."

후시미가 분하다는 듯이 인상을 구겼다. 재미있을 만큼 표정이 획획 바뀌는 여자였다. 후시미가 쓴 기사는 어디까지나 필치가 냉정하니, 과장된 표현은 하나도 없었다. 그 이성적인 필치와 눈앞에 있는 앳된 여자가 연결되지 않았다. 애당초 눈앞의 여자는 기자로조차 보이지 않았다.

"부탁이에요, 아오기시 씨. 쓰네키에게 의뢰를 받았다지만 부디 눈감아주세요. 저는 해야 할 일이 있어요."

"일반 시민의 사생활을 침해하면서까지 해야 할 일이 있다고?"

후시미는 엄숙하게 고개를 끄덕였다.

"정말로 그 인간을 일반 시민이라고 할 수 있을까요? 농담이 심하시네요."

"그야 대부호니까 일반 시민이라고 할 수는 없겠지."

"그뿐만이 아니에요. 그 인간이 뒷전에서 무슨 짓을 하는지 알면 아오기시 씨도 이쪽 편을 들고 싶어질걸요."

"쓰네키 오가이가 대체 뭘 어쨌다는 거야? 큰소리 뻥뻥 칠만한 증거는 있나?"

"……그건 말할 수 없지만 확실한 소식통에서 나온 정보예요."

"정보의 출처도 내용도 말할 수 없는데 편을 들긴 무슨 편을 들어."

후시미는 속상한 듯이 입술을 깨물고 아오기시를 매섭게 노려보았다.

"……이건 아오기시 씨와도 관계있는 일이에요. 만약 쓰네키의 꼬리를 잡으면 제 말을 이해할 수 있을 거예요."

"그건 무슨 소리야?"

"아오기시 씨, 제발요. 당신은 '그 사건'의 생존자잖아요."

그 말을 듣고 저도 모르게 후시미의 손을 뿌리쳤다. 과도하게 반응했다고 스스로를 혐오하기 전에 후시미가 먼저 실언을 후회하는 듯한 표정을 지었다. 상처를 주었을지도 모른다고 이쪽을 걱정하는 것 같은 눈이었다.

그 눈을 보자 더 신경질이 났다. 사회정의에 불타는 기자. 자신의 말로 뭔가를 바꿀 수 있다고 믿는 사람. 그런 후시미의 이야기를 지금은 들어줄 기분이 아니었다. 아오기시는 대놓고 차가운 목소리로 말을 내뱉었다.

"더 이상 쓰네키 오가이에게 접근하지 마. 다음에는 경찰에 찌를 거야. 알았나."

후시미는 충격을 받은 듯한 표정으로 아오기시를 쳐다보더니 그대로 뛰어갔다.

다음 날 아오기시는 조사 보고서를 제출했다.

"당신을 따라다니던 건 이 부근에서 유명한 공갈꾼이었습니다. 여기 이름과 지금까지 저지른 범죄 내용, 그리고 사진도 있습니다."

아오기시는 쓰네키를 미행했던 사람 중 한 명의 자료를 내밀었다.

후시미에 관해 보고하지 않았으니 부실하다고 할 수 있겠지만 몇 명을 조사하라고 지정한 건 아니다. 그래서 아오기시는 후시미 니코의 이름을 일부러 꺼내지 않았다.

"고생 많았어. 역시 아오기시 씨에게 부탁하길 잘했군."

다행히 쓰네키는 조사 결과에 수긍한 것 같았다. 후시미는 아오기시가 충고한 대로 쓰네키의 미행을 포기한 듯하다.

"그런데 공갈꾼이 왜 나 같은 중늙은이를 목표물로 삼았을까. 그 점에 대해서는 뭔가 알아냈나?"

한순간 후시미의 말이 머리를 스쳤다. 하지만 후시미의 말에는 근거가 거의 없다. 확실한 소식통이라고 해본들 어차피 소문 정도의 가십이리라.

"아니요. 오히려 이런 건 아니 땐 굴뚝에 연기를 내기 위해 하는 짓이겠죠."

아오기시가 천연덕스럽게 대답하자 쓰네키는 알겠다는 듯이 고개를 끄덕였다.

"착수금을 뺀 나머지 금액은 약속대로 지불하겠네. 그런데 아오기시 씨, 이번 달 말에 일정이 비어 있나?"

"네, 괜찮습니다만. 또 뭔가 의뢰를?"

쓰네키가 눈을 가늘게 떴다. 어쩌면 미소를 지은 건지도 모르지만 아오기시 눈에는 먹잇감을 발견한 뱀의 얼굴로만 보였다.

"혹시 천사에 흥미는?"

느닷없이 날아든 질문에 머리 가장자리가 싸늘하게 식었다.

"없습니다. 그것 때문에 이쪽은 장사를 잡쳤거든요. 도무지 좋아할 수가 없습니다."

"그럼 천국에 흥미는?"

연이어 날아든 질문이 아오기시가 도망갈 길을 막았다.

"천국은……."

"그래. 지옥과 짝을 이루는 개념. 천사들이 원래 있어야 할 곳이지."

"그런 건 믿지 않습니다."

"지옥이 있는데도? 믿지 않더라도 믿고 싶은 마음이 들지 않겠나?"

"뭔가 그럴싸한 징조라도 있으면 믿을 마음이 생기겠지만……, 공교롭게도 그런 이야기는 어딜 봐도 없는 것 같아서요."

대대적으로 관측되는 지옥의 존재와는 대조적으로 천국은 전혀 관측되지 않는다.

천사는 악한 사람을 지옥으로 끌고 가지만 선한 사람을 천국으로 데려가지는 않는다. 그 또한 수많은 사람에게 낙담을 주는 사실이었다.

인간은 신을 발명한 후로 끊임없이 천국의 존재를 열망해 왔다. 천사와 지옥이 있으니 천국도 있다고 믿고 싶어지는 것이 인지상정이다. 하지만 노벨평화상을 받을 만큼 훌륭한 사람이 죽을 때조차 천사는 눈길 한번 주지 않았다. 살인죄를 저지르지 않은 사람들은 그저 담담하게 죽어갔다. 그건 지독한 배신처럼 느껴졌지만 천사도 신도 사후에 낙원이 기다리고 있다고 약속한 적은 없다. 천사는 거짓말을 하지 않았다.

"나는 천국이 있다고 믿어. 천사가 존재하는 세상인데, 어째서 우리같이 선량한 인간의 마지막 쉼터는 없단 말인가. 불공평하다고 생각하지 않나?"

"……잘 모르겠습니다만 인간은 원래 원죄를 타고났다나 뭐라나."

"그렇다면 빠짐없이 지옥에 떨어뜨리면 되겠지. 그게 아니라면 우리 모두에게 축복을 내려줘야 마땅해."

그렇게 말하고 쓰네키는 위를 올려다보았다. 시선 끝에는 거무데데해진 천장밖에 없지만 쓰네키는 마치 그 너머에 있는 신을 보고 있는 것 같았다.

"천사를 처음 봤을 때, 불손하게도 추하다고 생각했어."

"네. 그야 뭐. 저는 지금도 익숙해지지가 않네요."

"하지만 이제는 천사가 그렇게 생긴 이유를 알겠어. 의식에 변혁을 일으킨 인간만 그 아름다움을 받아들일 수 있도록 하려는 거야. 그 증거로 이제 내 두 눈에는 천사의 진정한 아름다움이 보인다네."

이쯤에서 이미 아오기시는 쓰네키의 이야기를 따라갈 수 없게 됐다. 여러 가지 갈등을 거친 끝에 놀랍게도 천사에게서 아름다움을 찾아낸 인간은 적지 않다. 하지만 이렇게 가까이에서 그 광기를 접하자 등골이 오싹해졌다. 표정이 딱딱해진 아오기시 앞에서 쓰네키는 더욱 열렬히 말을 늘어놓왔다.

"우리 인생은 천국에 가기 위해 사용하는 사다리에 불과해. 그걸 깨닫고 나서 나는 진지하게 천국과 마주하기로 마음먹었지. 그리고 마침내 그 사다리를 걸어야 할 곳을 찾아냈어."

그제야 아오기시는 쓰네키가 왜 자신에게 일을 의뢰하러 왔는지 알아차렸다.

쓰네키는 안다. 천사가 나타남으로써 이 사무소에 무슨 일이 생겼는지를 안다. 이 사무소가 이렇게까지 쇠퇴한 이유도. 왜 이 썰렁한 사무소에 아오기시밖에 없는지도. 전부, 전부 말이다.

그렇다면 뭐가 목적일까. 어차피 온당한 일은 아닐 것이다. 현재의 아오기시 고가레와 천사의 조합은 조짐이 안 좋아도 너무 안 좋다. 더 이상 이야기를 들어서는 안 된다. 억지로라도 쓰네키를 돌려보내야 한다고 생각한 순간, 쓰네키의 입에서 결정적인 한마디가 튀어나왔다.

"도코요지마섬에 오지 않겠나, 아오기시 씨. 그 섬에 오면 천국이 있는지 없는지 알 수 있을 거야."

5

이 섬에 온 진짜 이유를 알려주고 싶지는 않았다. 천국이 있는지 없는지 확인하러 왔다는 말은 꺼내기도 싫다. 가르쳐주는 대신 얻을 수 있는 정보가 있을지도 모른다. 다만 이 동기는 아오기시의 상처이기도 하다. 그 상처를 내보이고 싶지는 않다. 잠시 고민한 후 아오기시는 입을 열었다.

"그 유명한 쓰네키 오가이가 초대하면 대부분은 오겠지. 무엇보다 나는 여기 머무르는 동안에도 보수를 받아. 오지 않을 이유가 없어."

"아하, 좋은 일거리네요. 뭐, 도코요지마섬은 아무것도 없는 곳이지만 저택 설비는 리조트 호텔 못지않겠다, 오쓰키 씨의 요리도 일품이겠다, 오기만 해도 이득이죠."

그 말에 고개를 끄덕이고 담배를 껐다. 벽이 아니라 비치된 재떨이에 꾹꾹 눌러서. 아오기시는 적당히 대화를 마무리하고 탑을 나서려 했다.

"아참."

호지마가 담배를 왼손으로 바꿔 쥐고 호주머니에서 펜과 메모지를 꺼냈다. 그리고 탑의 벽과 오른손 옆면을 잘 활용해 전화번호를 술술 적었다.

"이거, 제 전화번호입니다. 섬에서 돌아간 후에 괜찮으면 연락주세요. 아오기시 씨에게 도움이 될 수 있을 거예요."

"공교롭게도 기자를 상대로 할 만한 장사는 아닌데."

"그렇게 매정한 말씀 마시고요. 이래 보여도 민완 기자로 통하거든요. 여론이고 뭐고 다 이 오른손 하기 나름입니다. 뭔가 기사를 쓸 일이 있으면 괜찮게 써드릴게요."

호지마는 메모지를 억지로 쥐여주고 정체 모를 웃음을 지었다.

결국 '천국이 있는지 없는지 어떻게 알아내느냐'는 아오기시의 궁금증은 전혀 풀리지 않았다. 호지마의 말을 믿는다면 오늘 밤에 특별한 이벤트가 있는 모양이다. 거기서 전부 밝혀진다면 역시 밤을 기다리는 수밖에 없는 건가.

천국이 있는지 없는지 천사가 알려준다면 편하겠건만, 하고 아오기시는 부질없는 생각을 했다.

으스스하게 생긴 천사는 오늘도 흔들흔들 머리 위를 맴돌고 있다. 그 모습에서는 천국은커녕 신이 있는지 없는지조차 모를 법한 분위기가 풍겼다.

이대로 얌전히 방에 돌아가려는데 현관에서 또 사람과 마주쳤다.

"오, 탐정님. 안녕하세요. 일찍 일어났네요."

요리사복 차림으로 담배를 피우고 있던 오쓰키였다. 그는 현관 포치의 계단에 앉아 흐린 하늘을 바라보고 있었다. 아직 20대 중반도 되지 않았을 텐데, 나른한 듯 담배를 피우는 그 모습은 상당히 당당해 보였다.

"여기서 피워도 되나?"

"'흡연탑'까지 가기 귀찮은걸요."

너무 노골적인 이름이지만 기분은 알 것 같다. 담뱃불 자국으로 엉망이 된 그 벽을 보면 그렇게 부르고 싶어지는 것도 무리는 아니다.

"걸어서 1분도 안 걸리잖아. 아니, 40초 정도려나."

"그 40초가 귀찮다고요. 알잖아요."

오쓰키가 우뚝 솟은 탑을 곁눈질하며 중얼거렸다. 탑으로 이어지는 좁은 길은 잘 정비해놓아서 산책로로 손색이 없다. 다만 이 섬에서 오래 일한 오쓰키는 이미 질렸는지 모르겠다.

"이런 곳에서 피우면 혼나지 않나?"

"그야 뭐, 들키지만 않으면 그만이죠. 무슨 범죄든지 그렇잖아요. 아, 고마이 씨한테는 절대 말하지 말고요. 그 사람은 정말로 잔소리가 심하거든요."

"말 안 할게. 애초에 어제 주방에서 담배 피운 걸 숨겨준 것도 나잖아."

어제 환영 행사의 일환으로 배에서 내리자마자 저택을 안

내받았다. 그러다 자물쇠로 엄중하게 잠가둔 식료품 창고와 최신 기구로 가득한 주방 주위를 둘러보는데, 주방 바닥에 앉아 담배를 피우는 오쓰키를 발견했다. 아무리 생각해도 크게 혼쭐이 날 상황이라, 아오기시는 바로 속이 안 좋아진 척하며 주방을 떠났다.

"그건 신의 한 수였어요. 아오기시 씨가 그대로 안쪽까지 왔으면 분명 지즈사나 고마이 씨한테 들켰겠죠. 돌아가는 걸 보고 눈물이 날 뻔했다니까요. 와, 진짜 고마이 씨가 봤으면 뭐라고 했을지."

고마이는 이 저택에서 제일 나이가 많은 고용인이다. 옛날식으로 말하면 가령*쯤 될지도 모르겠다. 구라하야 지즈사가 픽션에 나오는 고풍스러운 메이드 차림인 것처럼, 고마이 미노루는 한 점의 빈틈도 없는 집사 차림이다.

염색한 것처럼 균일하게 새하얀 머리를 하나로 묶었고, 등이 젖혀져 보일 만큼 과도하게 자세가 좋다. 나이는 주인인 쓰네키 오가이와 비슷할 테지만 이쪽도 주인에게 뒤지지 않을 만큼 활력이 넘친다. 가만히 보면 볼수록 그가 단안경을 끼지 않은 것이 신기하게 느껴지는 스타일이다.

그에 비해 머리를 금색으로 물들인 오쓰키는 참으로 색다른 분위기라 쓰네키 오가이의 취향과는 동떨어진 것처럼

* 집안의 고용인들을 지휘, 감독하고 집안일을 두루 살펴 관리하던 사람.

보인다. 그런 생각을 솔직하게 밝히자 오쓰키는 선선히 말했다.

"나는 천재니까요."

맞는 말이라고 아오기시는 생각했다. 요리사복 차림으로 담배를 피우고 요리하기를 대놓고 귀찮아하는 이 남자는 천재다.

이 섬에 와서 제일 놀란 점은 대접하는 요리의 수준이 아주 높다는 것이었다. 뭘 먹어도 맛있기란 실로 경험하기 어려운 일이다. 그런데 도코요지마섬에서는 밥알 하나부터 반찬으로 나온 초무침까지 전부 끝내주게 맛있었다.

그 요리를 도맡고 있는 사람이 바로 눈앞에 있는 오쓰키 도루다.

들어보니 그는 천재 요리인으로서 온갖 상을 휩쓴 우수한 요리사라고 한다. 만약 가게를 접지 않았으면 일본에서도 얼마 없는 미슐랭 3스타를 획득했을 것이라고 기대받던 존재였다. 하지만 그는 느닷없이 자취를 감추어 도코요지마섬에 틀어박혔다.

오쓰키 말로는 쓰네키 오가이가 어마어마한 액수의 보수를 제시했기 때문이라고 한다. 오로지 그런 이유로.

"그야 그냥 요리하기보다 돈을 잔뜩 받고 하는 편이 좋잖아요. 어쨌거나 요리는 귀찮으니까."

만찬 자리에서 천연스럽게 말한 오쓰키가 어쩐지 묘하게 존경스러웠던 것이 기억났다. 만찬 메뉴를 설명하러 왔다가 뭐가 어떻게 흘러가서 그런 말이 나왔더라.

이렇게 현관에서 담배를 피우는데도 오히려 틀을 깨는 천재답다는 생각이 들어서 웃겼다. 고마이에게 일러바칠 마음도 들지 않는다. 오쓰키는 분명 맡은 일을 완벽하게 해내리라.

"아이고, 찜찜한 날씨네요. 천사도 엄청 날아다니고."

"이렇게 많은 걸 보니 비가 내릴지도 모르겠군."

"뭐, 천사가 많든 적든 나하고는 별로 관계없지만요. 쓰네키 씨가 무리한 부탁만 하지 않으면 외부로 나갈 일도 없을 테고."

"맞다. 오늘 밤 무슨 이벤트가 있는 줄 아나? 호지마 씨 말로는 특별한 이벤트라던데."

"글쎄요, 천사식이라든가? 하지만 그 정도면 대단할 것 없는데요. 괴식을 기대해도 내 실력이면 그럭저럭 맛있게 만들 테고."

호지마와 다를 바 없는 발상이었다. 하지만 오쓰키는 천사식에조차 자신감을 내비쳤다.

"천사를 요리해본 적 있나?"

"음, 몇 번요. 요리사는 죄업이 깊은 직업이라, 식재료로 제공되면 뭐든지 가리지 않고 사용하거든요. 하지만 맛이 엉망이죠. 아무리 맛있게 꾸민들 상한 간 같은 맛이 나니까, 그 맛을 잘 숨기지 않으면 못 먹어요."

오쓰키의 담담한 말을 들으며 솟아오른 의문을 억눌렀다. 예를 들어 이 요리사는 천국의 존재를 믿을까. 천사를 요리한 죄로 신의 나라에서 쫓겨날지도 모른다는 생각은 안 해봤을까. 또는 천벌이 무섭지 않을까. 처음으로 식칼을 댔을 때, 그런 두려움은 털끝만큼도 품지 않았을까.

오쓰키가 천사를 향해 연기를 후 내뿜었다. 얼굴 없는 천사는 피하려고도 하지 않고 둥실거리며 연기에 휩싸였다. 잠시 후 아오기시는 물었다.

"사람은 죽으면 어떻게 될까?"

뜬금없는 질문이었을지도 모르겠다. 덧붙여 조금 약았다. 정말로 묻고 싶은 것, 천국은 있느냐 없느냐는 의문에 초점을 맞추지 않았다.

"생물은 전부 흙으로 돌아가죠. 그런 법이에요."

천국은 전혀 고려하지 않는 목소리로 오쓰키는 대답했다.

6

아침을 먹는지 먹지 않는지 습관을 모르기 때문에 개별적으로 주문을 받는다고 한다. 섬에 온 손님들이 각자 식사를 방으로 가져와달라고 할지, 자신이 식당으로 갈지 선택하는 것이다. 고용인도 얼마 안 되건만 호텔 뺨치는 서비스다.

아침부터 바쁘게 일하는 고용인들이 가엾어서 아오기시는 식당에 얼굴을 내밀기로 했다.

식당에는 사람이 거의 없었다. 주인인 쓰네키와 국회의원 마사자키도 없고, 아까 담화실에서 시간을 보내던 아마사와조차 없었다. 대단하신 양반들은 아침을 방에서 느긋하게 먹는 것이 대세일까.

유일하게 자리에 앉아 있던 사람은 사업가 소바 유키스기였다.

소바는 이 섬에 온 유력자들 중 제일 젊다. 아직 40대 후반이었던가. 그럼에도 그는 쓰네키 못지않게 유명인이다. 미디어에도 자주 노출되고 시대의 총아로서 인기가 많다. 그런 자부심이 있기 때문인지 생김새에서 아주 위세가 느껴진다. 어떤 의미에서는 온화한 쓰네키의 대척점에 있는 것처럼 보인다. 더구나 키가 크고 덩치도 좋은지라 너무 빈틈이 없어서 가까이 대하기가 힘들다. 일부러 말을 걸고 싶은 상대는 아니다.

덧붙여 아오기시는 소바의 사업이 마음에 들지 않았다.

까놓고 말하면 소바는 무기 상인이다.

국내에서는 방범 용품 등의 호신용 물품을 주로 판매하지만, 해외에는 총 따위의 살상용 무기를 수출한다. 앞서 정착한 기업이 오랫동안 좌지우지하던 사업에 소바가 과감하게 뛰어든 것이다.

물론 천사가 나타난 후로 무기의 수요는 격감했다. 격감 수준을 넘어 사람을 죽이기 위해 사용하는 물건은 거의 자취를 감추었다고 봐도 된다.

하지만 지금도 소바 홀딩스는 좋은 실적을 내고 있다. 주력 사업과는 별개로 계열사가 잘 성장해서 그렇다는 것이 표면상의 이유다. 하지만 실상이 어떤지는 알 수 없다.

어떤지 모르는 그 부분 때문에 판단을 내리기 쉽지 않다. 강림 이후 소바 홀딩스는 성공 기업으로 추앙받는 동시에 구린 냄새가 풍기는 가십의 대상이기도 했다.

단둘이 같은 테이블에 앉아 있는데도 소바는 이쪽에 눈길 한 번 주지 않고 식사에 집중했다. 곁에 붙어 있는 고마이는 신경을 곤두세운 채 소바의 동태를 살피고 있었다. 마치 왕과 시종 같았다.

그러나 말을 걸지 않아서 편하기는 했다. 오쓰키가 준비한 아침 식사는 변함없이 맛있었다. 이런 아침을 조용히 먹을 수 있는 건 행복이다. 달걀 프라이 하나도 어쩌면 이렇게 차원이 다를까?

하지만 궁금한 점도 있었다.

소바 유키스기 같은 사람이 왜 도코요지마섬에 온 걸까.

천사에게도 천국에도 흥미가 있을 것 같지는 않다. 아니, 그렇게 따지자면 쓰네키도 겉으로는 천사 마니아처럼 보이지 않지만.

오컬트와는 거리가 멀어 보이는 사람이 실은 신앙심이 깊다는 말도 있다. 하물며 소바는 무기를 제조해서 판매하는 사람이다. 나름대로 뭔가 생각하는 바가 있을지도 모른다. 아니면 그냥 쓰네키 오가이와 개인적인 친분이 있는 걸까.

이제 대면하지 못한 초청객은 국회의원 마사자키 구루히사 정도다. 그쪽은 쓰네키에게 막대한 지원을 받는다는 정치인이니 알기 쉬운 연줄이다.

종사하는 업계만 언뜻 봐도 인연이 없을 법한 쓰네키와 소바는 어떻게 친해진 걸까.

그런 생각을 하다가 별안간 소바와 눈이 마주쳤다. 마침 식사가 끝난 참이었나 보다. 눈을 돌리지 않을까 싶었는데, 뜻밖에도 소바는 그대로 말을 걸었다.

"자네가 탐정 아오기시로군."

위세 있게 생긴 얼굴과는 어울리지 않게―이렇게 말하면 실례일지도 모르지만―부드러운 목소리였다. 자신의 외모가 남에게 강한 압력을 준다는 사실을 자각하고 있는 만큼, 의도적으로 조정하는 것 같았다. 일종의 반전 매력을 선사하기에 탁월한 방법이라 하지 않을 수 없었다. 소바의 사업에 좋은 인상을 품고 있지 않은 아오기시조차 그를 약간 달리 봤기 때문이다.

"……그렇습니다만."

"아아, 다행이야. 내가 먼저 말을 걸려고 기회를 살폈지만 아무래도 쉽지가 않더라고. 이제야 인사를 나누는군. 자네 같은 탐정이 이 섬에 온다는 게 어쩐지 신기해서 말이야."

"신기하다고요?"

"어쨌거나 천사는 부조리의 상징이잖나. 부조리는 탐정과 상성이 안 좋아. 천사가 존재한다면 밀실을 신비한 힘으로 빠져나간다는 말도 곧이들어야 할 것 같지 않나?"

"아, 네, 과연……부조리의 상징이라."

무심코 멍청히 대답하고 말았다. 부조리의 상징. 확실히 아오기시는 천사를 좋게 생각하지는 않지만 그런 관점에서 본 적은 없었다.

"항간에서는 천사를 두고 신이 의지를 발현했다느니 세계를 정화할 조짐이라느니 떠들지만 난 본질적으로는 별 의미가 없다고 생각해. 전염병이나 재해 때문에 세계의 질서가 재정립된 사례가 있잖아. 그거랑 똑같아.”

“강림을 페스트나 지진과 같은 범주에 놓다니 아주 독특한 관점 같은데요.”

“그럴까? 그 천사들을 통해 인간의 선한 천성을 환기하고, 위대한 존재의 의지를 확인하기가 더 어려울 것 같은데.”

어이없다는 듯 소바가 과장되게 어깨를 으쓱했다. 그런 그를 보고 자기도 모르게 물었다.

“예를 들어 소바 홀딩스가 총 등의 무기 제조에서 손을 떼게 된 건 평화를 사랑하는 신의 의지라고 생각지 않으십니까?”

민감한 질문에 소바가 한순간 눈을 오므렸다. 건방지다고 생각했을까, 아니면 흥미를 품은 걸까. 잠시 후 소바가 입을 열었다.

“자네 말대로 강림 이후 호신용 권총조차 상품 가치를 잃었어. 사람을 죽일 수 있는 물건이 팔리지 않는 건 살인을 싫어하는 천사 입장에서는 기쁜 일일지도 모르지.”

말하면서 소바는 온화한 미소를 지었다. 마치 이쪽을 타일러 가르치는 듯한 표정이었다.

“그러나 자네도 잘 알겠지만, 이 세상에는 아직 살인이 존재할뿐더러 ‘천사가 아주 싫어할 법한 비참한 결말’도 눈에 많이 띄어. 그걸 막지 못하는 이상, 평화를 사랑하는 신은 역시 존재하지 않는 것 아닐까."

'천사가 아주 싫어할 법한 비참한 결말'이라는 에두른 표현에 인상을 찌푸렸다. 그렇다. 강림 이후 이 세상이 평화로워진 건 아니다. 오히려 천사의 출현으로 예상치 못한 부산물이 생기고 말았다. 그걸 보면 신이 그저 죄인을 심판하기 위해 천사를 보냈다는 생각이 쑥 들어간다.

"천사에게 숭고한 의미는 없다, 단순한 재해다. 뭐, 그렇게 말하면 쓰네키 씨가 화내겠지만. 그 사람은 천사를 진심으로 숭배하는 것 같으니까. 언젠가 '천사는 장사를 방해하는 무자비한 적'이라고 했다가 분위기가 험악해졌어."

"소바 홀딩스 입장에서는 그렇겠죠. 그래도 소바 씨의 사업은 호조를 보이는 것 같은데요."

"그렇지도 않아. 쓰네키 씨 회사와 협력해서 살얼음판을 겨우 나아가는 느낌이지. 이런 세상에서도, 아니 이런 세상이기에 방범 관련 사업은 성장세거든. 그런 점을 쓰네키 씨가 높이 사주었을 뿐이야."

"요식업을 하는 쓰네키 씨 회사와……그렇다면 식료품 창고의 방범 업무 같은 겁니까? 지금은 어디나 문단속을 단단히 한다고 들었는데."

"그래, 그래. 그게 꽤 큰 지분을 차지하겠지."

이로써 일단 쓰네키와 소바의 연결고리가 밝혀졌다. 말투로 보건대 소바는 분명 천사 마니아가 아니다. 그렇다면 호지마처럼 쓰네키 본인과 친해서 초대받았을 뿐이리라. 어쩐지 허투루 볼 수 없는 인상이고 뭔가 꿍꿍이속이 있는 것 같기는 하지만. 어떻게든 그의 심중을 알아내려는 아오기시에게 소바는 태평하게 말했다.

"그나저나 쓰네키 씨는 오늘 뭘 보여주려나."

"보여준다고요? 그러고 보니 오늘 밤에 특별한 이벤트가 있다고 들었는데요."

"응. 뭔가 굉장한 걸 보여준다고 들었어."

이건 상당히 유익한 정보였다. 쓰네키가 아오기시를 이 섬에 초청했을 때 한 말을 믿는다면 그 뭔가가 천국이 있는지 없는지 가르쳐주는 걸까. 아오기시가 그런 생각을 하고 있자니 소바가 또 눈을 오므렸다.

"아오기시, 도코요지마섬에 뭔가 기대하고 왔나?"

"기대……하고 있느냐고 한다면, 그렇습니다만."

"개인적인 의견을 말하자면 천사에게서 뭔가 의미를 찾지 않는 게 좋아. 그건 무의미한 짓이야. 도코요지마섬을 느긋하게 즐기다 가는 게 낫겠지. 배낚시 같은 것도 괜찮겠군. 난 이래 보여도 배를 잘 몰거든. ……아, 이제 못 하던가. 뭐, 아무튼 리조트에 온 셈 치고 즐기는 게 현명해."

그 말을 남기고 소바는 냉큼 가버렸다. 고마이가 허둥지둥 뒤따라갔다.

혼자 남은 아오기시는 묵묵히 식사를 하며 소바를 생각했다. 위세 넘치는 겉모습과 달리 목소리가 아주 부드러운 남자. 천사 때문에 사업 방침을 크게 바꿔야 했으면서도, 그걸 딱히 마음에 두지 않는 눈치였다. 주력 상품이 무용지물로 변했으니 천사를 좀 더 원망할 법도 하건만.

그렇지 않은 건 소바가 아주 도량이 큰 사람이기 때문일까, 천사의 출현으로 생긴 불이익보다 이익이 훨씬 크기 때문일까. 후자는 너무 심한 비약일까.

어쨌든 아오기시와는 직접 관계가 없는 일이다. 결국 특별 이벤트의 구체적인 내용은 아무도 모르는 듯하니 얌전히 밤을 기다리는 수밖에 없다. 시간조차 느긋하게 흘러가는 도코요지마섬에서는 성가신 일도 일어나지 않으리라.

하지만 아오기시의 예상은 완전히 빗나갔다.

아침을 먹고 몇 시간도 지나기 전에 불청객이 저택을 방문했기 때문이다.

제2장

천국은 있는가

1

아카기 스바루가 찾아왔을 때 아오기시는 홀로 탐정사무소를 운영하고 있었다. 사무소도 지금만큼 넓지 않았고 사건도 그렇게 많이 맡지는 않았다. 혼자서 할 수 있는 일은 한정적이다.

아오기시는 힘이 미치는 안건만 받아들여 아담한 방에서 혼자 자료와 눈싸움하는 생활을 보냈다. 고독하고 견실한 노력이 필요한 분야다. 아오기시에게 탐정이란 그런 것이었고 그런다고 아무 문제도 없었다. 당연히 조수를 모집한 적도 없다.

그래서 여기서 일하게 해달라는 아카기 스바루의 말을 듣고 아오기시는 당황했다. 반응이 많이 늦은 것도 그 때문이다.

사무소에 들이닥친 아카기는 어찌저찌하는 사이에 안으

로 들어오더니, 아오기시가 늘 사용하는 책상 앞에 떡하니 서서 이력서를 쳐들었다.

"어, 저는, 아카기라고 합니다! 아오기시 씨! 여기서 일하게 해주세요!"

"……이봐, 뜬금없이 무슨 소리야?"

"부탁드립니다! 저는 아오기시 씨 같은 탐정이 되고 싶어요!"

활활 타오를 듯한 열의를 내뿜으며 그렇게 말한 아카기를 새삼 바라보았다.

보아하니 대학을 막 졸업했을 정도의 나이이건만 셔츠도 맞춰 입은 감색 슬랙스도 누구나 다 아는 명품 브랜드였다. 분명 잘사는 집의 도련님이리라. 묘하게도 그 고급스러운 옷의 오른쪽만 몹시 더러웠다.

제법 긴 머리에는 헤어 왁스조차 바르지 않았는지 그가 몸을 흔들 때마다 야단스럽게 치렁거렸다. 이런 꼴로 탐정이라, 라는 것이 아오기시의 감상이었다. 외모만 보면 탐정이라기보다 집 밖에 나가기 싫어하는 추리소설 오타쿠처럼 생겼는데.

"탐정은 개뿔. 느닷없이 찾아와서 남의 영업이나 방해하고 말이야."

"하지만 탐정이 되기 위해서는 명탐정의 제자가 되는 게 제일 빠르잖아요."

"헛소리 집어치우고 흥신소나 가봐."

"저는 아오기시 씨가 아니면 절대로 안 됩니다."

너무 흥분한 탓에 들고 있는 이력서가 구깃구깃해졌다. 제멋대로 쳐들어온 주제에 이력서는 빼먹지 않고 들고 오다니. 묘한 부분에서 예의를 차리는 그 성격이 짜증 났다. 조금 있다가 아오기시는 입을 열었다.

"너, 법학부 대학원생이지?"

"네?!"

아카기의 눈이 휘둥그레졌다. 허를 찔린 그가 뭐라고 대답하기 전에 연거푸 말을 퍼부었다.

"넌 법학부 대학원생이고 취업을 못 해서 여기에 왔어. 여기 오기 전에 다른 탐정사무소에 제자로 받아달라고 했다가 거절당했지. 네가 탐정에 집착하는 건 아버지가 추리소설가이기 때문이고. 하지만 아버지와는 사이가 좋지 않고 본가에도 거의 돌아가지 않아."

"무, 무슨 근거로 그렇게 말씀하시는 거죠?"

"네 옷 오른쪽이 더러워졌기 때문이야. 맞았나?"

한 차례 떠들고 나서 아오기시는 아카기를 가만히 바라보았다.

아카기는 놀란 표정으로 굳어버렸다. 많이 당황했으리라.

반대 입장이었다면 아오기시도 그런 표정을 지을 것이다. 아카기가 주저하며 천천히 입을 열었다.

"대단해요, 아오기시 씨. 완전히 틀렸어요."

그 대답을 듣고 아오기시는 과장되게 코웃음을 쳤다.

"저는 법학부 대학원생이 아니라 미대를 졸업한 후 아르바이트를 하며 살고 있고, 여기 오기 전에 다른 탐정사무소에서 쫓겨난 것도 아니에요. 아버지는 식품 산업에 종사하시고 옷이 오른쪽만 더러워진 건 아까 자전거를 피하려다 넘어졌기 때문이에요."

그래도 아카기는 미련이 남은 눈으로 아오기시를 바라보았다. 이제부터 뭔가 반전이 펼쳐지지 않을까 기대하는 것이리라. 탐정은 추리를 틀리지 않는 법이고 틀렸을 때는 또 다른 놀라운 진상이 기다리고 있는 법이다.

하지만 아오기시는 그렇게 서비스 정신이 왕성한 탐정이 아니다. 확 뒤집어줄 마음은 전혀 없다. 잠자코 있자 아카기의 얼굴에 점점 난감한 듯한 표정이 번졌다. 그걸 보고 나서야 아오기시는 한마디 건넸다.

"봤지? 탐정이라고 거창한 일을 할 수 있는 건 아니야. 내가 할 줄 아는 일이라고는 기껏해야 하수구 뒤지기지. 셜록 홈스를 동경한다면 다른 데로 가봐. 파이프 담배 한 대에서 남의 요모조모를 알아내는 능력은 없어."

"……딱히 셜록 홈스를 찾으려고 온 건 아니에요."

"그럼 이런 데는 왜 왔나. 미대 출신이면 집에 돈깨나 있겠네. 말해두는데 여기는 고정급이 아니야."

"……저는 2년 전 납치사건의 피해자예요. 아오기시 씨가 구해주셨죠."

그 말로 분위기가 바뀌었다. 아오기시도 자세를 바로 하고 눈앞의 남자를 보았다.

"……잠깐, 나는 아카기라는 사람을 모르는데."

"그렇겠죠. 2년 전에는 다카시나 스바루라는 이름이었어요. 그 후로 괜히 주목을 많이 받아서 외가 쪽 성씨로 바꿨거든요. ……뭐, 겉모습도 많이 달라졌고요."

그렇게 말하며 아카기가 쓴웃음을 지었다. 그 말을 듣자 기억이 완전히 되살아났다.

2년 전, 아오기시는 납치사건 조사를 맡았다. 지방이 근거지인 한 패밀리 레스토랑 프랜차이즈의 본사 경영자 아들이 납치된 사건이다.

계획성 없이 충동적으로 범행을 저지른 범인은 몸값을 요구할 때 실수를 저지른 후 그대로 도주했다.

문제는 범인이 인질인 다카시나 스바루가 어디 있는지 밝히지 않고 달아났다는 것이다.

아오기시는 범인이 남긴 사소한 단서만 가지고 다카시나

스바루를 찾아내야 했다. 범인이 도주한 지 하루, 사흘, 일주일이 지나자 다카시나 스바루가 살아 돌아오기란 거의 불가능해 보였다.

하지만 아오기시는 포기하지 않았다. 생존은 절망적일지도 모른다. 하지만 아오기시는 탐정으로서 의뢰를 받았다. 채산은 맞지 않아도 된다. 그저 찾아내고 싶었다.

그리하여 납치된 지 열흘이 지났을 때, 아오기시는 드디어 다카시나 스바루를 찾아냈다.

발견 당시 다카시나 스바루는 몹시 쇠약한 상태였고 겉모습도 몰라보게 변했지만 그래도 살아 있었다. 감금됐던 지하실에 수도 설비가 있어서 물을 마시며 버텼던 것이다.

살아 돌아온 다카시나 스바루의 증언으로 범인도 곧 체포되면서 사건은 막을 내렸다. 이 사건의 수훈자는 탐정이나 경찰이 아니라 다카시나 스바루라고 해야 할 것이다. 그만포기하고 싶어질 만한 상황인데도 이를 악물고 버텨서 살아남았으니까.

바로 그 다카시나 스바루가 눈앞에 있다. 이번에는 아오기시가 할 말을 잃을 차례였다.

"들었어요. 범인이 도망치고 나서 다들 제가 살아 돌아오는 걸 거의 포기했다고요. 하지만 아오기시 씨는 저를 찾아내셨죠."

"……일이었으니까."

게다가 고작 열흘이었다. 1년이었다면 역시 포기했을지도 모른다. 아직 가능성이 있었으니까 포기하지 않았을 뿐이다.

"그때 탐정은 정의의 사도라는 생각이 들었죠. 아오기시 씨는 제 롤모델이에요."

아카기는 정의의 사도라는 유치한 말을 주저 없이 꺼냈다. 요즘은 어린아이도 쓰지 않을 법한 순진한 표현이다. 지하실에서 홀로 지옥과도 같은 고통을 맛보았음에도, 아카기는 다시 일어서서 이렇게 아오기시를 찾아왔다.

"네가 추구하는 건 여기에 없어."

"그렇지 않아요."

"분명 실망할 거야."

"한 번만 더 말할게요. 뭐든지 하겠습니다. 저를 조수로 삼아주세요."

구깃구깃해진 이력서를 내밀면서 한 말에 왜 고개를 끄덕였을까.

몹시 삐뚤빼뚤한 글씨로 쓴 지원 동기를 아오기시는 지금도 한 글자 한 구절 빠짐없이 전부 기억하고 있다.

2

아무튼 할 일이 없었다.

의미도 없이 저택을 어슬렁거리다가 할당된 업무처럼 담배를 피우고, 생각난 것처럼 고마이나 구라하야와 마주친다. 어쩐지 길을 잃은 고양이가 된 것 같아서 아오기시는 떨떠름한 기분이었다.

이러저러하는 사이에 점심시간이 되어 식당으로 향했다. 찬합에다 한꺼번에 담아낸 가이세키요리*는 저녁 식사와는 또 다른 풍취가 있어서 맛있었다.

이래서는 오쓰키가 만든 요리를 먹으러 섬에 온 것 같다. 하지만 달리 할 일도 없으니까 조용히 밥 시간만 기다린다. 점심때는 누구와도 마주치지 않았다. 대단한 양반들은 다들 어떻게 지내는 걸까. 이 섬에는 의외로 오락거리가 없다.

그런데 식사를 마친 아오기시가 식당을 나선 순간 비명이 들렸다.

"이거 놔요! 누가 좀 도와줘요!!!"

허둥지둥 목소리가 들린 방향으로 향했다. 그러자 현관 홀에서 고마이가 아담한 여자를 제압하고 있는 장면과 맞닥뜨렸다. 여자는 고마이에게 단단히 붙잡혔는데도 달아나려고

---

* 작은 그릇에 다양한 음식을 조금씩 담아 순차적으로 제공하는 일본의 연회용 요리.

팔다리를 버둥거렸다. 마치 덫에 걸린 작은 동물 같았다.

놀랍게도 본 적 있는 여자였다.

"이봐요, 당신은 범죄에 해당하는 짓을 저질렀습니다. 경찰에 신고해서 적절한 조치를 취할 테니 그렇게 알아요!"

고마이의 말을 듣고 여자의 얼굴이 대번에 창백해졌다.

후시미 니코가 거의 울먹이는 목소리로 외쳤다.

"저는……저는 기자예요! 이름은 후시미고……어딘가 소속되지는 않은 프리랜서지만……음, 어떤 기사를 썼는지는 말씀드릴 수 있는데요……."

힘없이 중얼거리는 후시미를 보고 무심코 혀를 찰 뻔했다. 후시미에게는 뭔가를 얼렁뚱땅 넘길 능력이 없다. 전에도 느낀 바지만 후시미는 저널리스트치고 표정이 너무 풍부하다.

"어떻게 이 섬에 왔는지 말해요."

"그건……어제 배로……몰래……."

어제 배라면 아오기시가 타고 온 배다.

한 명을 태우기에는 너무 큰 크루저였으니 숨을 곳은 얼마든지 있었다. 굳이 따지자면 배를 둘러보며 확인한 구라하야의 책임이겠지만, 그렇게 넓으니 책망할 수는 없다.

"지금까지 어디 있었습니까, 설마 저택에서 수상한 짓을 하지는 않았겠죠?"

"어제는 갈 곳이 없어서 저기 묘한 탑에……."

묘한 탑은 흡연탑을 가리키는 것이리라. 전망대에는 주의를 기울이지 않았는데, 설마 내내 거기 숨어 있었던 건가.

"하지만 어제부터 아무것도 마시지를 못해서요. 근처의 우물은 말랐고……그래서 물만 좀 받아서 가려고."

"도둑질까지 하려고 했습니까!"

고마이가 비명을 꽥 지르듯 고함쳤다. 고함을 듣고 후시미가 더욱 몸을 움츠렸다.

"아니에요! 그냥 물만……."

"오호, 이 사람이 그."

그때 고마이에게 보고를 받았는지 계단에서 쓰네키가 나타났다. 뒤에 구라하야가 대기하고 있었다.

쓰네키를 본 순간 후시미의 눈빛에 적의와 두려움이 함께 깃들었다.

"죄송합니다, 주인어른. 설마 이런 일이 생길 줄은……."

"그건 됐어. 그나저나 왜 그렇게까지 해서 도코요지마섬에?"

쓰네키는 고마이의 변명을 가볍게 물리치고 단도직입적으로 물었다. 동요한 기색이 전혀 없는 쓰네키와 달리 후시미는 횡설수설하듯 대답했다.

"실은 천사가 모이는 신기한 섬이 있다는 이야기를 듣고……그게 대부호 쓰네키 오가이 씨의 섬이라고 듣고……

어, 음, 저는 기자인데……."

"누구한테 들었지?"

"어, 그러니까, ……인터넷에서……."

후시미가 뻔히 다 들여다보이는 거짓말을 했다. 인터넷에 도코요지마섬의 정보나 쓰네키 오가이가 그 섬의 소유주라는 정보가 올라와 있을 리 없다. 쓰네키는 그런 평계에 속지 않을 것이다. 계속 추궁당하다 진짜 정보 출처가 누구인지 털어놓을 게 뻔하다.

"……뭐, 됐어. 왔으니 어쩔 수 없지."

하지만 쓰네키는 온화하게 말하더니 곁에 서 있던 구라하야에게 지시했다.

"구라하야. 저 여자분에게도 방을 준비해주게."

"괜찮으시겠어요?"

"당연하지. 불청객이라도 손님은 손님이니까."

"알겠습니다."

머리를 꾸벅 숙이는 구라하야에게 고개를 끄덕이고 나서 쓰네키는 후시미에게 얼굴을 돌렸다.

"후시미 씨라고 했나?"

"아, 네."

여전히 바닥에 엎드려 있는 후시미가 약간 긴장한 목소리로 대답했다.

"강림 이후로 이 세상에 우연은 없네. 적어도 내 생각은 그래."

"……어, 그렇……겠죠?"

"즉, 당신이 여기 온 데도 뭔가 의미가 있다는 뜻이지. 이 세상은 이제 새로운 섭리에 따라 움직이고 있어. 만약 당신이 여기 와야 하지 않았다면, 천사가 반드시 저지했을 거야. 따라서 당신에게는 죄가 없지. 도코요지마섬이 당신을 받아들인 셈이야."

원래 같으면 무사히 풀려났음을 기뻐해야 할 상황이겠지만, 후시미는 어안이 벙벙해 보였다. 아오기시도 따라가지 못할 이야기다. 이 섬에 와야 하지 않았다면 천사가 저지했다? 어처구니없는 소리다. 천사는 기본적으로 둥실둥실 날아다니기만 하는 생물이다. 천사에 비하면 해파리가 훨씬 지성 있어 보인다.

하지만 쓰네키는 자신의 논리를 전혀 의심하지 않는 듯 의기양양하게 말을 이었다.

"나중에 내 방에 오게. 자세한 이야기를 듣고 싶군."

"어……저, 저라도 괜찮다면……대단한 이야기는 못 하겠지만."

독기가 빠져나간 듯한 표정으로 후시미가 머뭇머뭇 대답했다.

"그 전에 뭔가 먹는 게 좋겠군. 그건 고마이에게 맡기겠네."

"아, 네. 알겠습니다."

고마이가 후시미를 붙잡고 있던 손을 놓고 부리나케 일어섰다. 그리고 얼떨떨해하는 후시미를 식당으로 데려갔다. 쓰네키는 아무 일도 없었다는 것처럼 계단을 올라갔다.

그 뒷모습을 바라보며 구라하야에게 물었다.

"저기, 하나 물어봐도 될까?"

"무슨 일이시죠?"

"왜 후시미라는 기자를 이 섬에서 내쫓지 않은 걸까. 설마 쓰네키 씨는 정말로 세상 모든 일이 천사의 뜻에 따라 이루어진다고 생각하는 건가?"

"반은 맞고 반은 틀렸습니다."

"자세하게 설명해 봐."

"아오기시 님 말씀대로 요즘 쓰네키 님은 위대한 천사가 모든 일을 인도한다고 생각하시는 경향이 있어요. 증시 지수부터 날씨까지 전부 천사의 뜻이라고요. 그래서 쓰네키 님은 무슨 일이 있어도 동요하지 않으시죠."

어마어마한 강박관념이다. 동요하지 않는 건 어떤 의미에서 경영자에게 적합한 자질이기는 하겠지만.

"그리고? 틀렸다는 나머지 반은?"

"단순한 이야기예요. 무슨 일이 있어도 나흘 후까지는 배가 오지 않으니까요."

구라하야는 역시나 시원스럽게 대답했다.

"왜지? 배 정도는 얼마든지 부를 수 있을 텐데. 천하의 쓰네키 오가이니까 말이야."

아오기시의 말에 구라하야가 천천히 고개를 저었다.

"이 섬에는 천사가 많지만 이렇게 천사들을 정착시키기는 아주 어렵답니다. 그들이 어떤 생각으로 정착지를 결정하는지, 애당초 그들에게 정착이라는 개념이 있는지조차 알 수가 없으니까요."

창밖에 시선을 주자 거기에도 천사가 떠 있었다. 어디를 봐도 천사가 눈에 들어온다. 창틀은 천사를 담아내는 액자였다.

"그래서 쓰네키 님은 배를 싫어하세요."

"그건 또 무슨 소리야?"

"배가 왔다가 가면 천사 몇 마리가 배를 따라 섬을 떠나거든요. 이유는 모르겠어요. 습성 같은 걸까요. 그걸 아시고부터 쓰네키 님은 정말로 필요할 때만 배를 부르세요. 덧붙여 섬 근처를 배로 지나가는 것도 금지하셨고요."

"그건……."

그건 완전히 망령이 난 수준의 집착 아닌가.

이어지는 말을 해도 될까 망설이다 꿀꺽 삼켰지만, 구라하야는 아오기시가 무슨 말을 하려 했는지 민감하게 알아차린 듯했다. 고용주가 과도할 정도로 천사에 푹 빠져 있다는 건 아는 모양이다. 배를 따라간다 해도 고작 몇 마리일 텐데.

"나는 나중에 왔어. 나 때문에 쓸데없이 배를 더 운행해야 했겠군."

이번에는 일 때문에 아오기시만 다른 손님보다 늦게 왔다. 쓰네키로서는 견디기 힘든 일이었으리라.

하지만 구라하야는 나긋나긋하게 웃을 뿐이었다.

"그걸 감수하실 만큼 아오기시 님을 부르고 싶으셨던 거겠죠."

아까 그 이야기를 들어서 그런지 기대가 두려움으로 다가왔다. 이렇게까지 하는 이유를 모르겠다. 하지만 이제 달아날 수는 없다.

"그건 그렇고 오늘 밤은 특별한 이벤트가 있잖아? 아무리 천사의 뜻이라 하더라도 불청객 기자는 방해가 되지 않을까. 섣불리 뭔가를 보여줬다가는 기사로 쓸지도 몰라."

"그건 문제없을 줄로 압니다. 이제 어느 매체에서도 그분의 기사를 실어주지 않을 테니까요."

구라하야는 차분하게 말했다.

"전에도 비슷한 일이 있었어요. 쓰네키 님의 주변을 캐던 기자가 갑자기 회사에서 해고되고, 넘긴 기사도 반려된 일이. 그 여자분의 기자 인생은 끝난 거나 마찬가지예요."

그렇구나, 하고 아오기시는 생각했다. 굳이 이 섬에서 후시미를 박살 낼 필요는 없다. 뭍으로 돌아간 후 후시미의 인생을 망가뜨리면 된다. 후시미가 이 섬에 머무르는 건 천사의 뜻으로 받아들이겠지만, 그것과 별개로 응분의 제재는 가하리라.

후시미의 얼굴과 이름은 완전히 들통났다. 하다못해 가명이라도 썼으면 좋았을 것을. 구라하야 말대로 쓰네키의 압력에 버티면서까지 후시미의 기사를 실으려고 하는 매체가 과연 있을까.

"그래도 발표 정도는 할 수 있겠지. 지금은 누구나 인터넷에 기사를 올릴 수 있는 시대고, 쓰네키에게 부당한 압력을 받았다는 사실까지 발표하면."

"아무 뒷배도 없는 사람이 짓밟히는 건 순식간입니다."

구라하야는 덤덤하게 말했다. 지금까지 쓰네키 곁에서 비슷한 사례를 질릴 만큼 많이 본 것이 틀림없다.

"결정적인 증거를 쥐고 있지 않으면, 아니 쥐고 있더라도 쓰네키 님은 어떻게든 하실 거예요. 게다가 그분이 섬에 온 이상, 원하는 정보는 절대로 내놓지 않으실 거고요. 쓰네키 님은 그런 분이세요."

말이 너무 지나쳤다고 생각했는지 구라하야가 거북한 듯
눈을 돌렸다. 이 온화한 메이드의 눈에도 쓰네키 오가이는
인정사정없는 인간으로 보이는 것이겠지.

어쩌면 후시미의 이름을 쓰네키에게 보고했어야 했는지
도 모르겠다. 결과적으로 그쪽이 상처가 얕았을 수도 있다.
설마 이런 일이 벌어질 줄은 몰랐다. 후시미가 이렇게까지
쓰네키 오가이에게 집착할 줄이야. 혼자서 이런 섬까지 올
정도로 쓰네키에게 품은 의혹이 크다는 뜻일까.

만약 내가 내버려둔 탓에 후시미가 엉뚱한 행동에 나선 거
라면, 내게도 어느 정도 책임이 있다. 그렇게 생각하자 기분
이 한층 더 울적해졌다.

3

옛날 생각이 났다.

어느 날 사무소에 오자 낯선 여자가 소파에 편안히 앉아
있었다. 위는 후드티, 아래는 운동복인 차림새는 솔직히 말
해 후줄근한 실내복으로밖에 보이지 않았다. 머리는 허리까
지 내려올 만큼 길었고 앞머리는 헤어밴드로 올렸다. 넓은

이마와 동그란 눈이 어우러져 길을 잃은 다람쥐 같았다.

"너 누구야?"

"안녕하세요.……마야 고노카라고 해요. 성씨가 마음에 안 드니까 고노카라고 불러도 상관없어요."

여자는 그렇게만 말하고 들고 있던 태블릿PC로 동영상을 보기 시작했다. 이어폰을 꽂지 않아서 소리가 다 들렸다.

눈앞에 펼쳐진 상황이 이해가 가지 않아서 아카기가 올 때까지 그 자리에 가만히 서 있었다.

뒤이어 느긋하게 출근한 아카기는 전혀 동요하는 기색 없이 "새 직원이에요"라고만 말했다.

"뭐라고? 야, 왜 그걸 멋대로……."

"성과급이어도 상관없다고 했고 이건 본인의 사회 복귀를 위한 일이기도 해요. 자기가 편한 대로 사무소에 다니도록 하면서 점점 적응시키려고요."

"잠깐만, 아직 머리에 피도 안 마른 것 같은데, 뭘 할 수 있다는 거야?"

"고노카는 화이트해커예요."

"화이트해커는 또 왜?"

"탐정이니까 그런 방면의 지식도 있어야겠죠."

고노카는 대화를 나누는 두 사람을 빤히 바라보았다. 불안과 의심이 뒤섞인 눈빛을 받고 있으니 어쩐지 기분이 어수선했다.

"얘는 아오기시 씨를 믿고 온 거예요.……그, 뭐냐, 이런저런 일을 좀 저질러서 갈 곳이 없대요. 본인도 반성하고 있으니 능력을 살릴 수 있을 만한 곳에서 일하면 좋을 것 같아서."

"전과까지 있는 거냐!"

"더러운 악덕 기업의 구인광고에 진실을 올려놨을 뿐인데. 놈들이 과로사 만세, 라고 생각하는 건 진짜라고요."

고노카가 불만스럽게 중얼거렸다.

"어때요, 정의의 사도 같죠? 전과는 제쳐놓고요."

"해킹해서 구인광고를 수정하는 게?"

"어차피 저 같은 걸 채용하셨으니 한 명이나 두 명이나 마찬가지죠."

"그게 네가 지향하는 정의의 사도가 할 말이냐?"

"네, 맞아요. 정의의 사도는 팀을 이루는 법이니까요."

결국 아오기시는 마야 고노카를 받아들였다.

스무 살짜리 화이트해커 고노카의 실력은 확실히 뛰어났다. 고노카는 그 분야에 어두운 아오기시를 빈틈없이 보조해주었다. 이렇듯 아오기시로서는 힘에 부치는 분야에 정통한 동료가 있으면 지금까지 해결할 수 없었던 사건에도 손을 댈수 있다.

예를 들면 고노카는 어느 고급 레스토랑에 집요하게 살해

예고 메일을 보낸 사람의 정체를 대번에 알아냈다. 그리고 아오기시와 아카기가 현장에 가서 범인을 확보해 경찰에 넘겼다. 고노카가 없었다면 그 사건은 해결하지 못했으리라.

"봐요, 나를 채용하길 잘했죠?"

고노카가 어린아이처럼 가슴을 펴고 그렇게 말했을 때는 건방지다고 생각하면서도 선선히 칭찬했다. 그러자 고노카는 제 나이에 어울리는 표정으로 부끄러워했다. 그 모습을 보자 의외로 잘해나갈 수 있을 것 같았다. 직원을 늘리는 것도 나쁘지 않다.

그 후로도 아카기는 어디선가 직원을 구해 왔다.

형사를 그만두고 떠돌아다니던 시마노 료타를 기동부대 역할로 스카우트했다. 스토킹에 고민하다 사무소에 상담하러 온 대기업 비서 시야쿠지이 미쓰키를 교섭 및 연락 담당으로 스카우트했다. 점점 변해가는 아오기시 탐정사무소에서 소장 아오기시만 따로 노는 것 같았다.

"우리 사무소에 와서 어쩌려고?"

"뭘 어쩌겠다는 생각은 없지만, 좀 더 나은 사람이 되고 싶었습니다."

처음으로 사무소에 왔을 때 시마노는 그렇게 말했다. 버들가지처럼 빼빼 마른 몸과 부드러운 미소, 거기에 촌스러운 안경만 보면 전직 형사라기보다는 전직 교사라는 직함이 어울린다.

"경찰은 왜 그만뒀나?"

"경찰도 일치단결된 조직은 아니라서요. 제가 생각하는 정의와 남들이 생각하는 정의가 양립하지 않는 경우도 있어서 가치관 차이로 퇴직을."

"아참, 그게 아니지. 그러고 보니 잘린 거였어. 무슨 짓을 한 거야?"

"그게 말이죠. 밤이면 밤마다 신입을 내기 마작에 데려가는 동료를 때렸습니다."

"가치관 차이라는 말은 완곡한 표현이었나."

"글쎄요. 허세일지도."

"또 전과자라……."

아오기시의 푸념에 시마노는 과장되게 어깨를 움츠리고 "아니요, 전과는 없습니다. 합의했거든요" 하고 말했다. 그렇다고 기뻐해야 할지 모르겠다. 시마노는 낭랑한 목소리로 말을 이었다.

"세상이 망할지라도 정의를 행하라. 하늘이 무너져도 정의는 세워라."

시마노에게는 인용하는 버릇이 있는데, 그 말이 유명한 라틴어 구절이라는 걸 아오기시는 나중에야 알았다. 또 골치 아픈 사람이 왔구나, 하는 것이 첫인상이었다.

다음으로 온 시야쿠지이에게도 아오기시는 똑같은 질문을 했다.

"우리 사무소에 와서 어쩌려고?"

"아직 모르겠지만, 어제보다 조금 나은 오늘을 만들어봤으면 해서요."

"전과는?"

"어머, 있는 것처럼 보이세요? 지금까지 34년을 살면서 경찰에 체포된 건 게임에서뿐인걸요."

시야쿠지이는 화사하게 웃으며 말했다. 시야쿠지이는 별 볼 일 없는 탐정사무소에 있기보다 배우라도 되는 게 더 어울릴 만큼 남의 시선을 끄는 미녀였다. 스토킹 사건이 해결됐지만, 결국 비서 일은 그만뒀다고 한다. 무리도 아니리라. 예상외였던 건 아카기가 그런 시야쿠지이를 스카우트했다는 사실이었다.

"저는 꽤 많이 체념하며 살아왔어요. 세상에는 어떻게 해도 안 되는 일이 있는데, 바로 그런 일에 발목을 잡혀서요. 그래서 아오기시 씨에게 의뢰했을 때도 솔직히 기대는 안 했어요. 하지만 정말로 사건이 해결된 걸 보고, 있는 건가 싶었어요."

"있다니, 뭐가?"

"정의요."

정의요, 올바른 일. 시야쿠지이가 세심하게 덧붙여 말했다.

"분명 도움이 될 거예요. 이래 보여도 비서로 오래 일했고, 일을 잘한다는 소리도 많이 들었거든요. 그런데 이 사무소에 차는 있나요?"

"없는데. 필요하면 렌터카를 쓰지."

"그런가요. 차가 있으면 더 도움을 드릴 수 있을 것 같은데."

"운전을 잘하나?"

"아니요. 장롱 면허예요. 탐정사무소에 취직하면 추격전 같은 걸 해보고 싶어요! 생각만 해도 기분이 들뜨네요!"

추격전도 시야쿠지이 미쓰키도 거절하려고 했지만, 결국 아카기의 구슬림에 넘어갔다. 나중에 돌이켜보면 선견지명이 있었던 셈이지만, 당시의 아오기시 입장에서는 미친 짓에 지나지 않았다.

아카기가 데려오는 사람에게는 공통점이 있었다. 첫 번째, 다양한 이유로 원래 직장을 잃는 등, 갈 곳이 없는 이탈자라는 점. 두 번째, 그러면서도 아오기시 탐정사무소에는 필요한 인재라는 점.

그리고 마지막으로 모두 '정의의 사도'라는 아카기의 이념에 진지하게 찬성한다는 점.

아오기시도 그 말에 마음이 움직인 사람이지만 그래도 놀라움이 더 컸다. 이 세상에서 정의를 진지하게 논하는 사람은 찾아보기 힘들다. 얼마 전까지만 해도 아오기시는 절대로 말이 안 통하는 인간들이라고 생각했으리라. 이런 변두리 탐정사무소가 좋은 세상을 만드는 일에 나서다니 너무 꿈같은 이야기다.

어느덧 아오기시 탐정사무소의 직원은 아오기시를 포함해 다섯 명으로 늘어났다.

그뿐만이 아니다. 아카기는 다양한 곳에 인맥을 만들었다.

본래 탐정과는 별로 상성이 좋지 못한 경찰, 의학적인 조언을 얻기 위한 의사, 사람 찾기 등에 실력을 발휘하는 상점가 정보망 등등. 아카기는 통찰력이나 추리력이 뛰어나지는 않았지만, 이렇듯 사람과 사람을 연결하는 능력이 탁월했다.

아오기시의 탐정 활동도 서서히 그 폭이 넓어졌다.

지금까지는 거절할 수밖에 없었던 어려운 의뢰도 받아들였고, 힘에 부치던 사건도 해결해냈다.

예를 들면 은행에서 벌어진 인질극 사건이다. 범인과의 교섭은 아무리 생각해도 탐정이 할 일이 아니다. 하지만 아카기가 자신과 인질을 교환하자고 자청하는 바람에 아오기시가 나서야 할 입장에 처했다. 이때만큼은 아카기를 채용한 걸 후회했지만 어쩔 도리도 없었다. 아카기 스바루는 그런 남자였다.

시야쿠지이가 범인과 교섭했고 그 사이에 아오기시가 범인의 진짜 목적과 은행에 폭탄이 설치됐다는 사실을 밝혀냈다. 고노카의 힘을 빌려 은행에 잠입해 인질 구출에 한몫한 건 시마노였다. 시마노는 겉보기에 어울리지 않게 민첩한 몸놀림으로 기동부대 역할을 톡톡히 했다. 결국 이 사건에서는 사망자가 단 한 명도 나오지 않았다.

독단적으로 행동한 아카기를 야단쳤지만 총명한 아오기시 고가레는 자신들이 끼어들지 않았으면 피해가 얼마나 커졌을지도 알고 있었다. 범인은 은행에 있던 예순 명 남짓 되는 사람들과 함께 죽을 작정이었기 때문이다.

"정말 죄송합니다. 다음부터는 아오기시 씨께 한마디 선언하고 나서 할게요."

"한마디 '상의'하고 나서겠지."

아오기시는 어처구니없다는 것처럼 중얼거렸다. 무심코 터지려는 웃음을 참느라 고생했다.

요란한 체포극을 연출한 적도 있다. 아오기시가 어떤 살인 사건의 범인을 찾아냈는데 당치 않게도 범인이 근처에 있던 사람을 인질로 삼아 도주를 꾀한 것이다.

예전 같았으면 아오기시는 즉시 모든 일을 경찰에 맡겼으리라. 자신의 실수를 한탄한들 할 수 있는 일이 없기 때문이다.

하지만 아카기는 근처를 달리던 스포츠카를 억지로 세우고 겨우 빌리는 데 성공했다. 당연하게 올라타는 동료들의 성화에 못 이겨 아오기시도 조수석에 탔다.

"제가 나설 차례가 왔네요!"

운전석을 차지한 시야쿠지이가 드높이 소리쳤다. 정말로 시야쿠지이의 추격전을 보게 될 줄은 몰랐다. 쾌적한 운전이라고는 할 수 없었지만 적어도 범인은 따라잡았다.

아오기시 혼자서는 해결할 수 없는 사건도 애초에 관여하지 않았을 사건도 맡기 시작했다. 아오기시는 예전보다 더욱 '탐정' 노릇을 하게 됐다.

그 사실은 솔직하게 기뻤다. 이로써 아카기가 말하는 '정의의 사도'에 가까워지고 있는지는 모르겠지만 충실하게 활동하고 있는 건 확실했다.

'아오기시 고가레'의 이름이 알려질 때마다 아카기는 쌍수를 들고 기뻐했다. 그 모습을 보기가 쑥스러워서 아오기시는 약간 퉁명스럽게 말했다.

"뭐가 그렇게 기뻐? 월급이 오른 거?"

"고가레 씨가 탐정으로서 점점 세상에 인정받는 거요."

"나 자신의 능력이 좋아진 게 아니잖아. 네 인맥이며 고노카의 기술 덕분이고, 몸을 놀리는 건 시마노가 훨씬 낫고, 시야쿠지이는……뭐, 운전은 좀 그렇지만……. 어쨌거나 나는 도움을 받고 있을 뿐이야. 내 힘이 아니라고."

"그렇지 않아요. 저희는 물론 미후네 형사님도, 우와지마 선생님도, 모두 고가레 씨를 인정하니까 협력하는 거잖아요. 대단한 건 저희가 아니라 고가레 씨예요. 애당초 추리하는 것도 고가레 씨고."

아카기의 진심에서 우러난 말 같았지만 아오기시는 그렇게 생각하지 않았다. 확실히 추리는 자신이 한다. 하지만 최근에 아오기시는 탐정으로서 추리하는 것과 사건을 해결하는 것이 동일한 의미가 아니라는 걸 깨달았다. 자기 혼자 추리해내더라도 사건 자체를 가장 바람직한 형태로 마무리할 수 있는 건 주변 사람들 덕분이었다.

게다가 주변에서 협력해주는 이유도 틀렸다. 아카기가 만든 인맥을 아오기시가 잘 활용할 수 있는 건 오로지 아카기가 아오기시를 좋게 이야기하기 때문이다.

아카기는 아오기시 고가레가 얼마나 뛰어난 탐정이며 자신을 어떻게 구해주었는지를 열렬히 설명한다. 그 덕분에 주변 사람들은 아오기시에게 어느 정도 좋은 인상을 품은 상태로 아오기시를 대한다. 아오기시는 이미 어느 정도 좋은 점수를 받고 들어가는 셈이다.

그건 자신의 힘이 아니라 아카기의 힘 아닐까. 그런 생각을 지울 수 없었다. 잠시 후에 아오기시는 말했다.

"······네가 사무소에 들어온 뒤로 세상이 좀 나아졌는지도 모르겠다."

그건 아오기시 나름대로 최대한 고마움을 담은 말이었다.

그때 아카기를 받아들이지 않았다면 사무소는 이렇게까지 커지지 못했다. 사람을 더 많이 구하고 사건을 더 많이 해결한 건 아카기가 왔기 때문이다.

아카기라면 이 말을 듣고 평소처럼 구김살 없이 기뻐할 거라고 생각했다. 하지만 그렇지 않았다.

아카기는 멍한 표정으로 조용히 눈물을 흘리기 시작했다. 너무나 뜻밖의 반응이라 아오기시까지 어리벙벙해졌다. 다 큰 어른 두 명이 멍하게 마주 보고 있는 모습이 우스웠는지 돌아온 시야쿠지이가 깔깔 웃었던 것을 기억한다.

그렇게 아오기시 탐정사무소는 세상 한구석에서 정의를 위해 노력하고 있었다.

4

저녁 식사 시간은 낮과 딴판으로 성황이었다.

식당에 사람들이 모이자 제법 긴장감이 감돌았다.

귀족의 식사에나 사용될 법한 12인용 테이블, 그중 여덟 자리가 찼다. 즉, 이 저택에 온 여덟 명 전원이 저녁 식사에 참석했다.

너그럽게도 불청객인 후시미에게도 자리를 마련해주었다. 아오기시 맞은편이다. 거북하게도 옆자리는 우와지마였으므로 최대한 얌전하게 있기로 결심했다.

고마이와 구라하야가 식사 시중을 들러 들어왔다. 오쓰키는 보이지 않았다. 분명 주방에 있는 것이리라.

고마이가 모두의 잔에 와인을 따른 후, 쓰네키가 잔을 들고 인사했다.

"도코요지마섬에 오신 걸 환영합니다, 여러분. 이번 일정은 낙원처럼 안락할 것을 약속드립니다. 그 일환이 바로 이 연회입니다. 여러분은 천사에게 거부당하지 않고 도코요지마섬을 밟은 선택받은 사람들입니다. 앞날이 얼마 남지 않은 늙은이의 도락에 어울리러 오신 괴짜 여러분께 천사의 가호가 있기를. 건배."

건배 선창에 맞추어 아오기시도 와인을 들이켰다. 고급품이겠지만 맛은 잘 알 수 없었다. 다만 전채로 나온 토마토 산양젖 수프가 맛있다는 건 알았다. 맛이 절묘한 이 수프를, 현관 앞에서 담배를 피우던 불성실한 남자가 만들었다는 게 신기했다.

"이야, 정말 맛있군! 역시 쓰네키 씨야!"

시끄럽게 분위기를 망치며 음식을 먹는 건 국회의원 마사자키였다. 전체적으로 아담하니 생쥐 같은 인상을 주는 남자다. 왼손에 든 포크 손잡이까지 소스가 튀어 있는 등, 묘하게 지저분하게 먹어서 불쾌한 햄스터처럼 보이기도 했다.

　"맛있으시다니 다행이오."

　"이곳의 요리는 언제 와도 굉장합니다! 저도 온갖 요리를 다 먹어봤지만, 도코요지마섬에서 먹는 요리가 최고예요! 쓰네키 씨는 식재료를 어떻게 써야 하는지 잘 아십니다!"

　마사자키가 말끝마다 감탄부호를 붙일 기세로 쓰네키를 치켜세웠다. 칭찬받아야 할 사람은 쓰네키가 아니라 요리를 만든 오쓰키겠지만 그 점은 전혀 머릿속에 없는 듯했다.

　그 후로도 마사자키는 툭하면 쓰네키를 칭찬하고, 아마사와를 칭찬하는 등 주변 사람들을 치켜세우느라 바빴다. 그 모습을 보아하니 이 집단에서 그의 위치가 어떨지 짐작이 갈 것 같았다. 온갖 아양을 떨며 처세하는 수다쟁이 남자.

　반면에 소바는 의젓했다. 물어보는 말에만 대답하며 분위기를 읽는 데 집중한다. 아침 식사 때 그토록 부드럽고 친근하게 말을 걸어온 사람 같지 않았다. 이 집단 속에 있을 때는 별로 말을 하지 않는 걸까.

　그렇게 주변을 관찰하며 식사를 하고 있는데, 갑자기 쓰네키가 말을 걸었다.

"그런데 아오기시 씨."

지금까지 이런저런 이야기를 나누던 손님들이 그 말에 맞추어 대화를 딱 중단했다. 눈앞의 금눈돔 푸알레에 집중하고 있던 아오기시는 하마터면 포크를 떨어뜨릴 뻔했다.

"왜 그러시죠?"

"……이렇게 보니 역시 당신이 내뿜는 기운은 놀랄 만큼 특별해. 이 섬에 오니 뭔가 느껴지나? 천사와 친밀도는 높아졌고?"

무심코 "네?" 하고 의아한 목소리로 되물을 뻔했다. 천사에 푹 빠졌다는 건 알고 있었지만, 뜬금없이 기운이니 뭐니 떠들어도 대응하기 난감할 따름이다. 천사와 친밀감을 느끼기는커녕, 이 섬에서 본 천사는 역시 지저분하고 괴상하게 생긴 괴물에 지나지 않았다. 당연히 섬에 온 후로 뭔가 느끼지도 못했다.

"쓰네키 씨, 아오기시 씨는 아직 이 섬의 강력한 천력에 익숙해지지 않았을 겁니다. 안테나로서 감도가 너무 뛰어나다 보니, 천사의 아우라를 무의식적으로 차단했을지도 모르겠군요."

얼떨떨해하는 아오기시를 보고 있기 딱했는지 천국 연구가 아마사와가 끼어들었다. 사실 아마사와가 말한 천력과 천사의 아우라도 생뚱맞기는 매한가지였지만, 그 말을 들은 쓰네키가 "과연, 천사의 아우라와 파장이 맞지 않는다는 건가" 하고 알겠다는 표정으로 고개를 끄덕였으므로 잠자코 있었다. 마음이 점점 불편해졌지만, 아마사와 말고 도와줄 만한 사람은 없다. 잠시 후 쓰네키가 다시 입을 열었다.

"아까는 무례한 질문을 해서 미안하군. 다시 묻겠네. 아오기시 씨, 탐정으로서 강림을 어떻게 생각하나?"

이번에는 비교적 답변하기 쉬운 질문이었다. 하지만 신중하게 대답해야 하는 건 변함없다. 잠깐 망설인 후 겨우 말을 꺼냈다.

"……음, 글쎄요. 한마디로 말할 수는 없겠지만, 인간은 아직 천사에 대해 아는 바가 많이 없습니다. 천사가 어떤 존재인지를 판단하기도 어렵지 않나 싶은데요."

"흠, 그렇군."

"쓰네키 씨는 강림에 긍정적이신 것 같군요."

에둘러 그렇게 말했지만 대답은 뻔했다. 배도 그렇고 건배 선창도 그렇고, 쓰네키는 강림 긍정파를 넘어 완전히 천사 신자다. 아니나 다를까 쓰네키는 활짝 웃는 얼굴로 말했다.

"암, 얼마나 멋진가. 탐정사무소에서 천사의 진정한 아름다움을 깨달았다고 했었지? 천사가 많이 찾아온다는 이유로 이 섬을 샀을 정도야."

그 말을 듣고 놀랐다. 원래 소유하고 있던 섬이 아니었나.

그렇다면 쓰네키의 천사 신앙은 상상했던 것보다 중증이다. 아오기시는 도무지 이해가 가지 않았다. 맞은편에 앉은 후시미도 눈에 띄게 동요했다.

"나는 말이야, 천사가 이 세상을 조금이나마 낙원과 비슷하게 만들었다고 생각해. 이렇게 천사가 인간을 지켜보는 한 악인만 도태되겠지. 그렇게 생각하지 않나?"

"……과연 어떨까요."

아오기시는 주의 깊게 대답했다.

"왜? 살인을 저지르는 죄인이 지옥에 떨어지니까, 세상은 좋아지겠지. 실제로 전 세계에서 살인사건 피해자의 수는 줄어들고 있잖나."

"네, 뭐, 줄기는 줄었겠지만……. 악한 사람만 심판받고 선한 사람은 구원받는 방식치고는, 이 세상에 구멍이 너무 많은 것 같습니다. 더구나 선한 사람이라고 지옥에 떨어지지 않는 것도 아니고요."

예를 들면 '목사 조제약 살인사건'이라는 일이 있었다. 한 목사가 천사의 강림에 몹시 감명을 받고 스스로 약을 조합해 신도에게 나누어준 사건이다.

목사는 그것을 기적의 묘약이라 부르며 만병에 잘 든다고 선전했다. 하지만 약을 나누어주고 얼마 지나지 않아 참극이 벌어졌다. 제일 먼저 약을 받은 주부가 몸이 안 좋은 아이들에게 약을 먹였는데 아이가 죽어버린 것이다. 주부는 규칙에 따라 지옥에 떨어졌다.

그걸 시작으로 약을 먹은 사람들에게 차례차례 이상이 생겼고, 이윽고 목사는 주부를 뒤따르듯 지옥에 떨어졌다.

조사 결과 목사가 나누어준 약에 수은이 들어 있었음이 밝혀졌다. 왜 사람들에게 이런 걸 나누어주려 했는지 의심스러울 만큼 위험한 독극물이다.

목사는 그걸 특효약이라고 믿었다. 사흘 동안 달빛을 쪼고 천사의 몸에 내린 서리를 섞은 수은으로 몸속을 통째로 살균할 수 있다고. 결과적으로 여섯 명이 그가 만든 약을 먹고 죽었다.

지옥에 떨어진 목사는 인격자였는지 그에게 구원을 받았다는 사람이 많았다.

여기서 중요한 점이 하나 있다. '본인이 유독하다고 생각지 않았더라도 남에게 수은을 먹여서 죽이면 지옥에 떨어진다'는 단순한 사실이다.

남을 구할 수 있으리라 믿고 사리사욕 없이 약을 만든 목사는 악인이었을까.

아니다. 그는 그저 멍청하고 무분별했을 뿐이었다. 그런 사람이 길을 잘못 드는 걸 막지 못한 시점에서, 이 세상에는 부족한 부분이 너무 많다고 할 수 있겠다.

"그런가. 재미있군."

쓰네키는 조용히 중얼거리고 아오기시를 빤히 바라보았다.

쓰네키 오가이는 사무소에서 이야기를 나누었을 때보다 더더욱 정체 모를 분위기에 휩싸여 있었다. 그의 천사 신앙은 아오기시의 이해력을 한참 뛰어넘었다. 두 사람 사이에는 분명 깊은 골이 있다. 방금 던진 일련의 질문으로 쓰네키가 뭘 헤아리려는 건지조차 아오기시는 알 수가 없었다. 잠시 후 아오기시는 체념한 듯 말했다.

"솔직히 말씀드리자면 탐정과 천사의 심판은 상성이 아주 안 좋습니다."

"탐정과 천사는 상성이 좋지 않다. 대체 왜?"

"그야 범죄가 없어지면 탐정도 무용지물이 되니까요."

일부러 심술궂게 말하고 쓰네키의 반응을 보았다.

하지만 쓰네키는 불쾌함을 내비치지 않고 오히려 아오기시의 말을 재미있어하는 것 같았다.

탐정은 천사와 상성이 좋지 않지만, 아카기 스바루는 천사가 강림해도 낙관적인 태도를 잃지 않았다.

아카기는 시무룩한 아오기시에게 푸근한 웃음을 지으며 밝게 말했을 정도다.

"그래도 어쩌면 세상이 좋아질지도 모르잖아요."

천사가 강림하고 규칙을 대강 파악하자 아카기는 그런 기대를 품었다.

"그 기분 나쁜 놈들에게 뭘 기대하는 거야. 사람을 산 채로 지옥에 끌고 간다고. 그건 악마야."

아오기시가 넌더리 난다는 표정으로 말하자 아카기는 인상을 약간 찌푸렸다. 그 과도한 심판에 대해서는 뭔가 생각하는 바가 있었는지도 모른다. 살인은 용서할 수 없는 죄지만, 산 채로 불타는 모습은 처참하고 잔혹했다.

하지만 아카기는 또 웃음을 보이며 말했다.

"좀 더 단순하게 생각하죠. 적어도 이제 연쇄살인은 없어지는 거잖아요. 그것만으로도 좋은 일이에요. 사후세계가 있다는 걸 알았으니 사람들도 좋은 일을 하려고 마음먹을 테고."

"과연 그럴까. 지옥으로 끌려가는 건 봤어도, 천국이 있는지는 모르잖아."

"있어요. 착한 사람이 있으니까 천국은 반드시 존재해요."

아카기는 한 치의 망설임도 없이 말했다.

사무소에 처음 왔을 때가 떠오르는 모습이었다. 너무 순수하고 솔직해서 보고 있는 이쪽이 부끄러워질 정도다. 하지만 아카기에게 그런 점이 없었다면 아오기시는 함께 일하기로 마음먹지 않았을 것이다.

"……무엇보다 이대로 가면 우리 생계가 막막해질 거야. 그래도 괜찮겠어?"

"그거 좋네요. 탐정이 일하지 않아도 되는 세상은 평화로운 낙원이잖아요. 낙원이라도 개나 고양이는 길을 잃어버릴 테니, 그걸 찾으면 되지 않을까요."

"그걸로 어떻게 먹고사냐."

"정 안 되면 다 함께 독립하죠. 밥집이라도 차려서……."

"그러면 네가 제일 먼저 모가지겠군."

"네?! 어째서요?!"

"미대 출신이 제일 필요 없으니까."

"에이, 아니에요. 간판이나 광고지를 공짜로 그릴 수 있는 걸요. 실제로 해보지 않아서 그게 얼마나 도움이 되는지 모르시는 건가."

아카기는 입술을 삐죽 내밀고 이것저것 해보고 싶은 가게 이야기를 꺼냈다.

정의의 사도가 평화롭게 밥집인가 싶었지만 아카기가 말하는 미래도 그렇게 나쁘지 않았다.

이 세상의 부도덕을 모조리 천사에게 맡기고 무용지물이 되는 꿈을 꾸었다.

"의외로군."

쓰네키의 말에 현실로 되돌아왔다. 얼른 쓰네키를 보았다.

"의외라고요?"

"그래, 의외야. 본인도 그렇게 생각하지? 마음을 여태 천사에게 맡기지 않은 게."

그 말을 듣자 등에 소름이 쭉 끼쳤다.

맛 좋은 음식을 먹어서 흡족했던 배 속이 답답해지고 목구멍으로 신물이 올라왔다. 하지만 아오기시는 아무렇지도 않은 척 대답했다.

"……글쎄요. 그렇지도 않습니다. 인간은 그리 쉽게 변하지 않는 법이라서요."

"나는 변했어. 명확한 변화가 일어났지. 천사가 내 인생을 좀 더 나은 방향으로 인도했어."

"무슨 말씀이신지?"

"……사실 나는 2년 전에 큰 병을 앓았다네. 죽음을 강하게 의식했지. 그런데 그때 계시를 받았어. 신은 인간을 받아들일 장소를 마련하셨지만 그 장소에 다다르기 위해서는 자격이 필요하다는 걸 알았지. 나는 병상에서 일어난 후 천국에 다다르기 위해 천사에게 마음을 열기로 했네."

그렇군요, 하고 아오기시는 건성으로 대답했다. 그렇듯 죽음을 앞두고 영적 방면에 눈을 뜨는 사례는 적지 않다. 이 세상에 천사라는 존재가 강림했으니 더더욱 영향을 받았을 것이다. 하지만 쓰네키는 그것이야말로 세상의 진리라는 듯한 표정이었다.

"천사에게 극한까지 다가간 사람이라면 알겠지만, 아오기시 씨는."

쓰네키가 뭔가 더 말하려고 했다. 아오기시도 몸을 약간 긴장시켰다. 하지만 쓰네키는 아슬아슬하게 말을 삼키고 부드럽게 말했다.

"……아니지, 여기서 논쟁을 벌인들 무슨 소용이겠나. 지금은 식사를 하세. 답은 곧 나올 거야."

"답? 무슨 답 말씀이십니까?"

"물론 당신이 제일 알고 싶어 하는 문제, 천국의 유무에 대한 답이지."

그렇게 말하고 쓰네키가 다시 잔을 들었다. 그것이 무슨 신호라도 되는 양, 사람들도 다시 이야기를 나누기 시작했다.

뭔가 획책하는 듯한 쓰네키의 태도가 찜찜하게 느껴졌다. 하지만 여기까지 온 이상 달아날 수는 없었다. 천국의 유무라고 쓰네키는 똑똑히 말했다. 즉, 이렇게 허세를 부릴 만한 무슨 근거가 있다는 뜻이다. 아오기시도 어색하게 다시 식사를 시작했다.

그 후로는 식사를 하면서 마사자키와 아마사와가 던지는 하잘것없는 질문에 드문드문 대답했다. 옛날이야기를 물어봤을 때는 적당히 얼버무렸다. 아오기시 탐정사무소에 대해 그들에게 할 말은 없다.

그렇게 떨떠름한 저녁 식사가 끝나자 저택에 있는 모든 사람이 지하실로 이동했다.

5

돌로 만든 지하실은 어쩐지 방공호를 연상시켰다. '기왕 저택을 짓는 김에 만들어봤습니다'라는 분위기를 풍기는 공간에 필요 이상으로 조명을 켜놓아서 오히려 으스스했다. 안쪽에 있는 작은 방 두 개는 정말로 창고로 사용하는 듯했다.

"여기서 뭘 하는데요?"

어느 틈엔가 합류한 오쓰키가 물었다. 뒷정리도 하는 둥 마는 둥 온 것으로 보건대, 그도 이벤트가 궁금했던 것이리라. 무례하게 느껴지는 질문에도 쓰네키는 웃으며 대답했다.

"여러분에게 보여주고 싶은 게 있어서. 여기 있는 사람들은 같은 기적을 공유하기에 충분한 인연으로 맺어져 있어. 그렇지 않은가."

쓰네키의 말에 마사자키와 호지마가 비위를 맞추듯 희미

한 웃음을 지었다. 이 자리에 뭔가 인연이 있을 것 같지는 않았다.

"뭘 보여주시려고요?"

소바가 차분한 목소리로 물었다. 이 중에서 천사에 제일 관심이 없어 보이는 데다, 쓰네키에게 알랑거리지도 않는다.

"소바, 자네는 천사에 별로 흥미가 없는 듯한데……천국은 어떤가."

"저는 천국과도 별로 인연이 없는 불신자라서요. 제 쪽에서 거리를 두고 있는 모양새입니다. 천국이 있다는 게 확실해진다면 생활 태도를 바꿀지도 모르겠군요."

"솔직해서 좋군. 그럼 오늘 만날 천사는 자네의 생활 습관을 바꿔줄 트레이너가 될지도 모르겠어.……이 비유는 너무 세속적인가? 익숙하지 않은 소리는 하는 법이 아니로군."

"그렇다면 오늘 쓰네키 씨가 모셔둔 비장의 천사를 만날 수 있는 건가요? 그것참 멋지군요."

마사자키가 오른쪽 손목에 찬 시계를 문지르며 바로 알랑방귀를 뀌었다. 뭐가 멋지다는 건지도 모를 빈 쭉정이 같은 말이다. 이쪽은 이쪽대로 천사에게는 크게 흥미가 없는 듯하다. 말투와 태도가 경박하다.

"그래. 나는 그 천사가 바로 우리와 천국을 이어줄 가교라고 생각하네."

"호오……."

마사자키가 감탄인지 뭔지 모를 미묘한 목소리를 흘렸다. 아오기시는 서론은 이만 됐으니까 빨리 진행했으면 하는 마음이었다.

이 중에서 가장 기묘한 반응을 보인 사람은 아마사와였다. 천국 연구가로서 좀 더 적극적으로 발언해도 이상하지 않으련만 묘하게 굳은 표정이었다. 이 분위기와 지하실에 겁을 먹은 걸까. 아까부터 손수건으로 땀이 밴 손바닥을 연신 닦을뿐더러, 갖다 붙인 듯이 어색한 웃음을 띠고 있었다. 분명 낌새가 이상하지만 아오기시 말고는 아무도 눈치채지 못한 모양이다. 그대로 이벤트가 진행됐다.

"처음에는 이 기적을 어떻게 받아들여야 할지 몰라 거부 반응을 나타낼 수도 있어. 하지만 이것이 바로 신께서 우리에게 거룩한 손길을 내미신다는 증거야. 만약 이 천사의 아우라에 정신적으로 충격을 받더라도 걱정할 필요 없네. 우리는 언젠가 반드시 이 천사를 이해할 수 있어. 넘치는 천력으로!"

쓰네키는 청중의 반응을 전혀 신경 쓰지 않고 황홀한 표정으로 떠들었다. 그러는 사이에 고마이가 지하실 안쪽에서 커다란 밀차를 밀고 나왔다. 그 위에는 천에 덮인 상자 모양 물건이 얹혀 있었다.

그 상자에서 기묘한 '목소리'가 들렸다.

"뭐야, 이 목소리는……."

아오기시는 저도 모르게 소리 내어 말했다. 그러자 쓰네키가 웃는 얼굴로 말했다.

"자, 아오기시 씨. 이쪽으로. 이 목소리가 더 잘 들리는 곳으로."

지목당하자 아오기시는 아플 만큼 심장이 쿵쿵 뛰었다. 꺼림칙한 예감이 들었다. 사람들의 기대감을 읽는 데는 익숙하다. 아오기시는 내내 탐정으로 살아왔으니까.

그런데 왜 여기에 올 때까지 쓰네키의 왜곡된 기대감은 알아차리지 못했을까.

아오기시는 쓰네키가 시키는 대로 휘청휘청 상자 앞에 섰다. 뭔가를 감지했는지 상자가 덜컥덜컥 크게 흔들렸다. 지하실은 무거운 침묵에 휩싸였다. 이 상자 속에 무서운 뭔가가 있다는 사실을 모두가 알아차린 것이다.

"자, 고마이. 덮개를 치우게."

쓰네키의 지시에 따라 고마이가 덮개를 치웠다.

아름다운 은색 우리에 갇힌 천사가 나타났다.

천사의 겉모습은 별다를 것 없었다. 다른 천사처럼 비쩍 마른 몸을 구부리고 날개를 내린 채 우리 속에 엎드려 있었다. 사방이 불빛으로 환한데도 평평한 얼굴에는 아무것도 비치지 않았다.

유일하게 특이한 점은 천사가 끊임없이 '목소리'를 내고 있다는 것이었다.

"우우우우, 유휴휴휴."

정확하게 말하자면 목소리라고 하기에는 어설픈 잡음이 었다.

하지만 강림 이후로 천사가 날갯소리 말고 다른 소리를 낸 적은 없다. 그렇다면 이것이 처음으로 확인된 천사의 육성이라 해도 의심할 여지가 없다.

우리 속의 천사는 자신을 바라보는 인간들에게 차례대로 고개를 돌리더니 또 "우루루으으으" 하고 목소리를 흘렸다. 아오기시는 헉, 하고 숨을 삼켰다. 솟아오른 감정은 틀림없이 공포였다.

이 괴물이 의사를 지니고 목소리를 낸다는 것이 무서웠다.

"이, 이거……이건…….."

아마사와가 작게 중얼거렸다. 그의 얼굴에 서린 감정도 곤혹스러움과 두려움이었다. 아마사와는 보이지 않는 손이 끌어당긴 것처럼 천사에게서 뒷걸음쳤다. 당장이라도 지하실에서 달아날 것만 같았다.

주변의 반응도 별 차이 없었다. 목소리를 내는 천사는 상상했던 것보다 훨씬 무서웠다. 당장이라도 이 천사가 신의 목소리를 대변하지 않을까, 라는 근원적인 공포다.

"어떤가, 아오기시 씨."

그런 와중에 쓰네키 혼자 황홀한 표정을 짓고 있었다.

"어떠냐니요?"

간신히 그렇게만 대꾸했다. 그 사이에도 신음소리와 비슷한 천사의 목소리는 지하실 깊숙이 울려 퍼졌다.

"모르겠나, 아오기시 씨. 이 천사는 말을 할 줄 알아. 그 밖에 말을 하는 천사가 발견된 사례는 없네. 이 천사는 특별해."

헛소리라고 반사적으로 생각했다. 이것이 천사의 말이라고 순진하게 믿는단 말인가? 이런 건 짐승이 울부짖는 소리와 다를 바 없다.

"아오기시 씨. 천사에게 뭔가 하고 싶은 말이 있지 않나?"

"하고 싶은 말이라니요?"

그때 천사가 은색 우리에서 손을 뻗어 아오기시의 팔을 잡았다. 체온이 느껴지지 않는 모조품 같은 손이다. 하지만 그건 틀림없이 살아 있었다.

"잊어버리지는 않았겠지, 아오기시 씨."

쓰네키가 묘하게 밝고 카랑카랑한 목소리로 말했다.

"당신은 천사에게 선택받은 적이 있지 않은가. 그건 축복이었어. 난 확신해. 당신은 특별한 인간이야. 당신이라면 그

108

천사와 대화를 할 수 있을 터!"

"대화는 무슨 얼어 죽을 대화, 못 해! 이딴……."

붙잡은 손을 뿌리치려고 했지만 천사의 손은 꿈쩍도 하지 않았다. 인간을 지옥에 떨어뜨릴 때를 빼면 천사는 힘이 약할 텐데. 마치 용접이라도 한 것 같다. 아오기시는 마음이 다급해졌다. 이래서는 달아날 수 없다.

"자, 아오기시 씨! 천국이 있는지 없는지 천사에게 물어보게! 내 말은 통하지 않았지만, 당신이라면 분명."

"어이, 당장 이 같잖은 짓을 중단해!"

누구에게랄 것도 없이 그렇게 외쳤다.

그 목소리에 호응이라도 하듯이 아오기시의 팔을 붙잡은 천사가 목소리를 한층 높였다.

우는 것처럼도, 으르렁거리는 것처럼도 들리는 기묘한 소리였다.

온몸에 으스스 한기가 돌았고 중력이 반대로 작용하는 것처럼 속이 거북해졌다. 천사가 목소리를 냈다. 매끈매끈한 얼굴이 아오기시를 향했다.

아무것도 비치지 않을 얼굴에서 아카기의 환영을 보았다. 그뿐만이 아니다. 아카기가 데려온 고노카, 시마노, 시야쿠지이의 모습도 보였다. 그걸 본 순간 시야가 깜깜해졌다.

아오기시가 쓰러지는 것과 동시에 천사가 손을 놓았다. 천사는 여전히 목소리를 멈추지 않았다.

아카기를 비롯한 동료들의 환영은 아직 눈꺼풀 안쪽에 머물러 있었다. 한시도 잊어버린 적 없는 모습이다.

도코요지마섬에서 돌아가도 아오기시는 이제 그들과 만날 수 없다.

천사가 존재하는 세상에서 정의의 사도를 지향하던 이상론자들은 이제 없다.

모두 죽었다. 살해당했다.

'한 명이라도 더 많은 사람을 저승길 동무로 삼고 싶다'라는 파멸적인 소망의 희생양이 되어 순식간에 불타버렸다.

6

천사가 나타나고 인간이 지옥에 떨어지게 되자, 살해당하는 인간의 수 자체는 줄었다.

하지만 충동적인 살인사건은 예전보다 더 쉽게 발생했다.

—두 명을 죽이면 지옥행이라면 한 명까지는 죽여도 되는 것 아닌가?

어느덧 그런 풍조가 생긴 것이다.

물론 그런 일이 용납될 리 없다. 천사는 살인을 긍정하고

자 존재하는 것이 아니다. 하지만 예전보다 활동이 활발해진 종교단체와 사태를 수습하느라 분주한 정부가 살인은 나쁜 짓이라고 아무리 타일러도 별 효과 없었다.

연쇄살인이 일어나지 않는 대신에, 그 '권리'를 활용해 남을 죽이는 사람이 늘어났다. 한 명까지는 죽일 수 있다면 죽이는 게 이득 아닌가? 정말 이상한 논리다. 하지만 사람들은 그 논리에 수긍했다.

게다가 천사가 나타난 후, 모든 나라에서 사형을 폐지했다. 살인죄를 다스리는 지옥행이라는 벌이 생겼고, 애당초 이런 세상에 사형 집행인은 존재할 수 없다. 무슨 이유든 두 명을 죽이면 지옥행이니까. 이 세상에서 연쇄살인을 심판할 수 있는 건 천사뿐이었다. 그로 인해 사람을 죽이고도 '용서받았다'는 실감을 얻는 인간이 더 늘어났다.

"아이고, 완전히 말세로군……."

신문에는 연일 살인사건을 보도하는 기사가 실렸다. 범인은 대부분 죄의식조차 느끼지 않는 것 같았다. 이 무렵 아오기시는 아직 살인사건도 조사하고 있었는데, 자신의 범행을 숨기지 않는 범인과 조금만 추궁해도 자백하는 범인이 늘어났다.

그럴 때 그들은 "고작 한 명 죽인 걸 가지고 뭘 그러느냐"라는 태도를 보였다. 신이 용납한 살인이다. 인간에게 심판받을 이유는 없다.

강림 이후 세상이 정의로운 방향으로 나아가고 있다고는 생각할 수 없었다. 오히려 점점 좋지 않은 방향으로 나아가고 있었다.

"앞으로도 계속 수습되지 않으면 어쩌지?"

소파에 앉은 고노카가 불안한 듯이 중얼거렸다. 안타깝게도 사태가 수습될 전망은 전혀 보이지 않았다.

이대로 이것이 윤리의 기준점으로 자리 잡고, 지상은 천사가 만든 규칙에 통제된다. 그렇게 되었을 때 인간은 어떤 삶을 살게 될까.

"넌 이런 일로 겁을 먹을 성격이 아니잖아. 아니면 뭐야, 남에게 원한이라도 샀어?"

"남에게 원한을 샀다는 건 나도 잘 알고 있고, 천수는 못 누릴 것 같기도 해요. 하지만 겁나는 건 살인보다, 이거."

고노카가 가리킨 건 신문 1면에 실린 사건, 어느 회사에서 발생한 폭파사건이었다. 범인은 자기가 일하던 회사에 폭탄을 설치해 일제히 폭발시켰다. 사망자는 여덟 명, 의식불명이 두 명.

범인은 함께 폭사했겠지만, 아슬아슬하게 지옥으로 끌려갔다는 생존자의 증언도 있다. 어느 쪽이 맞는지는 모른다. 천사의 단거리 달리기 기록을 모르니까.

천사가 지옥으로 끌고 가는 규칙이 판명된 후 급격하게 늘어난 현상이 하나 더 있다.

이 사건 같은 무차별 테러다.

두 명을 죽이면 지옥행. 동기고 뭐고 상관없이 사람을 죽인 자는 지옥의 업화에 불탄다.

그 규칙을 듣고 발상을 전환한 사람들도 있었다.

두 명을 죽이고 지옥에 갈 바에야 한꺼번에 많이 죽여야 하지 않을까.

어차피 지옥에 떨어질 바에야 더 많은 사람을 길동무로 삼는 편이 낫지 않겠느냐는 생각이다.

정신 나간 생각이다. 하지만 이 생각에 다다르는 사람은 애당초 제정신이 아니다.

지옥에 떨어져도 상관없다고 여길 만큼 강한 살의를 품은 인간이, 마지막 순간에 고려하는 가성비. 그것이 대규모 무차별 살인사건을 유발한다.

패턴은 다양했다. 간단하게 수많은 사람을 죽일 수 있는 폭탄 테러뿐만 아니라, 총기를 난사하는 사람도 있거니와 차를 몰고 인파 속으로 돌진하는 사람도 있었다. 독가스를 살포하거나, 역 구내에서 지옥에 떨어질 때까지 도끼를 휘두른 패턴도 있었다.

전 세계에서 비슷한 일이 발생했다.

너 죽고 나 죽자는 인간이 제한된 목숨을 효율적으로 사용하기 위해 한꺼번에 많은 사람을 죽이는 방향으로 진화하고 만 셈이다. 대량살상 전용 폭탄이 나왔다고 들었을 때는 아오기시조차 무심코 구역질을 했을 정도였다.

"고가레 씨, 나 무서워요."

고노카가 불안한 듯 중얼거렸다. 늘 초연하게 행동하는 고노카가 몹시 어려 보였다. 고노카가 아무리 우수한 해커라지만 아직 스무 살 남짓이다.

고노카가 어깨를 떨었다. 그런다고 떨림이 멈출 것 같지는 않지만, 저도 모르게 그 어깨에 손을 얹었다. 바닥을 내려다보던 고노카가 고개를 들어 아오기시를 보았다.

"괜찮아."

뭔가 위로를 원하는 눈빛이길래 아무 근거도 없지만 그렇게 말했다.

"네가 걱정하는 일은 일어나지 않아. 분명 수습될 거야. 아카기, 시마노, 시야쿠지이 모두 이런 세상에서 어떻게든 정의를 구현하려고 애쓰고 있잖아. 나도 그렇고."

"······고가레 씨도요? 그렇게 안 보이는데요."

"무슨 말이 그래? 너희를 위해 잡일이며 사무소 운영이며 도맡는 게 누구냐? 나는 이런 식으로 일하는 탐정이 아니었는데."

그런데 어느 틈엔가 변했다. 아카기에게 이끌려 아오기시도 정의의 사도 노릇을 하게 됐다. 지금도 탐정은 정의의 사도가 아니라는 입장은 변함없다. 탐정이 어떻게 정의의 사도가 되겠느냐고도 생각한다.

하지만 아카기 스바루가 쓸데없는 소리를 하는 바람에, 약간은 그쪽으로 방향을 틀게 됐다. 정의의 사도가 되지는 못하더라도 목표로 삼는 게 올바르지 않겠느냐는 마음이 생겼다.

"걱정 마. 너도 아오기시 탐정사무소의 일원이잖아. 천재라고 늘 우쭐거리니까 이럴 때야 말로 가슴을 펴."

"……내가 천재인 것과 사건에 휘말릴까 봐 무섭다는 이야기는 아무 상관도 없는데."

고노카는 불만스럽게 중얼거렸지만 그래도 마음이 조금 진정된 것 같았다.

─이래서는 지상이 지옥으로 변한 셈이잖아.

속으로 그렇게 중얼거렸다. 천사를 보낸 신은 대체 무슨 생각일까. 인간들이 저승길 동무를 만드는 이런 세상을 보고, 정말로 만족스러울까?

대체 지옥은 뭘 위해서 존재할까?

아무튼 이 사태는 간과할 수 없었다.

아오기시와 동료들은 자신들의 정의를 믿고서, 불법으로 총기류를 취급하는 사람을 적발하는 데 온 힘을 쏟았다. 돌발적인 대량살인은 막을 수 없더라도 그런 사건에 사용되는 흉기의 거래는 단속할 수 있다. 그러면 사건을 미연에 방지할 수 있을지도 모르기 때문이다.

조금이라도 수상한 움직임이 보이면 현장에 가서 확인했고, 그러다 실제로 산탄총 거래 현장을 적발한 적도 있다. 새로운 폭약이니 뭐니 차례차례 나타나는 상황에서는 새 발의 피 같은 수확이지만 가만히 있는 것보다는 낫다.

그때 쫓고 있었던 것은 밀수입되는 어떤 폭탄이었다. 불길이 잘 번져서 범인이 지옥에 떨어진 후에도 피해가 커지므로 최악의 부류에 해당하는 흉기다.

"아무래도 고가레 씨가 짚은 곳이 유령회사인 것 같아요. 내일 저희가 가서 보고 올게요. 시야쿠지이 씨는 도중에 내려서 소가 변호사님께 갈 거고요. 넷 다 나갈 텐데 사무소 맡겨도 괜찮으시겠죠?"

아카기는 자료를 척척 정리하며 진지한 표정으로 말했다. 아카기는 처음 만났을 때와는 비교도 안 될 만큼 듬직해졌다. 연일 일하느라 제대로 쉬지도 못했건만 눈빛은 의욕으로 가득했다. 아오기시는 그런 아카기를 감개무량하게 바라보며 대답했다.

"그럼, 마음 푹 놔. 애당초 너희가 없는 게 나도 일하기 편해."

아오기시는 사무소에 남아 유령회사가 관여한 기업을 찾아내는 역할을 맡았다. 수상한 거래는 없는가, 묘한 움직임은 없는가. 세상이 변해도 범죄와 연관된 곳에 구린내가 나는 건 변함없으며, 아오기시가 길러온 탐정의 직감은 이럴 때도 도움이 된다. 고노카가 무서워하기도 하니까 반드시 범인을 잡아낼 작정이었다.

그나저나 묘하기는 했다. 죽기로 마음먹은 인간이 어떻게 이런 불법적인 거래에 도달하는 걸까. 차를 몰고 인파 속으로 뛰어드는 방식 등을 사용했던 초기에 비해 악의가 점점 날카롭고 뚜렷해지고 있다. 궁지에 몰린 인간이 남을 해칠 마음을 그렇게까지 농축시킬 수 있을까.

거기서 아오기시는 한 가지 가능성을 떠올렸다.

이런 흐름을 타고 이익을 얻는 자가 있는 것 아닐까. 죽으려고 하는 사람에게 접근해 폭약이나 총 등의 '수단'을 제공함으로써 이익을 얻는 자가 있다면, 이 일련의 경향도 설명이 된다. 병자에게 관을 판매하는 듯한 이야기라 상상하기도 끔찍하지만, 만약 이러한 라인이 확립되면 안정된 사업이라 할 수 있지 않을까.

"저기, 고가레 씨. 안색이 많이 안 좋으신데요. 요즘 전혀 못 쉬어서 그런가."

표정이 너무 심각했는지 아카기가 걱정했다. 추리 축에도 들지 못할 상상을 하다가 너무 인상을 쓴 모양이다.

"누가 누굴 걱정하냐. 너희가 훨씬 많이 일하잖아. 게다가 난 이런 데 익숙해."

"저희도 사무소에 들어온 지 3년 정도 됐는걸요. 나름대로 탐정티가 나잖아요."

"아직 멀었어."

아카기가 웃었다. 그 목소리를 듣자 거칠어진 마음이 조금 누그러졌다.

그때 갑자기 아카기가 진지한 표정으로 말했다.

"고가레 씨, 저희를 사무소에 받아주셔서 감사합니다."

딱히 그날만 꺼낸 말은 아니다.

함께 일하게 된 뒤로 아카기는 기회 있을 때마다 그런 말을 꺼냈다. 듣고 있는 이쪽이 창피해질 만큼 솔직한 감사의 말을.

그러니까 확실하다.

아카기는 자신이 죽을 줄 알고 그런 말을 한 게 아니다.

다음 날은 화창했다. 천사가 날아다니기에는 적합하지 않은 날씨다. 천사가 없는 하늘을 보고 어쩐지 묘하게 기뻤던 게 기억난다.

아오기시 탐정사무소에는 오랫동안 차가 없었지만 전국을 바쁘게 돌아다니게 된 후로는 염원하던 업무용 차량을 구입했다.

차는 시야쿠지이가 골랐다. 처음 만났을 때부터 차 타령을 했던 시야쿠지이는 마침내 차를 산다고 하자 부랴부랴 카탈로그를 들고 왔다.

"설마 이렇게 빨리 차를 구입할 줄은 몰랐어요! 아오기시 탐정사무소에 오기를 진짜 진짜 잘했어."

그렇게 말하는 시야쿠지이는 정말로 행복한 표정이었다.

"우리 사무소에 오기를 잘한 게 차 때문이라니."

"에이, 날마다 행복과 보람을 느끼지만 그건 그거고 이건 이거죠."

시야쿠지이는 고민한 끝에 5인승 하늘색 박스카를 선택했다.

네 차가 아니라 모두 함께 사용할 차라는 아오기시의 푸념에 "그러니까 하늘색을 골랐잖아요" 하고 대꾸한 게 잊히지 않는다. 어쨌든 납차일에 시야쿠지이는 너무 기뻐하다 토했다. 너무 들떴다.

그날 일로 이야기를 되돌리자. 차고에서 네 사람이 탄 차가 나왔다. 운전은 시야쿠지이가 맡았고, 조수석에 아카기, 뒷좌석에 고노카와 시마노가 앉았다.

사무소 앞 교차로에 접어들었을 때 일이 터졌다.

흰색 차가 신호를 무시하고 무서운 기세로 달려온 것이다. 시야쿠지이가 피할 겨를도 없었다. 하늘색 차체가 세차게 팅겨 나가고 굉음이 울려 퍼졌다. 그 소리에 아오기시는 창문으로 달려갔다. 그 직후에 유리창이 흔들릴 만큼 강한 충격을 느꼈다. 누군가의 비명이 뒤늦게 들렸다.

세상에서 소리가 사라지고 무섭다는 고노카의 목소리만 아오기시의 머릿속에 메아리쳤다. 겁내는 것도 무리는 아니다. 그 광경은 아오기시의 상상보다 몇 배는 더 끔찍했다.

부딪친 흰색 차가 폭발했음을 알아차린 순간, 아오기시는 사무소를 뛰쳐나갔다. 차 두 대는 불길에 휩싸여 어떤 상황인지조차 모를 지경이었다. 그저 구해야 한다는 생각뿐이었다.

"고노카! 아카기! 시마노! ⋯⋯시야쿠지이!"

이름을 불렀다. 대답은 없었다. 불길 때문에 차 안쪽을 확인할 수가 없었다. 저 안에 사람이 있다는 사실을 머리가 받아들이기 거부했다. 울고 싶지도 않은데 눈물이 넘쳐 흘렀다. 울다니 최악이다. 이래서야 정말로 그들을 구해낼 가망이 없는 것 같지 않은가.

그때 흰색 차 아래가 불길에도 지지 않을 만큼 새빨간 빛으로 물들었다. 천사가 팔을 뻗어 뭔가를 끌고 간다. 원형을 못 알아보게 불탄 뭔가가 끌려가며 축 늘어진 혀만 희미하게 움찔거려서 늦지 않았다고 반사적으로 생각했다.

'범인'은 죽기 전에 지옥으로 끌려간 것이다.

천사의 심판은 공정하게 집행됐다. 죽어서 도망치는 걸 용납하지 않았다.

그 장면을 보는 것과 동시에 무서운 사실도 깨달았다. 충돌한 차의 운전자는 지옥으로 떨어졌다. 두 명 이상 죽인 것이다.

그제야 사이렌 소리가 들렸다. 아오기시는 진화 작업이 시작되기를 기다리지 않고 불타는 차로 뛰어들었다. 불길에 휩싸이는 것도 개의치 않고 문을 열려고 했다. 이 안에 있는 사람 중 두 명은 죽었다. 그렇다면 나머지 두 명은? 아직 구해낼 수 있을까, 아직 살아 있을까.

그런 아오기시를 밀어낸 것은 천사였다.

불빛에 몰려드는 벌레처럼 천사 몇 마리가 차에 들러붙었다. 천사는 매끈매끈한 얼굴을 아오기시에게 향하고, 아오기시가 더는 다가오지 못하도록 했다. 평소 날아만 다니는 천사가 명확한 의지를 보이는 것은 처음이었다.

"뭐야, 뭐냐고. 너희들……거기에 뭐가 있는지 알아?"

천사는 대답하지 않았다. 날개와 살이 불탔지만 그들은 고통을 느끼는 것처럼 보이지 않았다. 몸을 휩싸는 화염을 그저 받아들였다.

"야! 빌어먹을 천사 새끼들아! 방해할 거면 너희가 구해! 도와달라고! 이봐! 부탁이야, 도와줘! 저들은 아무 잘못도 하지 않았는데……."

애타게 외치면서 머릿속 한구석으로는 이렇게도 생각했다. ─뭐든지 할게. 구해줘. 지금까지 천사에게 악감정을 품었던 걸 반성할게. 오늘부터 매일 기도도 올릴게. 천사에게 몹시 반감을 품고 있었지만, 지금, 이 순간만큼은 매달릴 수밖에 없다. 이렇게 가장 소중한 것이 불타버리면 끝장이다. 지금까지 아오기시가 쌓아온 인생은 사라져버린다.

"싫어, 안 돼, 부탁이야, 용서해줘, 제발 용서해달라고."

눈물 어린 목소리로 말을 늘어놓았다.

뭐든지 할게. 아무 짓도 하지 않았는데. 거기 있는 건 이 세상에서 지옥과 가장 거리가 먼 사람들인데.

하지만 천사는 불타는 차에서 그들을 구해주지 않았다.

살이 타는데도 차에서 떨어지지 않고 그저 매끈매끈한 얼굴을 아오기시에게 향했다.

내용만 따지면 단순한 사건이었다.

막대한 빚을 져서 자포자기한 남자가 차에 폭탄을 싣고 서서히 속도를 높이다 교차로에서 아오기시 탐정사무소의 차와 충돌. 차가 폭발하면서 인도에 있던 사람도 휘말렸다.

남자가 차에 실은 폭탄은 외국에서 유행 중인 '펜넬'이라는 이름의 신형 폭탄이었다. 프로메테우스가 인간에게 불을 전해줄 때 불씨를 숨겼다는 식물에서 이름을 따왔다. 가볍고 폭발력이 높은 것이 특징이며, 이 폭탄으로 붙은 불은 여간해서는 꺼지지 않는다. 따라서 확실하게 주변 사람들에게 막대한 피해를 입힌다.

혼자서 다수를 죽이기에 적합한 폭탄이었다. 강림 이후에 증가했다는 수요를 충족시키는 살인병기다.……아오기시와 동료들이 쫓고 있던 폭탄이었다.

범인이 의도한 대로 이 테러는 큰 성과를 올렸다. 사망자 여덟 명, 중경상자 여섯 명. 폭발에 직접 피해를 입은 아오기시 탐정사무소 직원 네 명은 한 명도 남김없이 죽었다. 시신의 상태가 너무나 처참해서 처음에는 누가 누구인지 판별할 수 없을 정도였다.

소식은 병원 침대에서 들었다. 아오기시도 양손에 심한 화상을 입었기 때문이다. 다시는 손가락을 제대로 움직일 수 없을 것이라는 진단을 받았지만 그런 건 전혀 염두에 없었다. 더 중요한 일이 있었다.

네 명이 죽었다. 구하지 못했다.

사무소에는 이제 아무도 없다.

그 사실을 도무지 받아들일 수 없었다.

정의의 사도가 되고 싶다던 아카기도, 자신의 정의를 관철하고서 경찰을 그만둔 시마노도, 교섭을 도맡았던 시야쿠지이도, 우수하고 머리가 좋고 테러에 휘말릴까 봐 겁냈던 고노카도, 모두 죽었다.

그것도 대상을 가리지 않는 무차별 테러로.

선한 사람도 죽는다는 당연한 사실을 보란 듯이 눈앞에 들이댄 듯한 기분이었다.

사람들을 위해 그만큼 힘써왔으니 뭔가 보답을 받아도 되지 않겠느냐고 생각했지만 그런 일은 없었다. 오히려 보통 사람보다 훨씬 불운한 일에 휘말렸다.

차에 몰려든 천사는 아무것도 해주지 않았다.

그 현상은 대체 뭐였을까. 아오기시보다도 오히려 다른 사람들이 더 열렬히 궁금해했다.

괘씸하게도 누군가 사건의 자초지종을 영상에 담은 듯하다. 너무 애가 타서 주변 상황은 기억나지 않지만 사람들이 모여든 것만은 기억한다. 그 영상에는 무모하게도 불타는 차에 뛰어들려는 아오기시와, 그걸 막으려고 차에 달라붙는 천사의 모습이 찍혀 있었다.

영상이 널리 퍼지자 수많은 댓글이 달렸다. 천사가 아오기시를 지키려고 불타는 차에 달라붙었다는 의견도 있었고, 천사의 행동에 의미는 없으며 그냥 거기 나타났을 뿐이라는 의견도 있었다.

또는 차에서 천사가 좋아하는 설탕 비슷한 냄새가 피어올랐을 거라는 의견과 불타는 차가 천사의 고향인 지옥을 연상시켰다는 의견도 나왔다.

그중에서 제일 참을 수 없었던 건 차 안에 있던 네 사람을 축복하고 있었다는 의견이었다.

아카기를 시작으로 네 사람의 경력이 파헤쳐졌다. 고노카에게 전과가 있다고는 하나, 어디에 내놔도 부끄럽지 않을 만큼 그들은 선량한 인간이었다. 천사들이 축복하고 천국으로 올려보내기에 합당할 만큼. 그것이 더욱 억측을 불렀다. 천국의 존재는 확인되지 않았지만 그들은 천국에 갔을 거라고 사람들은 무책임하게 추측했다.

그런다고 네 사람이 편안하게 눈감을 수 있는 것도 아닌데.

아오기시는 취재진이 찾아올 때마다 매몰차게 대응했다. 이야기를 듣고 싶다는 기자에게 험한 욕을 해서 쫓아내고, 덤벼들 것처럼 날뛰었다.

그런 일이 천사의 축복일 리 없었다. 만약 그들이 신에게 총애를 받을 만큼 선량하다면, 왜 테러에 희생되어야 한단 말인가? 기적적으로 무사하지 않고서는 축복 따위 아무 의미도 없다!

아픈 양손을 끌어안고 매일같이 스스로에게 물어보며 지냈다.

신은 정말로 있을까. 그때 천사는 무슨 생각이었을까. 왜 동료들은 그런 일에 휘말려야 했을까. 왜 하필 그때 내보냈을까. 대답은 나오지 않는다. 천사는 창밖을 날아다니며 오늘도 유유자적하게 지내고 있다.

그리고 결정적인 일이 일어났다.

아오기시의 양손이 아무 후유증도 없이 말끔하게 나은 것이다.

"신의 기적입니다. 이건 있을 수 없는 일이에요."

펜조차 잡을 수 없으리라고 진단받았던 화상이었다. 하지만 아오기시의 손에는 흉터조차 남지 않았다. 불탄 피부가 흉하게 엉겨 붙어 있었을 텐데, 어느새 다른 사람의 손으로 바꾼 것처럼 변했다.

이 사실이 알려지자 사람들은 한층 호기심을 보였다. 낫지 않을 화상이 나았다. 그것도 별 재활운동도 없이. 예로부터 비슷한 기적의 일화는 끊이지 않았다.

또 축복이라는 말이 나왔다.

이런 게 축복일 리 없다. 단순히 운이 좋았을 뿐이다. 자신의 회복력이 높았을 따름이다. 설령 기적이더라도 이런 기적을 바란 건 아니었다. 이걸로 통치자는 듯이 손을 완치해준 신은 심보가 고약하다. 다시 양손에 화상을 입히려고 달군 프라이팬에 손을 댔지만 허사였다. 몇 초도 견딜 수 없었다. 그때 자신이 얼마나 필사적이었는지 깨달았을 뿐이다.

아오기시는 텅 빈 사무소에서 그저 멍하니 시간을 보냈다. 자신이 왜 탐정 일을 했는지조차 기억해낼 수 없었다. 정의의 사도를 지향했던 아카기는 죽었다. 그것도 이기적인 살인자가 저지른 최악의 테러에 휘말려서.

수렁에 빠진 것 같은 나날을 보내는 사이에, 한 의문이 점점 아오기시의 머리를 지배하기 시작했다.

과연 천국은 있을까.

있다면 마지막에 천사가 달라붙은 네 사람은 천국에 갔을까.

물론 신과 천사를 증오하고 불신하기는 한다. 그들이 정말로 선량한 사람들만 사는 낙원을 만들려고 한다면 그 네 사람이 무참하게 살해당하는 부조리한 일이 일어날 리 없다. 아오기시에게 신은 눈이 옹이구멍으로 된 어리석은 쌍놈에 불과했다.

그렇게 증오하면서도 천국을 갈망했다. 바보 같다고 생각했지만 날이 갈수록 천국의 존재가 머릿속에 더 단단히 눌러

앉았다.

쓰네키의 제안을 넙죽 받아들인 것도 그 때문이다. 만약 정말로 네 사람이 천국에 있다면 그나마 위안이 된다. 그렇다, 이토록 비참한 결말이 용납되어서는 안 된다.

—제게 탐정은 정의의 사도예요. 저도 아오기시 씨처럼 남을 구하는 탐정이 되고 싶어요.

아카기의 말이 머리에서 떠나지 않았다.

이런 말을 했던 사람조차 맞아들이지 않는다면 천국은 대체 누구를 위해 존재한다는 말인가?

7

정신을 차리자 방의 침대에 눕혀져 있었다. 목이 바싹 말랐다.

시계를 확인하자 그리 오랫동안 정신을 잃었던 건 아닌 모양이다.

"아오기시 님."

몸을 일으키려 했을 때, 머리 위에서 싱그러운 목소리가 들렸다.

"괜찮으세요?"

구라하야가 걱정스럽게 내려다보고 있었다. 손님이 갑자기 쓰러졌으니 현장 분위기는 최악이었으리라. 더없이 불쾌한 이벤트였지만 좀 미안하기는 했다.

"……괜찮아. 미안하군. 그렇게……흐트러진 모습을 보이다니…….."

"당연하죠. 그런 일을 당하시다니, 정말로 죄송합니다."

"구라하야 씨 탓이 아닌걸. 이건 내 문제야."

"그래도 이 저택에서 불쾌한 일을 당하셨으니 제 책임이에요."

구라하야는 딱 잘라 말하더니, 진심으로 괴로워 보이는 표정을 지었다.

"……어쩌면 이 섬을 떠나시고 싶으실지도 모르지만……그, 배는 오지 않습니다. 죄송합니다만 당초 예정대로 여기 머무셔야 해요."

"……알아. 그런 표정 짓지 마."

구라하야를 나무랄 마음은 없었다. 쓰네키에게 감쪽같이 속아 넘어간 자신의 잘못이다.

천사에 푹 빠진 그 부자는 '축복을 받은 탐정'과 '묘한 목소리를 내는 천사'를 꼭 대면시키고 싶었을 것이다. 아우라가 어떻고 축복이 저떻고 할 때부터 알아봤어야 했다. 쓰네키는 천국이 있는지 없는지 알 수 있다는 미끼로 아오기시를 낚

왔다. 그딴 방법으로는 천국이 있는지 없는지 알 길이 없는데도.

혹시 계속 대화를 시도했다면 정말로 천국에 관한 이야기를 들을 수 있었을까? 그럴 것 같지는 않았다. 쓰네키는 진심으로 축복 같은 걸 믿고서 천사가 아오기시에게 말을 걸리라고 생각했던 걸까?

아무튼 아오기시는 천사의 말을 한마디도 못 알아들었다. 천국이 있는지 없는지도 모르는 채 이벤트는 끝났다.

"내가 천사에게 축복을 받았다는 허튼소리가 퍼졌다는 걸, 당신도 알고 있었나?"

"……네. 쓰네키 님께 들었어요. 그 까닭에 쓰네키 님은 아오기시 님께 몹시 흥미를 느끼시고 꼭 도코요지마섬에 초대하고 싶다고……."

"……그런가."

아오기시는 한숨을 섞어 중얼거렸다. 이제는 차라리 알고 있는 편이 마음 편했다.

처참한 사고. 죽은 동료들. 불탄 양손. 천국에 한없이 집착하는 마음.

"왜 세상은 이럴까. 난 도무지 모르겠어. 천사 녀석들에게 묻고 싶군. 왜 그들이 죽어야 했는지."

어처구니없다고 아카기의 말을 일축하면서도, 실은 무엇

보다도 동경했다.

정의의 사도가 되고 싶다고 진지한 얼굴로 말하는 미대 출신은 미련스러우면서도 눈부셨다.

녀석이 죽어야 할 이유를 모르겠다. 최악의 말이겠지만 이말을 참을 수가 없다. 좀 더 죽어 마땅한 인간이 있었으리라. 뭣 하면 아오기시 자신이라도 상관없었다. 그 네 사람은 아오기시보다 훨씬 선량했으니까.

"그렇잖아. 그날 누가 지각이라도 했으면, 아니 그 정도까지는 바라지도 않아. 1분이라도 늦게 출발했다면 그들은 죽지 않았을 거야. 어쩌면 희생자조차 나오지 않았을 수도 있어. 그런데 신은 왜 그냥 넘어간 거지?"

그날 이후로 아오기시는 풀리지 않는 수수께끼를 끌어안고 내내 지옥 속에서 살아왔다.

"그 천사는 진짜야?"

잠시 후에 아오기시는 조용히 물었다.

"그런가 봐요.……그 천사는 제가 아니라 고마이 씨가 돌봐서 저도 아까 처음 봤어요."

"……그걸 가지고 말을 할 줄 안다고 판정했다면 너무 허술한데."

짐승의 울음소리 같은 소리를 듣고 쓰네키가 충격을 받지 않은 것이 신기할 정도다. 그런 소리도 쓰네키 귀에는 아름답게 들리는지도 모른다. 어쩐지 쓰네키가 부러워졌다. 그렇게까지 천사에 심취할 수 있다면 얼마나 편할까.

이로써 이 섬에 품었던 기대는 모조리 사라졌다. 도코요지마섬에 아오기시가 찾았던 해답은 없다. 지금 당장이라도 달아나고 싶지만 배는 나흘 후에 온다. 그런 추태를 부리고 다른 손님 앞에 나설 생각만 해도 기분이 우울해졌다.

그런 아오기시의 마음을 헤아렸는지 구라하야가 말했다.

"기분이 안 좋으시면 앞으로는 식사를 방으로 가져다드릴게요. 이 저택에는 책과 영화도 준비되어 있으니 배가 도착할 때까지 방에서 지내실 수도 있습니다만."

"······고마워. 생각해볼게."

구라하야의 제안도 나쁘지는 않았다. 적어도 다른 사람들과 더는 얼굴을 마주치지 않아도 된다.

"그럼 실례하겠습니다. 뭔가 분부하실 일이 있으면 내선전화로 말씀해주세요."

"응, 고마워."

"아오기시 님이 남은 기간 부디 평안하게 지내시길 바랍니다."

구라하야가 고개를 꾸벅 숙이고 나갔다.

혼자 남자 또 옛날 기억이 덮쳐왔다.

그 역겨운 천사의 모습도 눈꺼풀 안쪽에 되살아났다. 얄궂게도 그 천사와 대화를 할 수 있으면 얼마나 좋을까 싶었다. 자기가 정말로 천사에게 축복받은, 선택받은 인간이라면.

부질없는 생각이다. 그런다고 뭐가 달라지는 것도 아닌데.

　—이 섬에 있는 한 평안해질 것 같지는 않다.

　절망에 가까운 기분을 맛보며 눈을 감았다.

　그리고 다음에 눈을 떴을 때는 도코요지마섬이 지옥으로 변해 있었다.

제3장

_____

그리고 낙원은 무너진다

1

"아오기시 님은 배에 관련된 사건도 해결하신 적이 있나요?"

긴 뱃길을 따라 도코요지마섬으로 향하는 도중에 구라하야 지즈사가 물었다.

"배에 관련된 사건이라……."

"네. 아오기시 님은 명탐정이시니까요."

도코요지마섬으로 향하는 배는 배라기보다 바다를 이동하는 호텔 같은 느낌이 들었고, 선상 라운지에는 늘 메이드 구라하야가 대기하고 있었다.

그것도 일반 서민인 아오기시에게는 마음이 불편해서 분수에 맞지 않는 고급 샴페인과 심심풀이로 제공하는 영화를 거절하다 보니 결국 할 일이 없었다. 섬에 도착할 때까지는 스마트폰을 사용할 수 있는 듯했지만 스마트폰을 가지고 노는 습관도 없었다.

그런 와중에 구라하야가 말을 건 것은 어떤 의미에서 서비스였는지도 모른다. 아무것도 하지 않고 멍하니 바다만 바라보며 배에 달라붙는 천사에게 혀를 차는 아오기시를 보고 있자니 무슨 말이라도 걸어야겠다 싶었던 것이리라. 구라하야가 신경을 써주는 게 미안해서 기억을 더듬었다.

"……있었지. 그것도 천 명 넘게 탈 수 있는 커다란 배에서."

"대단하세요! 괜찮으시다면 조금만 이야기를 들려주실 수 없을까요?"

"실감 나게 이야기할 수 있으려나 모르겠는데."

"괜찮아요, 꼭 부탁드려요. 저 사실 추리소설을 아주 좋아하거든요.……이렇게 말하면 탐정이라는 직업을 마치 소설 속 등장인물로 취급하는 것처럼 들리실지도 모르지만……."

"아니, 원래 그런 거니까 괜찮아. 그런 식으로 해결담을 즐기는 사람이 있어야 이 고달픈 일도 할 맛이 나지."

사우전드 메모리얼호에서 발생한 살인사건은 아오기시에게도 깊은 추억으로 남아 있는 사건이다. 사건을 해결한 보답으로 어떤 사업가가 크루즈 여행에 초대했는데, 하필이면 그 배에서 살인사건이 일어난 것이다. 더구나 피해자는 초대해준 사업가 본인이었다. 선상 파티라는 말에 웬일로 눈을 반짝였던 고노카와, 뜻밖에 사교적으로 행동하며 주변 사람들과 금방 친해진 시마노가 특히 서둘러 수사에 임했다.

"호화 여객선에 탐정단이라니 정말 그럴싸하네요, 고가레씨!"

"탐정단이라고 하지 마. 창피한 줄도 모르냐."

그렇게 아카기를 나무란 것도 그립다.

결국 어떻게 봐도 선상 파티에 참가한 수십 명이 전원 공범자라는 결론에 도달했을 때는 충격을 받았다. 그럴 리 없다고 생각했지만, 웬걸 그 수십 명의 초대객 모두 전혀 다른 사람으로 바뀌어 있었다. 사우전드 메모리얼호의 선장까지 협박을 당해 협력했던 것이다.

아오기시가 그 사실을 알아차린 건 구조를 요청하는 빨간 가위표 깃발이 걸려 있었기 때문이다. '나는 당신의 도움이 필요합니다'라는 뜻의 국제신호기다. 순식간에 내건 그 깃발은 협박당한 선장이 결사의 각오로 보낸 메시지였다. 배가 항구에 도착하기 전에 범인들의 계략을 간파한 건 확실히 명탐정 비슷했는지도 모르겠다.

덧붙여 시야쿠지이는 일찌감치 술에 취해 사건에 일절 관여하지 않았다. 자기 혼자 따로 놀았던 시야쿠지이는 어린아이처럼 칭얼거렸지만, 뭍에 오를 즈음에는 "하지만 뭐, 제가 제일 순수하게 여행을 즐긴 건지도 모르겠네요" 하고 천연

덕스럽게 말했다. 시야쿠지이의 말이 옳다.

이야기가 끝나자 구라하야는 약간 들뜬 표정으로 "굉장하네요" 하고 말했다.

"비밀 암호에 인물 교환, 그렇게 화려한 해결편이 현실에 존재하다니. 이런 말씀을 드리면 뭣 하지만, 조금 동경심이 드네요."

"국제신호기를 암호라고 할 수 있을지 모르겠지만. 그건 선장의 재치였어."

"그걸 알아보고 도와주신 아오기시 님은 명탐정이시고요."

자기 혼자 해낸 일이 아니었다고 말해야 할까 망설였다. 그 배에서 일어난 사건은 다른 동료들과 힘을 합쳐, 모두 함께 해결했다. 따지고 보면 언제부터인가 모든 사건을 동료들과 함께 해결했다고 할 수 있었다.

하지만 그걸 구라하야에게 말하면 그 후에 이어지는 결말도 이야기해야 한다. 당시 해결한 사건의 기억은 선명하고 소중하게 남아 있다. 하지만 그 모든 것이 그날의 화염으로 수렴된다. 아오기시는 조용히 말을 꺼냈다.

"……그러게. 그 무렵은 명탐정이었지."

그 말에 구라하야가 표정을 누그러뜨렸다.

"만약 도코요지마섬에서 사건을 조사하신다면 꼭 저를 조

139

수로 삼아주세요. 분명 도움이 될 거예요.”

“그럼 도코요지마섬에서 사건이 일어나야 하는데.”

“아, 그렇죠……. 정말 실례했습니다. 그런 일은 일어날 리 없죠.”

구라하야가 자세를 바로 하고 말을 이었다.

“도코요지마섬은 이 세상의 낙원입니다. 아무 불편함도 없이 즐겁게 머무르다 가실 것을 약속드리겠습니다.”

2

“아오기시 씨! 아오기시 씨!”

말하는 천사와 만난 탓에 최악의 밤을 맞은 아오기시는 오쓰키의 목소리와 시끄럽게 문을 두드리는 소리에 깨어났다. 잠을 청했을 때보다 더하면 더했지 못하지는 않게 기분이 최악이었다.

시계를 보았다. 곧 8시가 되려는 참이었다. 아침 식사 시간에 늦어서 저렇게 보채는 걸까. 그런 생각을 하며 문을 열었다.

오쓰키는 구깃구깃한 요리사복 차림이 아니라 회색 후드티를 입고 있었다.

"······왜 그래. 늦잠 잔 것 때문이라면,"

"아오기시 씨,"

오쓰키가 새파랗게 질린 얼굴로 말을 꺼냈다.

"쓰네키 씨가 살해당했어요."

"······뭐라고?"

"살해당했다고요. 살인사건이에요, 아오기시 씨."

오쓰키가 아닌 것처럼 느껴질 만큼 굳은 목소리였다.

옷도 챙겨 입는 둥 마는 둥 현장으로 향했다. 방에는 이미 모두 다 모여 있다고 한다. 아침잠이 많은 마사자키도 깨워서 보냈고, 아오기시가 마지막이라는 모양이다. 탐정이 제일 늦게 등장하다니, 스스로 생각하기에도 모양새가 좋지 않았다.

심장이 시끄럽게 뛰었다. 살인사건. 천사가 강림하기 이전에는 남들보다 몇 배는 많이 접했던 말이다.

하지만 최근에는 정말로 뜸했다. 강림 이후의 살인사건은 범인이 뻔하거나 대량살인이거나 둘 중 하나다. 탐정에게 의뢰가 들어올 만한 사건은 많지 않다. 덧붙여 아오기시 본인이 탐정으로서 살인사건에 관여하기를 피하기도 했다.

그런데 도코요지마섬에 와서 느닷없이 살인사건과 맞닥뜨리다니, 믿기지 않는 기분이었다.

살해 현장은 저택 꼭대기 층에 있는 쓰네키 오가이의 방이었다.

쓰네키의 방은 객실의 다섯 배쯤 되는 크기라, 방이라기보다는 그 자체가 집 한 채 같았다. 창문으로는 섬의 경치가 훤히 보이고 하늘을 날아다니는 천사들도 자주 눈에 띈다.

그런 방의 한복판, 아주 고급스러워 보이는 일인용 소파에 쓰네키 오가이의 시체가 있었다.

가슴에는 큼지막한 칼이 깊숙이 박혀 있었다. 피는 거의 흐르지 않았다.

"심장을 찔렸습니다. 그게 사인이에요. 일격으로 죽일 생각이었는지는 모르겠네요. 단번에 죽지 않으면 몇 번이고 찌를 수 있었을 테니까요."

검시를 맡은 우와지마가 담담하게 설명했다.

"이 칼은 벽에 장식해두었던 쓰네키 씨의 개인 물품입니다. 원래는 사냥한 동물을 해체하는 용도인데, 관리가 잘 되어 있었습니다."

사인은 불 보듯 뻔했다. 짐승을 해체하는 칼에 찔리면 누구든 죽는다.

현장에 모인 사람들은 이 처참한 시체를 보고 사형장에라도 끌려온 것 같은 표정을 지었다. 모두 다 겁을 먹고 불안해 보였다.

그런 가운데 탐정인 자기만 일종의 특권계급으로 존재하는 것 같아서 아오기시는 더더욱 마음이 심란해졌다.

하지만 아오기시에게는 다른 선택지가 없었다. 사람들이 기대하는 대로 입을 열었다.

"쓰네키 씨가 사망한 걸 제일 먼저 발견한 사람은?"

"……저입니다. 주인어른이 하루를 시작하실 채비를 돕는 건 제 역할이거든요."

그렇게 대답한 건 고마이였다. 물어보니 그는 매일 아침 7시 반에 쓰네키를 깨우러 간다고 한다.

"평소처럼 문을 두드리고 주인어른 방에 들어갔는데 침대에 안 계셨습니다. 이상하다 싶어 응접실로 갔더니 거기…… 주인어른이."

오랫동안 모신 주인을 잃은 고마이는 그야말로 유령 같았다. 생기가 없고 그렇게나 꼿꼿했던 등까지 구부러졌다.

"사망 추정 시각은?"

가만히 이쪽을 보고 있는 우와지마에게 물었다. 태도는 변함없이 야멸찼지만 공과 사는 구분하는지 가르쳐주었다.

"자정부터 오전 1시 사이일 거야."

"그럼 알리바이가……."

"없지. 나를 포함해 여기 있는 모두 알리바이가 없어."

우와지마가 분명하게 말했다.

사망 추정 시각에는 다들 자기 방에 있었다고 한다.

시간이 시간이고, 아오기시도 마찬가지니까 불평은 할 수 없다.

용의자가 빠짐없이 모인 이 방이 고요한 건 누구도 안전권에 있지 않기 때문이다. 이 시점에 누군가를 규탄하면 자신에게도 불똥이 튄다. 여기 있는 모두가 무의식중에 서로 견제하고 있는 것이다.

아오기시는 골치 아프게 됐다고 생각했다. 너무나 단순한 사건이라 실마리가 전혀 없다.

누구나 범행이 가능하고 현장에도 수상한 구석은 없다. 이 래서는 용의자의 범위를 줄일 방도가 없다. 흉기도 쓰네키오가이의 방에 있었던 물건이다. 돌발적인 범행인지 계획적인 범행인지도 불분명하다.

"나는 관계없어!"

더 이상 침묵을 견딜 수 없었는지 마사자키가 소리쳤다.

"나는 쓰네키 씨의 방에 초대받아 환담을 나눈 후에 곧장 방으로 돌아갔어! 나뿐만이 아니야! 아마사와도, 소바도, 호지마도 그래! 곧장 돌아갔다고. 우리는 무관해."

마사자키는 알리바이가 무슨 뜻인지 잘 모르는지 기고만장하게 떠들어댔다. 가까이 있는 아마사와의 얼굴이 살짝 일그러지는 게 보였다.

이런 유형은 성가시다. 다른 사람에게도 쓸데없이 혼란을 일으키고 시간이 지날수록 점점 말이 지리멸렬해진다. 아무래도 마사자키는 스트레스를 견디는 내성이 아주 낮은 모양이다. 어떻게든 마사자키를 달래야겠다 싶었던 순간, 내내 침묵을 지키던 소바가 입을 열었다.

"마사자키 씨, 안타깝지만 그건 말이 안 되는 것 같은데."

예상외의 방향에서 반론이 나와서 놀랐는지 마사자키가 눈을 부릅뜨고 입술을 떨었다. 그 틈에 소바가 말을 이었다.

"우리가 쓰네키 씨와 환담을 나누고 돌아간 건 알리바이에 해당하지 않아. 확실히 우리는 일단 돌아갔지만, 되돌아와서 쓰네키 씨를 죽였을지도 모르지. 그렇게 따지면 오히려 우리가 수상한 셈이야. 뭔가 두고 갔다고 하면 쓰네키 씨 방에 간단히 들어갈 수 있으니까."

물 흐르는 듯한 설명에 마사자키의 얼굴이 벌게졌다. 대체넌 누구 편이냐고 묻고 싶은 듯한 표정이다.

"……소바, 우리는 상황을 분별할 줄 아는 어엿한 사회인들이야. 그런 사람이 거짓말을 할 리가 있겠나."

"물론. 그렇기에 우리는 단계적으로, 차근차근 절차를 밟아서 무고함을 증명해야 해. 괜스레 의욕에 넘칠 필요도 없어. 결국 진실은 밝혀질 테니까."

전혀 이치에 맞지 않는 반론에도 소바는 냉정하게 대응했다. 완전히 기가 꺾였는지 마사자키는 시뻘겋게 달아오른 얼굴로 입을 다물었다. 그 모습을 본 소바는 고개를 살짝 끄덕이고 아오기시를 보았다.

"……난 그렇게 생각하는데. 자네 생각은 어때? 우리 역시 용의선상에 있지?"

"……아, 네. 그렇죠. 이 가운데 알리바이가 있는 사람은 없으니까요."

"다행이군. 탐정 앞에서 쓸데없는 소리를 하지 않았다니 안심이야."

소바가 온화하게 웃었다. 쓸데없기는커녕 적확한 지적이었다. 소바가 나서지 않았다면 아오기시가 똑같은 소리를 했으리라. 하지만 오래 알고 지낸 소바가 앞장서서 말해준 덕분에 마사자키를 눌러놓을 수 있었다. 이로써 한결 수월해졌다. 아까 그건 자연스럽게 나온 행동일까, 아니면 이 자리의 분위기를 읽고 의도적으로 행동에 나선 걸까.

"그렇지만 난 문외한이야. 나머지는 탐정이 본업인 자네에게 맡길게. 마사자키 씨, 호지마, 아마사와 씨, 그리고 물론 나도, 켕기는 구석 없이 떳떳한 사람들은 협력해서 사건을 해결하자고. 알겠지?"

소바가 부드럽게 말하자 지목당한 손님들이 마지못한 듯한 표정으로 고개를 끄덕였다. 이견 없이 잘 조율됐다……

146

소바가 마련해준 무대라는 건 마음에 걸리지만. 아오기시는 우선 제일 궁금했던 부분부터 파고들었다.

"그 술자리에서는 무슨 이야기를 나누셨습니까?"

아오기시의 질문에 마사자키가 헉, 하고 티 나게 말을 머뭇거렸다.

"……별 것 아니야. 잡담 같은 거였지. 우리 같은 사람은 사업 면에서도 사생활 면에서도 믿음직한 상대하고만 허심탄회하게 이야기할 수 있거든. 쓰네키 씨와 대화하는 건 얼마 안 되는 낙 중 하나야."

"그렇습니까."

아무래도 자세한 내용은 밝힐 생각이 없는 모양이다. 동요한 마사자키는 물론이고, 그 회합에 참석한 아마사와와 호지마도 긴장한 눈치였다. 분명 바람직한 이야기는 아니었으리라. 반대로 소바의 표정에 아무 변화가 없는 것도 어쩐지 기분이 찜찜했다.

"그 회합에서 뭔가 이상한 일은 없었습니까? 그리고 시중은 누가……."

"그건 제가 담당했어요."

구라하야가 손을 들고 말했다.

"아오기시 님이 의식을 되찾으신 후, 와인과 청주 등의 주류를 가져오라는 분부가 있었습니다. 그리고 환담이 끝날 때까지 제가 시중을 들었고요. 손님들은 밤 11시에 돌아가신 걸로 기억합니다. 특이한 일은 딱히 없었고요."

"환담이 끝난 후에 쓰네키 씨 곁을 떠났나?"

"쓰네키 님이 이제 쉬라고 하셨어요. 그래서 방으로 돌아가 오전 5시까지 쉬었습니다."

말을 마친 구라하야가 고개를 꾸벅 숙였다. 안타깝지만 구라하야도 알리바이는 성립하지 않는다.

"혹시 밤중에 무슨 소리를 들었거나, 누군가 나가는 모습을 본 사람 있습니까?"

아무도 대답하지 않았다. 말했다가는 오히려 본인이 의심받을 줄 아는 것이리라. 이렇게 되면 진흙탕 싸움이다. 마녀재판의 시작이라 바꾸어 표현해도 되겠다.

아니나 다를까 아까 끽소리도 못하고 입을 다물었던 마사자키가 표적을 정했다.

"수상한 걸로 치면, 거기 여자 기자가 수상하겠지."

"뭐라고요?"

손가락질당한 후시미가 노골적으로 인상을 찡그렸다. 하지만 마사자키의 기세는 전혀 약해지지 않았다.

"아까 이 방에 막 왔을 때도, 방을 이리저리 살폈잖아."

"네? 어? 그, 그건……기자의 천성이에요!"

"가구를 뒤집어엎을 것처럼 설쳤으면서. 그것도 기자의

호기심인가?"

"우, 그게……."

후시미가 갑자기 말을 얼버무렸다. 마지막으로 온 아오기시는 모르는 정보였지만, 그건 확실히 수상하다.

"일부러 여기까지 왔으니 뭔가 목적이 있었겠지. 쓰네키 씨가 그냥 넘어갔다고는 하지만, 애당초 이 여자는 불법침입죄를 저질렀어. 이 여자가 쓰네키 씨를 죽였다고 보는 게 제일 앞뒤가 맞아."

"잠깐만요! 저는 방에서 나오지 말라고 해서 얌전하게 있었어요. 무엇보다 제 목적은 수수께끼에 둘러싸인 도코요지마섬이지, 쓰네키 씨를 죽이는 게……."

"그렇게까지 천사에 흥미가 있는 것처럼 보이지는 않는데. 역시 쓰네키 씨를 죽이는 게 목적 아니었나?"

후시미의 얼굴이 대번에 창백해졌다. 기자답지 못하게 너무 솔직해서 탈이다.

덧붙여 아오기시는 후시미가 수상하다는 사실을 안다. 원래부터 쓰네키를 미행했고 억지로 섬까지 찾아왔다. 쓰네키에게 뭔가를 추궁하다가 감정을 주체하지 못하고 죽여버렸다는 상황도 생각해볼 수 있다. 오히려 현재 시점에서 동기가 확실한 사람은 후시미뿐이었다.

"……저는 쓰네키 씨와, 도코요지마섬에 흥미가 있었을

뿐이에요.……믿어주세요.”

“그렇다면 이번에야말로 적절한 조치를 취해야 하지 않겠나. 우리의 안전을 지키기 위해 배가 올 때까지 이 여자를 구속해두는 거야.”

기가 살았는지 마사자키가 요란한 손짓과 함께 선언했다. 상황이 후시미에게 더욱더 불리하게 진행된다. 그런데 일방적으로 공격받고 있던 후시미가 입을 열었다.

“……그렇게 따지면 아오기시 씨도 수상하잖아요!”

“……뭐?”

자신도 모르게 얼빠진 목소리가 튀어나왔다.

“어제 이벤트에서 기절할 만큼 충격을 받았잖아요? 그럼 그게 원인이 되어 쓰네키 씨에게 살의를 품었어도 이상할 것 없는…….”

너무 예상외의 사태라 아오기시는 반응이 늦었다. 하필이면 나를 파는 거냐고 생각하자 오히려 웃겼다. 하지만 웃을 일이 아니다. 후시미는 공격을 받고 그야말로 궁지에 몰린 것이리라. 천사에게 축복받은 탐정에서 살인범으로 격하되다니, 이 얼마나 얄궂은 상황인가!

“그럼 네가 죽인 건가? 맞아, 탐정이라면 아무도 의심하지 않을 테니까. 그런 거였구나! 방패막이 한번 확실하군!”

단순한 마사자키가 그렇게 몰아붙이며 노려보았다. 순진

한 건 좋지만 그런 성격으로 용케 국회의원을 하는구나 싶었다.

아무래도 일이 이렇게 흘러가는 건 아니라고 생각해 반론하려 한 순간, 뜻밖의 인물이 끼어들었다.

"그건 너무 터무니없는 주장 아닐까요?"

내내 잠자코 있던 우와지마였다.

"아오기시 씨는 분명 쓰네키 씨의 행동에 충격을 받았지만, 그렇다고 앞뒤 가리지 않고 상대를 죽일 사람이 아닙니다."

우와지마는 어디까지나 냉정했다. 그래도 그 말에는 재판관 같은 의연함이 배어 있었다.

"인품을 옹호하다니, 그런 데 무슨 의미가 있다는 건가."

"마사자키 씨도 말씀하셨잖습니까. 여기 있는 손님들은 어엿한 사회인이라 거짓말을 할 사람이 아니라고요. 똑같은 이야기입니다만 저는 아오기시 씨와 제법 면식이 있습니다. 그러니 너무 일방적으로 단정하지 마시죠. 그리고 방패막이라는 표현도 문제가 있습니다. 아오기시 씨는 긍지를 품고 탐정 일을 하고 있습니다.……범인인지 아닌지도 판명되지 않은 상황에서 남의 긍지를 짓밟는 건 바람직하지 않습니다."

우와지마의 반론에 마사자키가 말을 어물거렸다.

"……그럼 역시 여자 기자가."

"어, 그, 그런……."

다시 혐의가 돌아오자 후시미가 눈을 부릅떴다. 이래서는 결국 다람쥐 쳇바퀴 도는 꼴이다. 끝이 없다. 수습되지 않는 상황에 한숨을 쉴 뻔했다.

그때 상황이 일변했다.

펄럭펄럭 귀에 거슬리는 날갯소리를 내며 천사 두 마리가 방으로 들어왔다. 밖에 있을 때는 별로 의식하지 않았지만, 실내로 날아들자 그 크기에 압도됐다. 길쭉한 팔다리를 포함하면 크기가 성인 남자와 그리 다르지 않은 천사는, 솔직히 말해 무시무시한 짐승으로 보였다.

"꺄아아아아아아악!"

천장 근처를 날아다니는 천사를 보고 구라하야가 쪼그려 앉았다. 왜 들어왔는지는 모르지만, 빨리 쫓아내지 않으면 방해가 된다. 그런데 날아다니던 천사가 갑자기 바닥으로 떨어졌다. 바닥을 뒹굴던 천사가 팔다리를 버둥거리며 몸부림쳤다.

"이런!……썩 꺼져!"

그렇게 소리치며 부지깽이를 휘두른 건 아마사와였다. 바닥에 떨어진 천사를 부지깽이로 수도 없이 때렸다. 너무 귀기 넘치는 모습이라 아무도 말리러 나서지 못했다. 얻어맞던 천사가 움직임을 멈추었다. 조만간 모래로 변하리라.

아마사와가 어깻숨을 쉬는 사이에 호지마가 다른 천사를 창문으로 도망가게 했다. 천사는 상황을 아는지 모르는지 둥실거리며 날아갔다.

"누가 창문을 열었어!"

아마사와가 부지깽이를 내던지며 분노에 찬 목소리로 외쳤다. 그러자 호지마가 몸을 움찔 떨었다.

"죄, 죄송합니다! 그만 호기심을 참지 못하고……!"

"호기심? 무슨 호기심!"

"쓰네키 씨 수준의 천사 신앙자가 죽었으니, 천사를 쓰네키 씨와 대면시키면 혹시 축복이 일어나지 않을까……."

호지마가 점점 위축되는 표정으로 변명을 늘어놓자 아마사와는 더욱 화를 냈다.

"또 그 아무 쓸모도 없는 '축복 보고서'인가? 그런 걸로 천사를, 신을, 모독하다니……!"

"지옥행은 지긋지긋하다, 구원을 맛보게 해주는 축복이 좋다. 대중이 원하는 건 결국 그런 겁니다! 가능성이 있다면 시험해보고 싶어지는 법이잖아요!"

호지마가 말대꾸하자 못마땅하다는 듯 혀를 찬 아마사와는 그제야 자신과 호지마 말고 다른 사람이 있다는 사실을 알아차린 듯한 표정을 지었다. 거기에는 아오기시가 아는 텔레비전 스타가 아니라 겸연쩍은 얼굴의 남자가 한 명 서 있을 뿐이었다.

아오기시는 이게 어찌 된 일인가 싶었다. 아마사와는 천국 연구의 일인자다. 이 나라에서 천사에게 제일 친근함을 느끼는 사람일 텐데. 아까 아마사와는 천사를 진심으로 미워하는, 또는 두려워하는 것처럼 보였다. 생각해보면 지하실에서 말하는 천사를 봤을 때도 아마사와는 천사 자체에 거부 반응을 보이는 것 같았다.

아오기시 말고 다른 사람들도 난폭하게 행동한 천국 연구가를 보고 동요했다. 그런 분위기를 알아차렸는지 아마사와가 상황을 무마하듯 말했다.

"……어, 죄송합니다, 여러분. 그만 열을 내고 말았네요. 저는 죽은 자와 천사를 대면시키는 걸 부당한 짓으로 보거든요. 그런 짓을 해서 축복을 일으키려 하다니 천사를 시험하는 것과 다를 바 없죠. 그랬다가는 신에게 분노를 살 우려마저 있어요. 무엇보다 쓰네키 씨의 혼은 이미 천국에 받아들여졌을지도 모릅니다……. 우리가 괜한 짓을 했다가는…… 마중하는 신을 방해할 수도 있답니다."

"그렇죠?"하고 동의를 구하며 아마사와가 묘한 웃음을 지었다. 하지만 축복에도 천사에도 밝지 않은 일동은 떨떠름하게 아마사와를 바라볼 뿐이었다.

아마사와의 말은 그야말로 변명처럼 들린다. 아오기시 입장에서는 그럼 참된 축복은 뭐냐고 반문할 만한 이야기다.

바닥에 쓰러진 천사의 주검은 벌써 손끝이 모래로 변하기 시작했다. 그러자 또 소바가 입을 열었다.

"여러분, 이쯤에서 그만하지. 더 생각해봐도 뾰족한 수가 없어. 이대로 계속 논쟁한들 누구 한 명을 잡아 족칠 때까지 끝나지 않을 거야."

소바의 시선이 후시미를 향했다. 천사가 난입해서 흐지부지됐지만, 이대로 이야기를 계속하면 또 후시미를 구속하자는 결론에 다다를 것이다. 그런 결과를 방지하기 위해 소바가 억지로 흐름을 끊은 것이다.

"애당초 범인을 찾아내려는 것 자체가 난센스야. 쓰네키 씨가 살해당한 건 비극이지만, 여기 있는 우리가 사건을 해결하려고 나서는 건 옳지 않아."

"소바, 하지만,"

"게다가 더 이상 사건은 일어나지 않을 테니까."

마사자키가 물고 늘어지려 하자 소바는 똑 부러지게 말하고 아오기시를 보았다.

"그렇지? 아오기시."

"……엇, 아아. 확실히."

재촉을 받고 그렇게 대답했다. 설명도 필요한 분위기라 아오기시는 천천히 말을 이었다.

"두 번째 살인은 일어나지 않습니다. 그러면 지옥행이니까요. 즉, 더는 희생자가 나오지 않는다는 겁니다."

아오기시의 말에 소바가 고개를 끄덕였다. 답을 채점하는 듯한 태도가 마음에 들지 않았다.

"물론 범인이 지옥을 두려워하지 않고 또 사람을 죽이려 할 가능성은 있을지도 모르지만……그렇다면 차라리 우리 모두를 죽일 방법을 택하겠지."

소바가 담담하게 말하자 마사자키의 얼굴이 대번에 창백해졌다.

"말도 안 돼! 나는 죽을 이유가 없단 말이야!"

"외람되지만 여기 있는 모두 다 그렇게 생각할 겁니다."

마사자키가 소리치자 우와지마가 따끔하게 쏘아붙였다.

"그러니 우리가 지금 할 일은 의심하거나 겁먹지 말고 이 상황을 받아들이는 거야. 사흘 후에는 배가 데리러 올 테니까. 우리는 그저 아무 생각도 하지 말고 지내면 돼."

소바는 과장되게 양손을 들어 올리며 그렇게 이야기를 마무리 지었다.

굉장한 솜씨였다. 사태는 깔끔하게 수습됐고 미묘한 분위기나마 모두 차분함을 되찾았다. 앞에 나서는 직업도 아닐 텐데 소바는 묘하게 이런 일에 익숙한 눈치였다.

"걱정 마. 죄인은 전부 지옥에 떨어져."

소바의 그 말을 끝으로 자리를 파했다. 각자 천천히 자기 방으로 돌아갔다.

방을 나서기 전에 아오기시는 한 번 더 시체 주변을 살펴보았다.

소파 근처의 둥그런 테이블에는 마개를 뽑은 와인과 빈 청주병, 맥주병이 즐비했고, 술잔도 십 수 개나 놓여 있었다. 이만큼 부어라 마셔라 했으니 쓰네키가 소파에서 잠들었어도 이상할 건 없다. 잠든 쓰네키의 가슴에 칼을 꽂기는 간단하리라.

그밖에 또 뭔가 없을까 싶어 바닥을 둘러보았다. 놓치는 게 없도록 가구 틈새까지 샅샅이 조사했다. 그러다 화장대 밑을 들여다보았을 때 어떤 물건이 떨어져 있는 걸 발견했다.

금장식이 달린 감색 만년필이었다.

3

경찰에는 고마이가 연락했다.

자초지종을 들은 경찰은 최대한 빨리 출동하겠다고 했지만, 그들의 최대한이 어느 정도인지는 알 수 없다. 오랜 세월 쓰네키 오가이의 작은 왕국이었던 도코요지마섬이 어디 있는지 정확하게 아는 사람은 극소수다. 도코요지마섬으로 즉시 출발할 배를 찾기도 쉽지 않다. 무엇보다 쓰네키 오가이의 이름이 나온 시점에서 이 지역 경찰서는 관여하고 싶지 않은 듯한 태도를 보였다.

"이래서는 결국 사흘 후에 오는 배가 제일 빠를지도 모르겠군요."

고마이가 씁쓸하게 말했다.

이미 살인이 발생했다는 사실도 크게 작용했다. 연락을 받은 경찰관은 무슨 일이 또 일어난다고 그러는 겁니까, 라고 따지고 싶어 하는 듯한 말투였다고 한다.

방으로 돌아와 아까 주운 만년필을 돌리면서 생각했다.

이건 대체 누구 것일까. 이걸 남긴 건 우연일까 고의일까.

그리고 쓰네키 오가이는 왜 살해당해야 했을까.

단서가 적은 상황에서 펼치는 추리는 망상에 지나지 않는다. 만년필 주인을 찾아본들, 밤중의 행동을 물어봤을 때와 마찬가지로 아무도 나서지 않으리라. 애당초 사건과 관계가 있는 건지도 불분명하다.

이번 사건의 분위기는 좋은 의미에서 이질적이었다.

이러한 클로즈드서클*에서 살인사건이 발생하면 인간관계가 어그러지고 의심이 또 다른 비극을 낳는 일이 반드시 일어난다.

살인범과 같은 공간에 있다는 전제 조건은 자기가 다음 표적이 될지도 모른다는 의심을 낳는다. 빨리 범인을 잡지 못하면 다음에는 자신이 죽을 수도 있다.

그러나 이 저택에 있는 사람들은 살인이 또 발생하지 않으리라는 걸 안다.

연쇄살인을 찾아보기 힘들어진 세상이니만큼 비교적 안심할 수 있는 상황이었다. 본인이 지옥에 떨어질 걸 감수하고 한 명을 더 죽일 인간은 거의 없다. 그만큼 지옥은 무서운 곳이다.

진심을 말하자면 대단한 양반들은 한 명 더 죽어주길 바랄 게 틀림없다. 그러면 범인은 저절로 밝혀지고 안전도 확보된다. 천사가 심판할 테니 탐정 없이도 사건이 해결된다.

그렇다, 정말로 그렇게까지 단순한 사건이라면.

좀 더 머리를 굴려보려 했지만 아무래도 실마리가 너무 없다.

생각에 별 진전 없이, 만년필을 가슴주머니에 넣고 일어섰다.

---

* 외부와 연결이 단절돼 고립된 장소라는 뜻의 추리소설 용어.

천사 강림 이후로는 아오기시에게서 볼 수 없던 행동이었다. 혼자가 되고 나서 정의의 사도를 그만둔 아오기시가 탐정으로서 적극적으로 움직인 적은 없다. 하지만 아오기시는 아주 자연스럽게 조사에 나섰다.

모두가 자기 방에 틀어박혀 있을 줄 알았는데, 식당은 시끌벅적했다. 정확하게 말하자면 오쓰키에게 화를 내는 마사자키를 구라하야와 고마이가 애써 달래고 있는 참이었다.

아까 허둥댔던 게 진짜였나 싶을 만큼 오쓰키는 태연자약한 모습이었다. 태세 변환이 빠른 그답다. 그런 오쓰키를 마사자키가 더욱 다그쳤다.

"야, 다시 말해봐!"

"그러니까 쓰네키 씨도 죽었으니, 요리 안 할 거라고요."

"이런 상황에 할 일을 내팽개치겠다고! 요리사로서 자존심도 없어!"

몹시 충격을 받았는지 비통한 목소리였다. 오쓰키가 그런 마사자키를 싸늘한 눈으로 바라보았다.

"고용주가 죽었는데 왜 일해야 하죠? 그리고 여기서 요리하는 건 위험성이 높다고요."

확실히 그렇다고 아오기시는 생각했다. 하지만 마사자키는 말귀를 전혀 못 알아들었는지 눈만 끔뻑끔뻑 했다.

"굶어 죽으라는 거냐……!"

"어휴, 조리하지 않아도 되는 식료품도 있고, 와인은 넘쳐 나잖아요. 그리고 지즈사는 모두를 위해 일할 모양이고. 고마이 씨도 그렇죠?"

"네, 저는 그럴 생각입니다만……."

고마이가 난처한 듯한 표정으로 중얼거렸다.

"그러니 열쇠를 반납하겠습니다. 이걸로 주방과 식료품 창고의 자물쇠를 열 수 있어요. 아, 지즈사한테 주는 게 나으려나."

오쓰키는 묵직해 보이는 열쇠 다발을 구라하야의 손에 쥐여주며 빠르게 말을 늘어놓았다.

"열쇠는 저도 고마이 씨도 가지고 있어요. 일단 오쓰키 씨가 보관하시는 게 좋을 것 같은데요."

구라하야는 난감한 듯이 웃으며 말했다. 구라하야는 고용주가 죽었는데도 이 저택을 끝까지 지키려는가 보다. 한편 고마이는 어쩌면 좋을까 갈피를 못 잡겠는지, 시선이 허공을 이리저리 헤맸다. 이 모습만 보면 누가 선배인지 모를 지경이다.

"정말 실례했습니다, 마사자키 님. 최선을 다하겠습니다만 오쓰키 씨만큼 훌륭한 요리는 대접해드리지 못하고 보존식을 제공하는 형태가 될 것 같습니다. 양해 부탁드립니다."

구라하야가 마주 보고 서서 공손히 말하자 마사자키도 말문이 막혔다. 그대로 요란스럽게 발을 구르며 식당을 떠났다. 뒤따르듯 고마이와 구라하야도 식당에서 나갔다.

"설마 이런 일이 벌어질 줄은 몰랐네요."

둘만 남은 식당에서 오쓰키가 중얼거렸다.

"고작 밥이 나오지 않는다는 이유로 저렇게 난리법석을 떨다니 마사자키 씨도 참 꼴불견이네요. 내가 밥을 안 하겠다는 게 뭐 그리 큰일이라고. 알아서 해 먹으면 되잖아."

"정말로 더는 밥 안 할 건가?"

"기본적으로 요리하기를 귀찮아하는 성격이라서요. 다들 귀찮은 걸 참고 일하는 거 아닌가요? 실은 불로소득으로 살고 싶잖아요. 설령 내가 천재라도 그런 점은 남들과 다를 바 없어요."

"아쉽군. 여기 오고 나서 매일 식사시간만 기다렸는데."

아오기시가 솔직하게 말하자 오쓰키는 눈을 반짝였다.

"그럼 아오기시 씨한테만 따로 만들어줘도 되고요. 담배를 포함해 은혜도 입었으니."

"……그러고 보니 쓰네키 오가이가 죽었으니 실내 금연 규칙도 없어진 거 아닌가?"

"아, 그럴지도. 그럼 이왕이면 그 고급스러운 와인 저장고에서 한 대 피워볼까."

오쓰키가 재미있다는 듯이 깔깔 웃었다. 고용주의 죽음에 느끼는 감정은 원래 이 정도인 걸까. 아니면 오쓰키가 그런 인간인 걸까.

"그런데 아오기시 씨가 사건을 해결하는 건가요? 역시 탐정이니까."

서슴없는 질문에 한순간 말문이 막혔다. 아주 자연스럽게 조사를 시작했지만, 실은 왜 이렇게 해결에 나서려는 건지는 알 수가 없었다. 천사가 강림한 후로 이런 유의 탐정 활동에는 소극적이었건만. 망설인 끝에 아오기시는 얼렁뚱땅 넘어가기로 했다.

"그런 짓은 하지 말아야 한다고 소바 씨는 말했지만."

"남이 하지 말라고 해서 안 했다가는 나중에 후회할걸요. 아, 그럼 내가 조수를 맡을까요, 조수. 그건 탐정 옆에서 얼쩡거리고 있기만 해도 되잖아요."

세상의 탐정 조수를 전부 적으로 돌리는 발언을 하면서 오쓰키가 또 웃었다. 업무를 하지 않아도 된다는 해방감에 들뜬 것 같았다.

"아, 탐정 조수 해보고 싶네. 섬의 대부호가 살해당한 사건을 조사하다니, 분명 요리보다 즐거울 거예요."

"추리소설 같은 거 좋아하나? 그렇게는 안 보이는데."

"에이, 탐정을 동경하는 계기 한두 개쯤이야 나한테도 있다고요."

그렇게 말해도 오쓰키는 그저 재미있어하는 것처럼밖에 보이지 않았다.

"아참, 어젯밤에는 뭘 했나?"

"네?"

"조수를 지망한다면 일단 알리바이부터 확인해야겠지. 어디 있었어?"

아무렇지도 않게 받아넘길 줄 알았는데, 뜻밖에도 오쓰키는 눈썹을 움찔했다. 가벼운 동요가 눈동자를 스쳤다.

"어, 그냥 방에 있었어요. 아오기시 씨가 쓰러진 후에 뒷정리를 하러 돌아와서 다음 날 식사 준비까지 마치고 오후 9시쯤부터 내내 방에 있었죠."

"9시부터 쭉? 한 발짝도 안 나오고?"

"그럼요. 나는 삼시 세끼를 잘 차리는 것 말고 다른 업무가 없거든요. 그러다 적당히 잠자리에 들었어요."

늘 당당하게 행동하는 오쓰키가 아까 왜 한순간 동요했는지 모르겠다. 게다가 방에서 한 발짝도 나가지 않았다고 한사코 주장하는 것도 묘하다. 오쓰키는 흡연자다. 흡연탑에 가려고, 또는 저택 밖에서 담배를 피우려고 방에서 나왔다고는 말할 줄 알았는데.

졸려 보이는 눈에서는 더는 아무 기색도 느껴지지 않았다.

가만히 바라보자 오쓰키가 씩 웃었다.

"그래서요? 조수 시험에 합격했나요?"

"합격……은 했을지도 모르겠군. 하지만 난 조수를 두지 않는 게 기본 방침이라서."

"어, 진짜요? 그럼 이번부터 두도록 해요. 난 제철 음식에 빠삭하니까 여차할 때 도움이 될 거예요."

오쓰키가 고개를 기울이며 농담인지 진담인지 모를 소리를 했다.

아무리 봐도 오쓰키는 뭔가 숨기고 있다. 그게 뭔지 모르는 이상, 신뢰할 수는 없다.

오쓰키를 어떻게 떼어낼까 고민하고 있는데, 갑자기 식당 문이 열렸다.

문틈으로 우와지마의 얼굴이 보였다. 뜻하지 않게 맞닥뜨리다니 어제 아침과 똑같은 구도다. 하지만 이번에는 우와지마가 문을 닫고 재빨리 달아났다.

"미안, 나중에 다시 이야기하자."

오쓰키에게 그렇게 말하고 우와지마를 쫓아갔다. 쫓아올 줄은 몰랐으리라. 아오기시는 복도를 절반쯤 나아간 우와지마를 간단히 붙잡았다. 손목을 단단히 잡힌 우와지마가 언짢은 목소리로 말했다.

"뭐야. 이제 우리는 남남이잖아."

"그런 소리를 할 상황이 아니잖아. 살인사건이 발생했다고. 의사와 탐정이 조사 상황을 공유하지 않으면 어쩌자는 거야."

"조사 상황이고 뭐고 나는 숨긴 적 없어. 오늘 아침에 모두에게 알려준 게 전부야. 이런 세상에서도 탐정만 특별 대우를 받을 수 있을 거라고 생각하지 마."

"나도 특별하다고 생각한 적 없어."

"그럼 뭐야, 고가레 씨."

옛날처럼 성씨가 아니라 이름으로 불러서 아오기시는 약간 기가 꺾였다. 마지막으로 그렇게 불린 지 벌써 몇 년이나 지났다.

4

우와지마 가나타는 아오기시 탐정사무소 근처에 병원을 개업한 의사로, 탐정사무소 사람은 아니었지만 자주 협력해주었다. 사건을 조사하다 보면 의학적 견해를 듣고 싶은 경우도 있는데, 그럴 때 우와지마가 큰 도움이 되었다.

우와지마도 아카기의 신념에 끌린 사람 중 한 명으로, 세상을 살기 좋게 만들고 싶다는 뜻을 품고 있었다. 아오기시에게도 호감이 있었던 터라 탐정사무소 사람들과 함께 다양한 이야기를 나누고는 했다.

그런 우와지마와의 이별은 사건이 일어난 지 얼마 지나지 않아서 찾아왔다.

"고가레 씨, 괜찮아?"

매스컴의 취재에 지쳤는지라 우와지마가 병문안을 오자 기뻤다. 우와지마는 병실에 들어오자마자 울음을 터뜨릴 것 같은 표정으로 말했다.

"⋯⋯다행이야. 고가레 씨만이라도 무사해서. 당신까지 변을 당했다면⋯⋯."

우와지마의 말은 진심이었으리라. 하지만 침대 위의 아오기시는 그 말을 듣고 몸이 굳어버렸다.

"걱정을 끼쳤군.⋯⋯여러모로."

"아니.⋯⋯제일 힘들었을 사람은 고가레 씨인걸. 실은 내가 치료를 맡고 싶었을 정도야.⋯⋯손, 이제 괜찮아?"

"문제없어."

아오기시는 무뚝뚝하게 말했다. 이때 이미 화상은 거의 다나았다. 의사인 우와지마도 치유력이 희한하게 높다는 건 눈치쳤으리라. 하지만 두 사람 사이에 천사의 축복이라는 어처구니없는 생각을 꺼내놓을 마음은 들지 않았다. 우와지마는 그저 잘됐다고만 말했다.

두 사람은 입원 상황과 사무소의 대응 등 사무적인 연락과 잡담의 중간 같은 이야기를 나누었다. 그런 무난한 이야기에도 아카기, 고노카, 시마노, 시야쿠지이의 그림자가 따라다녔다. 고인을 애도하는 추억 이야기는 하고 싶지 않은데.

애당초 아오기시와 우와지마는 아카기 스바루를 통해서 인연을 맺었다. 연결점을 잃은 두 사람의 대화에는 어쩐지 어색함이 감돌았다. 그 사실을 알았는지 우와지마가 결심한 듯 말했다.

"고가레 씨. 범인을 잡자."

원래 이 말을 하러 온 것이리라. 긴장해서 굳은 표정이었지만 눈은 복수심에 타오르고 있었다.

"……범인이라면 지옥에 떨어졌어. 내가 봤어."

"그게 아니라 '펜넬' 말이야. 불이 잘 번지는 소형 폭탄, 펜넬. 범인은 지옥에 떨어졌더라도 놈에게 펜넬을 판 인간은 멀쩡하게 살아 있겠지. 그렇다면 그 인간도 지옥에 떨어져야 마땅해. 그놈을 찾아서 하다못해 법의 심판이라도 받게 하자.……부탁이야. 내가 할 수 있는 일은 뭐든지 할게."

우와지마가 시트를 붙잡고 애원했다.

우와지마의 제안은 지당했다. 이번 사건에 사용된 건 외국에서 유행 중이라는 그 폭탄, 펜넬이었다. 아오기시 탐정사무소가 위험성을 느끼고 어떻게든 유통을 막으려고 애썼던 물건이다. 범인이 펜넬을 입수했으니 넘겨준 사람이 있을 것이다. 당연히 사건을 일으킨 범인이 가장 큰 죄를 지었지만 그 죄를 일부분 거든 사람이 있다.

"이대로 내버려두면 분명 비슷한 피해를 입는 사람이 나올 거야. 그러면 희생된 네 사람도 편히 눈을 감지 못하겠지.……아오기시 탐정사무소 사람들은 정의의 사도잖아. 그러니 정의의 사도에게 협력한 사람으로서 나도 최대한 할 일을 하고 싶어."

우와지마는 이미 마음을 정한 것 같았다. 원래 우와지마는 그런 사람이다. 결정한 일을 절대로 양보하지 않는 성격은 어쩐지 아카기 스바루와 닮았다. 그래도 혼자 맞서기는 무서운 것이리라. 그래서 이렇게 아오기시에게 부탁하는 것이다.

마지막 정의의 사도인 탐정 아오기시 고가레에게.

실은 당장이라도 그 손을 잡아주고 싶었다. 함께 싸우자고 말해서 상실감에 떠는 우와지마를 안심시켜주고 싶었다. 그것이 죽은 동료에게 주는 마지막 선물이기도 할 것이다. 아카기가 아오기시 입장이라면 틀림없이 그랬을 것이다.

하지만 입이 전혀 움직이지 않았다.

오히려 반대의 말이 입을 타고 나왔다.

"무리야. 그건 떳떳이 앞에 나설 수 없는 자들의 좋은 수입원이야. 나 같은 일개 탐정이 잡아낼 수 있는 상대가 아니라고. 만약 외국에서 들어온 물건이라면 더더욱 쫓을 방도가 없지. 나로서는 불가능해."

우와지마는 무슨 소리를 들었는지 이해가 안 된다는 듯 잠시 눈이 휘둥그레졌다. 그런 우와지마에게 따지듯이 아오기시는 말을 이었다.

"무엇보다 그래서 어쩌자고. 그런다고 그들이 돌아오는 것도 아닌데."

"……뭐? 고가레 씨, 그거 진심으로 하는 말이야?"

"진심이야."

입 밖에 꺼내 말해보고서야 알았다. 그것이 한 점의 티끌도 없는 아오기시의 본심이었다.

아오기시와 우와지마가 손을 잡고 기적적으로 펜넬의 유통원을 적발했다고 치자. 하지만 그런다고 동료들이 살아 돌아오는 것은 아니다. 자신이 사랑한 아오기시 탐정사무소는 돌아오지 않는다. 속절없는 일이지만, 그 사실이 아오기시에게서 모든 기력을 앗아갔다.

"모두 죽었는데 내가 그런 일을 할 의미가 있나? 찾아낸다는 보장도 없는데. 그렇게 펜넬을 쫓으며 평생 그들 생각으로 괴로워하라고?"

"의미라니…… 왜 그래, 고가레 씨. 정말로 이상해."

"이상하다라. 이상해질 만도 하겠지, 이런 세상에서는."

물론 탐정으로서 잘못된 생각이라는 건 안다. 아카기가 동경했던 아오기시의 모습은 여기 없다. 아카기가 알면 분명 실망하리라.

하지만 지금의 아오기시가 짊어지기에 정의는 너무 무거운 존재였다. 자신이 느끼는 것보다 훨씬 격하고 훨씬 심각하게 아오기시의 마음은 꺾였다. 동료들의 원한을 갚기 위해 펜넬을 쫓는다. 소중한 동료를 죽인 진범을 잡는다.

이전의 아오기시라면 만사 제쳐놓고 그랬으리라. 지금도 마음으로는 그러고 싶다.

그런데 도무지 몸이 말을 듣지 않았다. 그저 살아 있는 것 자체가 무섭고 슬프다. 그 차 안에서 아오기시 자신도 죽고 말았다.

우와지마의 실망이 서서히 깊어지는 걸 알 수 있었다. 마치 잡은 손을 뿌리쳐진 어린아이 같다. 실제로 아오기시는 그를 뿌리치려 하고 있다. 우와지마는 바로 지금 아오기시를, 정의의 사도인 명탐정을 필요로 하고 있는데. 화상을 입은 손이 갑자기 욱신거렸다. 그것이 무슨 면죄부라도 된다는 듯이.

"고가레 씨는 정의의 사도잖아. 그런 일이 다시 일어나도록 방치해서는 안 돼."

우와지마가 울 것 같은 목소리로 말했다.

"정의의 사도는 죽었어."

이 말에 우와지마는 분명 상처를 입는다. 그래도 말하지 않을 수 없었다.

"정의의 사도는 모두 죽었어. 더는 없어."

만약 여기가 병실이 아니었다면 한 방 맞았을지도 모른다. 하지만 우와지마는 몸을 떨면서 일어나 고통스러운 듯한 목소리로 중얼거렸다.

"……알았어. 이제 됐어. 다시는 당신에게 '탐정'을 기대하지 않을게."

그때를 마지막으로 우와지마가 아오기시를 찾아온 적은 없었다.

우와지마는 병원을 팔고 자취를 감추었다.

그 사실을 알았을 때는 서글펐지만 이해도 됐다. 그런 상처를 간직한 채 같은 장소에 머물 수는 없으리라. 아오기시 탐정사무소가 근처에 있다는 것도 견디기 힘들었을 것이다. 우수한 의사니까 어딜 가든 일자리는 얼마든지 있다. 그런 확신만이 유일한 위안이었다.

하지만 설마 쓰네키 오가이의 주치의가 됐을 줄은 예상도 못 했다. 국내 유수의 부호를 담당하는 의사니까 개업했을

172

때보다 벌이는 좋을지도 모른다. 하지만 의외였다.

남을 위해 헌신하는 것이 신조였던 우와지마가, 단 한 명을 위한 의사가 되기까지 어떤 과정을 거쳤을지는 상상할 수밖에 없다. 다만 그의 눈은 처음 만났을 때보다 훨씬 어두운 빛을 띠고 있었다.

"대체 이제 와서 어쩌겠다는 거야? 그쪽은 이미 탐정을 때려치웠잖아. 그때도 행동에 나서지 않았던 사람이 뭘 할 수 있다는 거지?"

"그때는 미안했어.……용서할 수 없는 것도 당연해."

"맞아. 정말로 그래. 끝내는 천국이 있는지 없는지 알기 위해서 도코요지마섬에 왔다니까 더더욱 구제 불능이지. 천국이 있으면 뭔가 해결이라도 된다는 건가?"

"……그러게. 그걸로 해결할 수 있다고 생각했는데. 지금도 천국을 완전히 포기하지 못했어."

결국 아무것도 얻지 못한 채 쓰네키 오가이까지 죽고 말았다. 우와지마 입장에서는 부아가 치밀 것이다.

"그럼 있지도 않은 천국이나 쫓도록 해. 언제까지고 탐정 행세나 하지 말고."

우와지마가 아오기시의 손을 뿌리치고 가려고 했다. 그때의 병실과 똑같은 구도다. 하지만 이번에는 그 뒷모습에 말을 걸었다.

"너도 그렇잖아."

"뭐라고?"

"너도 아직 날 탐정이라고 생각하잖아."

"……무슨 소리인지 모르겠군."

우와지마의 입매가 굳어진 것처럼 보였다.

후시미와 마사자키의 표적이 됐을 때, 아오기시를 두둔해 준 것은 우와지마다. 그때 아오기시는 우와지마가 자신을 옹호한 것보다 아직 아직 탐정으로 보고 있다는 사실에 놀랐다. 어쩌면 마사자키를 구슬리기 위한 방편이었을지도 모르지만, 그래도 우와지마가 똑똑히 말로 표현해준 것이 아오기시의 마음에 크게 와닿았다.

그래서일까. 예전의 아오기시를 알면서 지금의 아오기시를 탐정으로 불러준 사람이 있었기 때문에 아오기시는 아주 자연스럽게 방을 나서서 조사를 시작했는지도 모른다.

동료들을 잃었을 때 정의의 사도로 활동한 명탐정 아오기시도 함께 죽은 줄만 알았다.

하지만 이 섬에서, 우와지마의 앞에서, 아오기시는 아직 탐정인 것이다.

"내 생각에는 사건이 아직 끝나지 않은 것 같아."

아오기시의 말에 우와지마가 미간을 찡그렸다.

"범인이 또 사람을 죽이면 지옥행이야. 아니면 여러 살인

귀가 일 인당 하나씩 죽인다는 규칙에 따라 사건을 일으킨다는 건가?"

"그럴지도 모르지. 그렇다면 나 같은 탐정 실격자라도 조사하지 않는 것보다는 나아. 너도 사건이 신경 쓰이잖아. 범인을 붙잡아야 한다고 생각하지?"

"쓰네키 오가이가 왜 살해당했는지는 궁금해. 고용주니까."

"그리고 여기 있는 사람들은 대부분 수상해. 손님들도 그렇지만, 오쓰키 녀석도 뭔가 숨기고 있어."

그 말이 의외였는지 우와지마가 솔직하게 놀라움을 표현했다.

"오쓰키? 왜 그가……."

"적어도 어젯밤에 방에서 나온 걸 숨기려고 해. 쓰네키 살해사건에 관련이 있을지도 몰라."

"……그렇구나. ……과연……."

"딱히 날 용서해달라고는 하지 않겠어. 그때 도망친 건 돌이킬 수 없으니까. 다만 사건을 해결해야 한다고 생각한다면, 여기 있는 동안만이라도 협력해주지 않겠어?"

우와지마의 눈이 흔들렸다. 우와지마도 쓰네키 살해사건을 해결하고 싶으리라. 그리고 분명 우와지마도 이 사건이 아직 끝나지 않았다고 생각한다. 우와지마가 한숨 섞인 말을 꺼냈다.

"……그 자리에서는 그렇게 말했지만, 난 당신이 범인일 가능성도 버리지 않았어."

"그건 그쪽도 마찬가지일 텐데."

"그럼 나도 어제 행동을 말할게."

말로 명확하게 뜻을 표명한 건 아니었지만, 그건 아오기시의 제안을 받아들였다는 증거였다.

"기본적으로 쓰네키 씨가 부르면 언제든지 진찰하는 게 내 역할이라 정해진 퇴근 시간은 없어. 당신이 쓰러졌을 때 진찰한 후로는 내내 방에 있었지."

"아아, 네가 진찰해주었구나. 고마워."

"……그것도 업무니까. 어제 내가 한 일은 그 정도야."

"그 후로 아침까지 방에서 한 발짝도 나오지 않았나?"

"응. 필요한 건 전부 방에 있으니 나갈 일이 없지. 나는 흡연자도 아니니까."

오쓰키를 의식했는지 굳이 흡연을 언급했다. 확실히 우와지마는 담배를 피우는 습관이 없었다.

"아오기시 씨도 어제 정말로 한 발짝도 나가지 않았어?"

"담배를 피울 기분도 안 들었거든."

그 대답에 납득했는지는 모르겠지만 우와지마는 그저 고개를 끄덕였다.

"서로 간에 아무 수확도 없는 이야기였군. 말해두는데 난 더 이상 할 말이 없어. 협력한들 딱히 도움도 안 될 테고."

"아니, 당장 부탁하고 싶은 일이 한 가지 있어. 나 혼자 가면 문전박대를 당할지도 몰라."

"문전박대? 둘이 간다고 경계를 풀 것 같지는 않은데."

"경계한다기보다 그쪽이 어떤 태도로 나올지 모르겠어서 말이야."

아오기시 혼자 가도 거북한 마음에 문을 열어주지 않을 가능성도 있다. 아오기시도 어떻게 접촉해야 할지 요령을 잡기 어려운 상대다.

"대체 누구를 만나러 가려고?"

"후시미 니코. 이 섬에 온 의심스러운 기자야."

5

사무소 직원 네 명이 희생된 가로수 길 교차로 사건을 다룬 기사를 보고 후시미 니코의 이름을 처음으로 알았다.

후시미는 비참함만 강조해 선정적으로 기사를 쓰지도 않았거니와, 천사에 집중해 오컬트 색채를 드러내지도 않았다. 후시미는 그저 담담히 상황을 정리하고 사건의 개요를 밝혔으며 억측을 배제하고 정확한 기사를 썼다.

후시미는 사건에 사용된 신형 폭탄 '펜넬'이 얼마나 악질적인가를 호소하고, 비슷한 사건이 다시는 일어나지 않도록 범인이 펜넬을 어떻게 입수했는지, 펜넬이 국내에 얼마나 반입됐는지 조사해야 한다는 말로 기사를 마무리했다. 이런 관점에서 쓴 기사는 드물었다.

이 기사를 작성한 사람은 믿을 수 있겠다 싶었다.

실제로 후시미는 저돌적이고 감정에 솔직한 사람이라, 어쩐지 아카기 스바루를 연상시키는 구석이 있었다. 그래서 아오기시는 앞뒤 가리지 않고 섬을 찾아온 후시미를 어쩐지 믿고 싶었다.

"어? 우와지마 선생이세요? 어쩐 일이세요?"

"죄송합니다. 후시미 씨 이야기를 좀 듣고 싶어서요."

"알겠어요! 지금 열게요……."

우와지마와 말을 주고받자마자 후시미는 문을 열었다. 살인사건이 발생한 지 얼마 지나지도 않았는데 그렇게 쉽사리 열어줘도 되나 싶다. 후시미는 번번이 경계심이 부족하다. 그러니까 아오기시와 덜컥 마주치게 되는 것이다.

"어, 아오기시 씨?! 으아."

아니나 다를까 그대로 문을 닫으려는 걸 발을 끼워 넣어 억지로 막았다. 후시미는 더더욱 궁지에 몰린 표정으로 입술을 떨었다.

"잠깐 이야기를 하고 싶을 뿐이야, 알겠나."

"죄, 죄송해요! 아까는 정말로……정말로 아오기시 씨가 범인이라고 생각한 건 아니었어요. 거기서 의심받으면 제가 완전히 범인으로 몰릴 것 같아서…….

"그 일을 나무라러 온 게 아니야. 일단 전부 잊어버려. 미안하면 협력해줘."

"……네…….

후시미가 마지못해 안으로 들여보내 주었다.

아침에 보고 다시 본 후시미는 그새 초췌해졌다. 이런 일에 휘말려서 뭘 어째야 할지 막막한 것이리라. 어떤 의미에서 제일 '살인사건에 휘말린 사람'다운 모습이었다.

방은 아오기시에게 배정된 방과 다를 바 없었다. 이 방에서 모든 생활이 가능할 만큼 호사스러웠다.

후시미가 침대에 걸터앉았으므로 아오기시는 의자에 앉았다. 우와지마는 그냥 서 있으려는 모양이다.

책상에는 태블릿PC 외에 메모 같은 것이 수없이 놓여 있었다. 남이 얼핏 봐서는 내용을 못 알아보게 하기 위해서인지 전부 외국어로 써놓았다.

"어쩌지, 난 정말 바보야. 분명 전부 함정이었어. 이 섬으로 부른 것도 전부 제게 누명을 씌우기 위한 작전이었던 거예요."

침대에 앉자마자 후시미는 그렇게 말하고 고개를 푹 숙였다.

"본인 판단으로 여기 온 게 아닌가?"

"……편지가 왔어요."

후시미가 진지한 얼굴로 대답했다.

"쓰네키 오가이의 죄를 파헤치고 싶지 않느냐고 적혀 있었죠. 그밖에 아오기시 씨가 탑승하는 배와 그 배의 어디에 숨으면 들키지 않는지 등등의 정보도요."

확실히 그 배는 넓었다. 자기 혼자 타기에는 너무 호화스러운 배라고 생각했는데, 설마 한 명 더 타고 왔을 줄이야.

"편지에는 그 메이드가 어떤 일정으로 선내를 둘러보는지도 적혀 있었어요. 그래서 도코요지마섬에 올 수 있었죠."

그렇다면 역시 내부에 협력자가 있었다는 뜻인가.

쓰네키 오가이의 죄를 파헤쳐서 고발해줄 사람을 찾는 사람이 도코요 저택에 있다.

"그래서 쓰네키의 의혹……죄는 뭔데? 그는 그냥 부자 아닌가?"

잠깐 망설인 후 후시미가 이야기를 시작했다.

"천사가 강림한 후 최대한 많은 사람을 끌어들여서 죽는

게 유행했잖아요."

"응, 그렇지."

"그야말로 수십 건도 넘게 발생했는데……그러한 사건에 쓰네키 오가이가 관여했을지도 모른다는 의혹이에요."

"뭐라고?"

"쓰네키 오가이의 회사와 경쟁 관계에 있는 회사의 고위층이 부자연스럽게 사건에 휘말려 죽었어요. 한두 명이라면 우연으로 넘어갈 수 있겠지만, 여덟 명이나 되면 너무 많죠."

그렇게 말하며 후시미가 보여준 목록에는 피해자 여덟 명에 대응하는 사건 여덟 건이 실려 있었다. 역에서 발생한 총기난사사건, 어느 회사에서 발생한 폭탄 테러. 또는 레스토랑에 폭탄이 설치된 사건 등등. 그중 몇 건은 아오기시도 알고 있는 유명한 사건이었다.

"이 사건들의 공통점은 기관총이나 폭탄이 사용됐다는 거예요. 특히 폭탄은 요즘 유행하는, 살상력이 강한 소형 폭탄 '펜넬'이었어요."

그 이름을 듣자 목구멍이 죄어들었다. 동료들의 목숨을 빼앗은 폭탄과 똑같다. 살상력이 높고 이 폭탄으로 붙은 불은 여간해서는 꺼지지 않아서 2차 피해가 확산되기 쉽다. 그 폭탄이 얼마나 악랄한지는 아오기시가 제일 잘 안다.

무심코 우와지마에게 시선을 주자 그도 살짝 동요한 모습이었다. 벽에 기댄 몸이 긴장으로 뻣뻣해졌다.

"돈으로 구하지 못할 게 거의 없는 세상이라지만 아무리 그래도 보통 사람이 입수하기는 힘든 물건이에요. 특히 '펜넬'은 강력한 만큼 입수하려면 인맥이나 운이 필요하죠."

"설마,"

"이제 제가 뭘 의심하는지 알겠죠? 이 사건들을 유도한 건 쓰네키, 폭탄과 총을 조달한 건 소바 유키스기가 아니겠느냐는 거예요. 실제로 소바는 그러한 흉흉한 사업에 연줄이 있고요. ……어쩌면 소바가 그 폭탄의 개발 자체에 관여한 게 아니냐는 이야기도."

이 섬에서 대화를 나눈 소바의 모습을 떠올렸다. 이지적이고 온화해 손님 중에서 가장 이야기가 잘 통하는 상대다. 그런 소바와 그 흉악한 폭탄을 도무지 연결 지을 수 없었다.

"말도 안 돼. 비약이 너무 심하잖아. 무엇보다 그걸 개발한 사람이 소바라는 증거도 없어."

다만 소바 홀딩스의 부자연스러운 성장은 아오기시도 수상쩍어하는 부분이다. 계열사의 성공만으로 그렇게 실적을 낼 수 있을까.

그렇다면 우와지마가 찾던 '펜넬'을 제조해서 판매한 인간은, 그가 말한 범인은 소바 유키스기인 셈이다.

아오기시가 쫓기를 포기해, 응분의 심판을 바라는 우와지마와 이별하는 계기가 된 진범.

"언론에서는 이 부자연스러운 사실을 거의 보도하지 않아요. 대신에 사건 현장 부근에서 천사가 묘한 행동을 했다거나 축복의 징조가 보였다는 이야기만 언급하죠. 그런 기사를 써서 일약 유명해진 사람이 호지마라는 쓰레기 기자고요."

차례차례 연결되는 뜨개질 매듭처럼 손님들의 관계성이 밝혀진다.

"호지마 쓰카사의 축복 보고서인가. 천국 연구가 아마사와 다다시가 보증했다는."

우와지마가 덧붙이자 매듭이 더 단단해졌다.

"축복 보고서는 무슨 내용이야."

"알량한 기사예요. 천사가 시체에 다가붙었다는 둥, 빛이 예쁘게 비쳐들었다는 둥 억지스러운 이유를 갖다 붙여서 불행한 사건에 휘말린 사람들은 천국에 갔다고 주장하죠. 다들 천국이나 축복하면 사족을 못 쓰니까요."

그 말은 아오기시의 가슴에도 콱 꽂혔다. 소중한 이를 잃은 사람은 누구나 천국을 갈구한다. 호지마의 알량한 엉터리 기사도 복음으로 받아들이리라.

"안타깝게도 축복 보고서는 인기가 어마어마해요. 호지마의 영향력이 점차 강해지면서 기사도 더 많이 노출되고요. 전부 쓰네키와 소바에게 유리한 흐름이죠. 정말 최악이라고요. ……. 진짜 확대 자살*에 살인을 섞는다, 쓰네키와 소바를 축으로 그러한 비즈니스가 횡행하고 있다. 그게 쓰네키 오가이 패거리에게 제기된 의혹이에요."

당장 믿기지는 않는 이야기였다. 그것이 진실이라면 쓰네키는 악인이라는 수준의 이야기가 아니다. 방해되는 사람의 행동 패턴을 파악했다가 기회를 노려 사건을 일으키다니.

사람을 죽여도 지옥에 떨어지는 건 어디까지나 실행범이다. 대신 지옥에 떨어질 사람을 돈으로 사는 걸까, 아니면 또 다른 무언가로 강제하는 걸까.

진상은 모른다. 그러나 탐정의 감―이따금 믿어서는 안 되는 것으로 취급된다―은 쓰네키가 죄인이라고 알렸다.

"그래서 제힘으로 쓰네키를 조사하려고 했죠. 의혹은 있는데 증거가 없다. 그렇다면 발로 뛰어서 증거를 모으는 수밖에 없으니까요."

"……대기업 총수를 상대로 그런 무모한 짓을……."

하지만 그것 말고 뭘 할 수 있겠는가. 일개 기자가 테러와 계획 살인의 관계성을 주장한들 이야기를 제대로 들어줄 사람이 있을 리 없다. 쓰네키에게 들러붙어 한 방에 역전을 노리는 기분도 이해가 가지 않는 바는 아니다.

그때 문득 어떤 가능성이 떠올랐다.

* 상대방의 동의 없이 타인을 자살에 끌어들이는 행위.

천사를 위해 섬 하나를 사서 이상하리만치 천사 신앙에 심취한 쓰네키 오가이. 병적일 만큼 높은 열의였다. 천국의 존재 여부를 알아내기 위해 말하는 천사를 구해서 축복을 받았다고 일컬어지는 탐정과 대면시켰을 정도다.

그것이 규칙의 허점을 악용했다는 데서 비롯된 죄책감의 반작용이라면 이해가 간다.

쓰네키가 천국의 유무를 알고 싶어 한 건 자신이 천국에 갈 수 있을지 궁금했기 때문 아닐까. 지옥행을 면한 죄인은 죽은 후에 어떤 대우를 받을까. 그게 무서워서 쓰네키는 점점 천사와 천국에 열중했는지도 모른다.

"그러고 보니 당신은 왜 쓰네키를 점찍었지? 그것도 당신의 조사능력인가? 그렇다면 아주 우수하군."

우와지마의 지적에 후시미의 표정이 어두워졌다.

"……아니요, 원래는 제가 조사하던 일이 아니었어요. 저를 가르쳐준 선배 기자가 내내 쫓던 안건이었죠. 후임인 저는 히모리 선배를 대신해 쓰네키의 죄를 폭로해야 해요."

지금까지는 후시미가 아니라 그 베테랑 기자가 전부 조사했다는 듯하다. 그렇다면 쓰네키에게 다다르기까지 엿보였던 우수함과 기자로서 후시미의 유능함에 차이가 있는 것도 수긍이 간다. 후시미는 선배에게 넘겨받은 사건을 죽어라 파헤치고 있는 것이다.

"그렇다면 당신의 동기는 확실하군."

우와지마가 대놓고 의혹에 찬 말을 던졌다. 아니나 다를까 후시미는 불쾌한 듯 인상을 찡그렸다.

"하지만 저는 쓰네키를 죽이지 않았어요! 그랬다가는 쓰네키의 죄를 폭로할 수 없는걸요. 이번 일은 제게 최악의 결말이라고요.……놈은 죽었고, 지옥에 떨어지지도 않았어요."

결단코 죽음으로 죄를 청산했다고 볼 수 없는 건 지옥의 존재를 알고 있기 때문이다. 쓰네키는 이제 지옥에 떨어질 일이 없다. 인간이 사후에 다시금 심판받는 것이 아니라면.

사후에는 뭐가 있을까.

쓰네키의 혼은 어디에 있을까.

"저는 아직 포기하지 않았어요! 어떻게든 쓰네키의 악행을 폭로할 거예요. 여기 드나드는 손님들은 모두 수상해요. 한 명도 남김없이 음지에서 끌어내겠어요."

후시미는 보이지 않는 적에게 쑥 내밀 것처럼 주먹을 불끈 쥐었다. 그 동작이 어째 낯익었다.

"아참. 쓰네키의 방에 갔을 때 뭔가를 찾지 않았나?"

아오기시의 질문에 후시미는 티 나게 허둥댔다.

"정말 제 나름대로 조사하려고 했던 거예요! 왜 탐정은 이것저것 조사해도 아무 말도 안 하면서, 기자가 조사하면 불평하는 거죠?"

아픈 곳을 찔렸다. 아오기시도 방을 조사했고, 사건에 관련됐을지도 모르는 만년필까지 회수했다.

한편으로 마음에 걸리기도 했다. 후시미도 오쓰키와 똑같다. 분명 뭔가 숨기고 있다.

"질문은 다 끝났나요?"

후시미가 머뭇머뭇 물었다.

"응, 이제 끝이야. 그쪽도 조심해."

그 말을 남기고 물러가려는데 후시미가 "잠깐만요" 하고 불러세웠다.

"……수수께끼를 풀 생각이세요?"

"풀고 뭐고……아직 모르는 게 너무 많아."

아오기시는 일단 그렇게 대답했다.

"그렇군요. 그럼 저를 조수로 삼는 건 어때요? 저도 명색이 기자인걸요. 분명 아오기시 씨에게 도움이 될 거예요."

진지한 표정이었지만 후시미의 눈에서는 숨길 수 없는 호기심이 엿보였다.

오쓰키도 그렇고, 후시미도 그렇고 저택, 탐정, 살인이 조합되면 이런 상황에서도 호기심이 발동하는 걸까.

"지금 단계에서는 조수를 쓸 만큼 할 일이 없어."

"그런가요.……뭐, 저 같은 건 못 믿겠죠."

후시미가 희미하게 웃었다. 그저 즉흥적인 발상인 줄 알았는데, 그 질문으로 자기가 얼마나 의심받고 있는지 헤아려본 걸까.

"저어, 아오기시 씨."

"왜?"

"정말로 수수께끼를 풀 거예요?"

"……그건 또 왜?"

"……저는 소바를 의심하고 절대 호감이 가지는 않지만……그 사람 말에도 일리가 있어요. 쓰네키 씨가 살해당함으로써 우리의 안전은 확보됐죠. 지옥에 떨어질 각오로 남을 죽일 인간이 있을까요?"

아오기시는 깨달았다. 후시미는 불안한 것이다. 아오기시가 적극적으로 수사에 나서는 모습이 아직 범행이 끝나지 않았음을 방증하는 것처럼 보이리라. 소바처럼 후시미는 이 사건 자체에 뚜껑을 덮고 싶어 한다. 그런 후시미를 안심시키기 위해 아오기시는 똑바로 시선을 던지며 말했다.

"앞으로도 범행이 계속될 거라고는 생각지 않아. 하지만 쓰네키 오가이 살해사건을 해결하면 당신이 알고 싶은 진실도 밝혀질지 모르지. 그렇다면 나는 탐정으로서 맞서고 싶어."

반은 거짓말이고 반은 진담이었다. 범행이 이걸로 끝나리

188

라고는 생각지 않는다. 이건 후시미를 위한 방편이다. 그리고 뒷부분의 결의는 진심이었다.

도코요지마섬에서 발생한 살인사건은 틀림없이 과거의 업보와 결부된다. 그때 아오기시가 도망친 것과도 연결돼 있다. 그렇다면 맞서지 않을 수 없었다. 천사의 축복을 받은 손은 지금도 얄미울 만큼 잘 움직인다. 마치 이때를 기다리고 있었다는 것처럼.

그때 뒤에서 나지막하게 킥킥 웃는 소리가 들렸다.

"이봐, 왜 웃는 거야?"

"아니, 다른 가능성도 있겠구나 싶어서."

우와지마는 그렇게 말하고 조용히 손가락을 꼽았다.

"지금 저택에 있는 사람은 열 명. 지옥행을 걱정하지 않고도 다섯 명까지는 죽일 수 있어. 나도, 당신도, 아오기시 씨도, 한 명은 죽일 권리를 가지고 있으니까."

6

"내가 기껏 발휘한 배려심을 망치고 들다니."

방을 나서자마자 불평했지만 우와지마는 눈 하나 깜짝하지 않았다.

"그걸 말하지 않으면 불공평하잖아."

우와지마의 말은 어떤 의미에서는 옳다. 살인자가 만약 여럿이라면 이미 희생자가 나왔다고 해서 안심할 상황이 아니다. 우와지마의 말대로 다섯 명까지는 죽을 가능성이 있다. 이 저택에 있는 사람 모두가 실은 공범자일 가능성이 있다니, 악몽이나 다름없다.

신은 왜 지옥행의 기준을 두 명으로 정했을까. 지옥의 업화로 불태울 만큼 살인을 싫어하면서 왜 한 명은 용납하는 걸까.

신의 안배를 해석하고자 오늘도 신학자들이 격론을 나누고 있다고 한다. 언젠가 죽어서 저세상에 가면 신에게 그 이유를 물어볼 수 있을까.

"그런데 정말로 사건을 해결할 작정이야, 명탐정?"

우와지마가 후시미와 완전히 똑같은 질문을 던졌다. 굳이 물어본 건 후시미에게 준 것과는 다른 대답을 원하기 때문이리라.

"나는 천국을 찾으러 여기 왔어."

잠시 생각한 후 아오기시는 조용히 말을 꺼냈다.

"네 말대로야. 천국이 있다면 죽은 그들도 보답을 받을 거라……아니, 그게 아니지. 내가 구원받을 거라 생각했어."

우와지마는 입을 꾹 다문 채 아오기시를 가만히 바라보

왔다.

"하지만 천국이 있는지 없는지는 결국 알아내지 못했지. 그리고 살인사건이 발생했어. 살해당한 남자는 '펜넬'을 사용한 살인에 연관됐을지도 모른다는 정보가 들어왔지.……그렇다면 이 사건을 조사해서 그들을 죽인 '범인'의 정체를 밝힐 수 있을지도 몰라. 그러면 나는 분명 나의 지옥에서 빠져나갈 수 있어."

도로를 달리는 차만 봐도 겁이 나서 눈을 내리깔던 시기가 있었다.

"내 목적은 달라지지 않았어. 나 자신을 구원하고 싶을 뿐이야. 나는 날 위해 이 섬에서 탐정으로 활동하겠어."

그건 동료들과 함께 지향했던 정의의 사도로서의 탐정이 아니다. 하지만 이제 그 사실을 받아들일 준비는 끝났다. 이번에야말로 아오기시는 그 불타는 차 안에서 자기 자신을 구해내야 한다.

"……알았어. 그렇다면 이 섬에서 떠나기 전까지 당신한테 협력할게. 어차피 앞으로 며칠 안 남았으니."

우와지마는 표정을 거의 바꾸지 않고 말했다.

"한 번 달아난 적 있는 탐정이 얼마나 잘할 수 있는지 실력을 보여봐."

"해볼게."

짧막한 대답을 간신히 뱉어내자 우와지마를 감싼 분위기가 약간 누그러진 것 같았다. 그 병실에서 다시 시작할 수 있다면, 같은 부질없는 생각이 들었다. 애당초 과거를 바꿀 수 있다면 돌아갈 곳은 거기가 아니다.

묘한 침묵이 흘렀다. 얼마나 거리를 두어야 할지 가늠하기 어려운 것이리라. 아오기시에게도, 우와지마에게도 3년은 긴 시간이었다. 당장 예전 같은 관계로 돌아갈 수는 없다.

"……후시미의 이야기를 어떻게 생각해?"

우선 그걸 물어보기로 했다. 우와지마는 얼른 진지한 얼굴로 돌아가서 잠깐 생각에 잠겼다.

"가능성은 있어. 우리나라에 무기가 반입되고 있는 건 사실이야. 누군가 중간다리 역할을 할 테고, 그 누군가가 쓰네키일 가능성은 부정할 수 없겠지. 아니, 이런 표현은 정확하지 않아. 나도 후시미 씨와 마찬가지로 쓰네키 오가이를 내가 찾던 범인이라고 생각했어."

"그래서 쓰네키의 주치의가 된 거야?"

단도직입적으로 묻자 우와지마는 희미하게 웃었다.

"이래서야 후시미 씨를 비웃지도 못하겠군."

"그럼, 너 혼자 싸운 건가."

"그래. 그날부터."

몹시 참담한 표정을 지었는지 우와지마가 "딱히 당신을

책망하는 건 아닌데"하고 위로하듯이 말했다.

"최근 한동안 쓰네키 주변에서 노골적인 움직임이 있었어. 쓰네키가 뭔가 관여한 건 틀림없을 거야. 도코요지마섬에 정기적으로 모이는 마사자키, 소바, 호지마도. 마사자키는 쓰네키에게 지원을 받고서 쓰네키 오가이와 정계를 연결하는 편리한 파이프 역할을 하고, 호지마는 후시미 씨가 말한 역할을 담당하지. 소바가 맡은 역할은 말할 필요도 없겠고."

흡연탑에 남은 담뱃불 자국이 나타내듯이 그들은 수없이 회합을 가졌다.

가령 그 모임이 다음 희생자를 선정하는 회의였다면 무서운 이야기다. 우와지마는 빈틈없는 성격이니 도코요지마섬에서 회합을 가지는 주기와, 수상한 확대 자살의 주기를 비교 정도는 했으리라.

"쓰네키 곁에서 일한 지 얼마나 됐어?"

"1년 반 정도인가. 여기까지 오기 힘들었어."

우와지마는 진심이다. 그런데도 쓰네키의 악행이 아직 표면화되지 않은 건 결정적인 증거를 잡지 못했다는 뜻이다. 만약 확고한 증거만 있었다면 우와지마는 벌써 행동에 나섰을 것이다.

"하지만 이번에는 회합의 성격이 조금 달랐을 거야."

"그건 무슨 뜻이야?"

"쓰네키는 분명 이 회합에서 빠지려고 마음먹었어."

"뭐? 하지만 이 회합의 주최자는 쓰네키잖아? 그가 빠지면 어쩌라고?"

"이 회합 자체를 해산하려 했는지도 몰라. 나도 알 만큼 낌새가 풀풀 풍기더군. 이번을 마지막으로 도코요지마섬에서 회합을 가지는 것도 그만두려는 듯했고."

"잠깐. 만약 정말로 쓰네키가 빠지려고 한다면……큰 문제 아닌가? 적어도 관계자들은 애가 타서 말릴 거야. 쓰네키 본인도 위험해질 텐데."

살해되기에 충분한 동기가 느닷없이 튀어나왔다. 이렇게 되면 관계자 중 누군가가 죽여도 이상할 것 없다. 하지만 쓰네키가 그런 위험성을 모를 리 만무하다.

"내가 괜히 우기는 게 아니야. 이왕 말이 나왔으니 따라와 봐."

우와지마가 데려간 곳은 쓰네키를 비롯해 회합 멤버들의 방이 있는 3층이었다. 대단한 양반들과 마주치기 싫어서 내내 피했던 곳이기도 하다. 3층에서 쓰네키의 방 다음으로 넓은 방이 우와지마의 목적지였다. 밖으로 열리는 묵직한 쌍여닫이문이 두 사람을 맞이했다.

"아주 거창한 문이로군."

"쓰네키가 저택을 통째로 사들이기까지 소극장으로 사용한 방이라나 봐."

"소극장?"

"지금은 당시의 흔적이 하나도 남아 있지 않지만."

방에 한 발짝 들여놓자마자 온몸에 전율이 흘렀다.

"이제 쓰네키가 변심했다고 한 이유를 알겠지."

그 방은 천사 전시실이라고나 불러야 할 곳이었다.

방 한복판에는 전문가에게 의뢰한 듯한 천사 석상이 놓여 있다. 천사의 모습을 조금도 미화하지 않은 그 석상은 삐쩍 마른 몸뚱이의 힘줄 하나까지 생생하다. 이렇게까지 실감 나게 만들 필요가 있었을까 싶을 만한 완성도다.

현실의 천사와 다른 점이라면 그 천사가 훌륭한 창을 가지고 있다는 것일까. 호화롭게 장식된 그 창은 정말로 죄인의 살을 찢고 몸을 꿰뚫을 수 있을 것이다.

그밖에도 방에는 천사의 사진이며 천사를 본떠서 만든 오브제가 아주 많았다. 악취미를 자랑하듯 천사의 주검으로 추정되는 모래까지 진열장에 담아놓았다. 또한 천사 관련 서적과 알 수 없는 무늬가 그려진 태피스트리까지 있었다. 문 바로 옆에 비치된 내선전화에도 천사를 조각해놓았다.

액자에 든 사진 가운데는 아오기시의 사진도 있었다. 불타는 차 앞에서 양손을 내미는 아오기시를 천사가 날개로 막는 모습이다. 가공한 건지 실제로 그랬던 건지, 천사와 아오기시 사이에는 빛이 비치고 있었다. 축복에 어울리는 아름다운 빛이다.

"……혼자 오지 않길 잘했군. 네가 없었으면 분명 토했을 거야."

"원래부터 쓰네키 오가이는 천사에 애증이 뒤섞인 감정을 품고 있었던 것 같아. 그런데 천사를 계속 보다 보니 결국 견딜 수 없게 됐나 봐. 아마사와에게 천국은 있느냐, 자신이 지옥에 떨어질 가능성은 있느냐고 자주 물어봤지."

"아마사와는 뭐라고 대답했지?"

"그야 뭐, 쓰네키가 듣고 싶어 할 만한 말을 했지."

아마사와는 쓰네키를 마인드 컨트롤했던 걸까. 아마사와가 그 때문에 고용됐다면 얼핏 그 무리에서 아무 역할도 하지 않는 것처럼 보이는 아마사와가 유유히 행동했던 이유도 이해가 간다. 이 세상의 낙원의 실질적인 지배자는 그 천국 연구가다.

"……어쩌면 쓰네키가 무리를 떠나려 한 결정적인 이유야말로 아마사와 다다시일지도 모르지만."

"어째서? 이렇게 말하면 뭣 하지만, 쓰네키 오가이는 거의 아마사와의 신자나 다름없잖아."

"아니, 달라. 쓰네키는 아마사와의 신자가 아니라 천사 신봉자지. 쓰네키는 아마사와를 통해 천사를 접해왔으니, 지금의 아마사와는 신뢰할 만하지 않겠지. 당신도 봤잖아."

"그럼 설마……아마사와는 천사를 싫어하나?"

부지깽이로 천사를 마구 때리던 아마사와의 모습이 떠올랐다.

"싫어한달까, 무서운가 봐. 근본은 쓰네키와 똑같은지도 모르지. 천사를 너무 많이 접해서 인생이 삼켜지고 만 거야. 쓰네키는 천사를 과도하게 사랑함으로써 정신의 균형을 유지했지만, 아마사와는 그 반대였어."

"천사를 싫어하는 천국 연구가라. 거참, 살맛 안 나겠군."

"내가 아마사와 입장이라면 천사가 무서워지는 것도 당연해. 아마사와는 멋대로 천사의 의사를 대변해 자신의 해석에 근거한 '신'을 만들어냈어. 죽은 후에 아마사와는 어떤 심판을 받을 것인가……그 점은 개인적으로도 흥미가 있지."

"……그렇게 아마사와가 마음에 안 든다면 냉큼 천벌을 내릴 만도 한데. 천사는 지옥에 끌고 가는 게 특기잖아."

"글쎄, 천사의 기분은 알 길이 없지. 아마사와가 너무 멋대로 설치기는 하지만, 어쩌면 놈의 해석을 천사가 보증하는 건지도 몰라."

"아무튼 천사를 싫어하는 아마사와와 천사를 좋아하는 쓰네키의 사이가 악화돼 무리의 결속력에 금이 간 건가."

"쓰네키가 천사에 몰두하는 계기를 만든 사람이 아마사와였는데, 정작 본인이 천사를 싫어한다면 엄청난 배신행위로 보이지 않을까."

"아마사와에게 이끌려서 천사 신앙에 빠졌다면 아마사와가 변한 시점에 정신을 차릴 것도 같은데."

"쓰네키 오가이는 2년 전에 심장 수술을 받고 생사의 기로를 헤맸어. 그 일이 컸겠지. 한번 죽음을 의식하면 사후세계에 관심을 가질 수밖에 없게 돼. 그래서 더 빠져든 거야."

"심장 수술? 그러고 보니 큰 병을 앓았다고 했었는데."

심장 수술이라는 말에 어떤 가능성이 떠올랐다. 우와지마가 아오기시의 앞에서 사라진 건 3년 전. 쓰네키의 주치의가된 지 1년 반.

"설마 그 수술을 집도한 게……."

우와지마가 조용히 고개를 끄덕였다.

"그 수술에 성공했으니까 주치의가 될 수 있었던 거야."

"……잘도 성공시켰군."

여러 가지 의미를 담아서 말했다. 수술을 담당했을 때 우와지마는 이미 쓰네키를 의심하고 있었을 것이다.

"못 죽이지. 아노디누스도 지켜보고 있으니."

아오기시의 말에 담긴 속뜻을 헤아렸는지 그런 대답이 돌아왔다.

천사의 규칙이 밝혀지자 제일 혼란에 빠진 곳은 의료 현장이었다. 두 명을 죽이면 지옥행이라면, 수술 실패는 어떻게 계산되는 건가. 환자를 구하지 못한 죄는 지옥에 떨어질 만큼 무거운가. 수많은 의사가 치료를 거부했고 몇몇 의사는 지옥행을 불사할 각오로 수술실에 들어갔다. 어느 쪽이 옳다고도 할 수 없었다.

오래갈 줄 알았던 혼란은 뜻밖에도 금방 수습됐다.

'특수한 천사'가 각 의료기관을 예외 없이 찾아와 붙박이듯 벽이나 천장에 달라붙었기 때문이다.

단지 그것만으로 의사들은 차분함을 되찾고 업무에 복귀했다. 의료 현장에서 남을 구하지 못하더라도 죄가 아니다. 모든 의료 종사자가 그걸 공통적으로 이해한 순간이었다. 사람들이 천사를 보자마자 '천사'임을 이해했듯이, 그 규칙도 금방 스며들었다.

아마사와는 의료기관에 자리 잡은 천사에게 '아노디누스'라는 이름을 붙였다.

고통에서 해방된다는 의미의 라틴어에서 유래한 이름이다. 아노디누스는 보통 천사보다 팔다리가 더 길고, 목이 부자연스럽게 구부러져 있는 것이 특징이었다. 그러한 모습으로 벽이나 천장에 달라붙어 생사의 갈림길에 서 있는 인간을 지켜본 것이다.

그 기묘한 천사 앞에서 우와지마는 원수일지도 모르는 남자의 목숨을 구한 것이다.

대체 기분이 어땠을까.

"무엇보다 의료 사고를 가장해 쓰네키를 죽여도, 내가 알고 싶었던 진실에는 도달할 수 없어. 심판을 받아 마땅한 상대는 쓰네키만이 아니니까."

아오기시가 잠자코 있자 수긍하지 못했다고 생각했는지 우와지마는 그렇게 덧붙였다.

그래도 처음 한 명은 죽일 수 있다.

우리는 모두 그런 권리를 가지고 살고 있다.

"어중간한 공적으로는 쓰네키의 주치의가 될 수 없을 테니 진심으로 정성을 다했어. 진심으로."

"그렇겠지. 넌 그런 사람이야."

천사 관련 물건으로 가득한 방을 다시 둘러보았다. 아오기시로서는 이해가 안 되는 물건이 많았지만, 하나같이 천국을 동경하는 마음으로 넘쳐난다는 것만큼은 느낄 수 있었다.

지상에서 권력을 휘둘러온 남자의 심경이 죽음을 앞두고 어떻게 변했을지는 상상하기 어렵지 않다. 아마사와에게 길들여지는 동안, 천국을 동경하는 쓰네키의 마음은 더욱 커졌다. 동정할 생각은 없지만 애처롭기는 했다.

"쓰네키가 물불 가리지 않고 손을 씻으려 한 이유는 알겠어. 이런 식으로 개심한다고 정말로 지옥행을 면할 수 있을 지는 모르겠지만.……그렇다면 더 골치 아파지는데."

"응. 쓰네키가 발을 빼려 한다는 사실에 격앙한 누군가가 찔러 죽였을지도 모른다는 걸 고려해야 하니까. 동기는 입막음이고."

상황이 싹 바뀌어 유력한 용의자가 줄을 이루었다. 쓰네키 오가이를 둘러싼 배경이 점점 드러남에 따라 이번 회합이 쓰네키에게 얼마나 위험했는지 판명됐다. 여기 드나드는 손님이 전부 수상하다는 후시미의 감도 꼭 틀린 것만은 아니었다.

그때 문득 궁금해졌다.

"후시미를 부른 건 너야?"

"설마. 쓰네키가 무리에서 빠져나오려 한다는 건 알았지 만 그런다고 금방 참회하며 용서를 구할 것 같지는 않았거 든. 부를 이유가 없지."

그것도 그런가, 하고 혼자 납득했다. 게다가 이렇게 말하 면 뭣 하지만 후시미 같은 타인을 협력자로 삼아 불러들이는 건 우와지마가 쓸 만한 방식이 아니었다.

"그나저나 너랑 후시미는 아무 상관도 없는데 같은 사업 가를 의심한 건가?"

"아니, 후시미 씨와 관계가 없을 뿐 그 위쪽과는 접촉했지.”

“위쪽?”

“히모리 모모오야. ……후시미 씨가 조사를 넘겨받았다던
사람.”

“아아, 그런 말을 했었지……히모리 선배라고.”

“그가 제일 먼저 쓰네키에게 의혹을 품고서 꼼꼼히 취재
하고 조사한 끝에, 소문 수준이기는 해도 쓰네키 오가이의
실체에 다다랐어. 난 한때 히모리 기자와 협력하는 사이였
고…….”

“그런데 후시미에게 맡겼다고? 그 사람은 지금 뭐 하는
데?”

“죽었어. 도내의 은행에서 발생한 폭파사건에 휘말렸지.
그는 근처에 있던 아이를 구하려다 화염에 휩싸였어.”

그만 말문이 턱 막혔다. 후시미가 모호하게 말한 시점에
상상할 수 있는 사연이었는데도 막상 실제로 듣자 뭔가가 울
컥 가슴에 치밀었다.

후시미가 자신의 몸을 돌보지도 수단을 가리지도 않고 쓰
네키를 쫓았던 이유도 짐작이 가서 마음이 아팠다.

아오기시가 아무 말도 없자 우와지마는 이야기를 되돌리
자는 듯 고개를 저었다.

“……자, 결국 소득은 전혀 없었는데, 앞으로 어떻게 할 거

야?"

"소득이 없었던 건 아니지만······생각을 좀 정리해야겠어. 이대로 가면 일일이 방문 면담을 하는 꼴에 불과해."

"그래. 그럼 이제부터는 따로 행동하는 거로군. 뭔가 알아내면 공유할게."

"괜찮겠어?"

"여기를 떠날 때까지는 협력하겠어. 어차피 목표는 하나니까."

그렇게 말한 후에 우와지마가 생각났다는 듯이 덧붙였다.

"그리고 이 저택에는 아노디누스가 강림하지 않았으니까, 대단한 의료행위는 할 수 없어. 당신이 칼에 찔리거나 총에 맞아도 못 구해줘."

"아무래도 그런 일까지는 벌어지지 않겠지."

"뭐, 나도 용의자 중 한 명인데 치료를 맡기는 것도 웃긴가."

"이봐."

"농담이야."

웃음 한 조각도 없이 우와지마가 걸어갔다. 그 뒷모습을 바라보며 생각했다.

만약 쓰네키가 후시미의 주장대로 극악한 죄인이라면, 우와지마에게도 쓰네키를 죽일 이유가 있는 셈이다. 그뿐만 아

니라 '펜넬'에 관여했을지도 모르는 소바에게 손을 댈 이유
도 있다.

　그때 나는 어떻게 말리면 될까.

　무슨 말로 말릴 수 있을까.

7

　방에서 생각을 정리하고 있자니 조심스럽게 문을 두드리
는 소리가 들렸다.

　"실례하겠습니다, 아오기시 님. 괜찮으시다면 점심 드시
지 않겠어요?"

　복도에는 샌드위치를 든 구라하야가 서 있었다. 일을 팽
개친 오쓰키 대신에 진짜로 식사를 챙기려는 모양이다. 그
모습이 아주 대견해 보여서 나중에 오쓰키를 설득해볼까 싶
었다.

　"……맛은 장담할 수 없지만, 쓰네키 님의 방침에 따라 식
재료는 최상급입니다."

　"아니야, 고마워. 배고팠는데 마침 잘됐네."

　서둘러 감사를 표하자 구라하야는 기쁜 듯이 표정을 풀
었다.

"괜찮으시다면 잠시 이야기를 나누어도 될는지요? 점심을 드시는 동안만이라도."

"아아, 물론.……하지만 할 만한 이야기는 그리……."

"무슨 말씀이세요. 아오기시 님은 탐정이신걸요. 저희에게는 보이지 않는 뭔가가 보이실 것 같은데요?"

방으로 들어온 구라하야는 그렇게 말하고 고개를 살짝 기울였다.

"……배에서 말씀드린 일이 현실이 돼버려서 기분이 좀 착잡하네요."

"탐정 조수가 되고 싶은 것 아니었나?"

침울해 보이는 구라하야를 격려하려고 가벼운 투로 말했다.

"그러게요. 아오기시 님이 괜찮으시다면 조수를 시켜주지 않으시겠어요? 이 섬에 온 지 1년이니, 분명 도움이 될 거예요."

아오기시의 호의를 무시하지 않기 위해서인지 구라하야는 살짝 웃음을 지었다.

"……뭐, 솔직히 말하자면 조수가 필요할 만큼 조사에 진전이 있는 건 아니야."

"뭔가 범인을 알아낼 만한 단서는 있었나요?"

시간이 한정되어 있기 때문일까. 구라하야가 느닷없이 그런 질문을 던졌다. 눈에는 탐정에 대한 무조건적인 기대감이 깃들어 있었다. 처음 만났을 당시의 아카기를 연상시키는 그 눈빛에 몹시 주눅이 들었다. 소설 속 탐정이 보여주는 활약과는 거리가 멀다.

"……아니, 아직 아무것도. 하지만 반드시 진상을 밝혀내겠어."

"그럼요. 아오기시 님이 계시는 이상, 걱정은 필요 없겠죠."

구라하야가 밝게 말했다. 고용주가 살해당해 구라하야도 무서울 것이다. 그래도 구라하야가 평소대로 행동하는 건 어쩌면 아오기시가 있기 때문인지도 모른다. 그렇다면 자기 같은 퇴물 탐정에게도 가치가 있다.

"아참, 이 만년필 주인 누군지 몰라? 쓰네키 씨 근처에 떨어져 있었는데."

말이 나온 김에 쓰네키의 방에서 들고 온 만년필도 꺼내서 구라하야에게 보여주었다.

"……아니요. 다만 쓰네키 님 물건은 아닐 거예요. 쓰네키 님은 평소에 만년필을 사용하지 않으셨거든요."

"그렇군……."

한 걸음 전진했다고 해도 될까. 어차피 그 연회에 참석했던 누군가가 두고 간 것이리라. 방문 면담의 방향이 정해진 것만으로도 고맙다.

"다들 침착하신 건 역시 천사 덕분일까요?"

구라하야가 샌드위치를 먹는 아오기시를 바라보며 조용히 물었다.

"더 이상 살인이 일어나지 않는다는 전제가 안도감을 불러오는 거겠지."

"그럼 저희는 천사에게 감사해야 할지도 모르겠네요."

구라하야는 허공을 날아다니는 창밖의 천사에게 눈을 돌렸다.

"……여기서만 드리는 말씀이지만 저는 천사를 별로 좋아하지 않아요. 저걸 보낸 신도요."

구라하야의 목소리가 한층 낮아졌다.

"저는 아오기시 님의 기분을 알아요. 저도 내내 의아했어요. 신이 존재한다면 왜 이 세상에 악한 사람이 존재하는 걸까요? 애당초 악한 사람만 생기지 않으면 지옥에 떨어뜨릴 필요도 없을 텐데."

"……확실히 그래."

"그리고 이 세상에는 살인 말고도 비극이 많아요. 병, 빈곤, 기아……신은 왜 살인에만 벌을 내리고 저희에게 구원의 손길은 뻗지 않는 걸까요?"

천사가 강림하기 이전에도 제기됐던 의문이었다. 신이 존재한다면 인간은 왜 불완전하게 태어나 부조리하게 고통받는 건가. 그 문제를 해석하는 방법도 가지각색이라 해답은 아직 나오지 않았다.

"그러므로 분명 여기에 신은 없어요. 쓰네키 님은 여기를 낙원이라고 부르셨지만, 이곳은 그저 천사가 모여 있는 가짜일 뿐……."

구라하야는 혼잣말하듯 중얼거렸다. 그러고 나서 생각난 것처럼 아오기시를 보았다.

"그러니까 지금 이 섬을 지켜주시는 건 천사도 신도 아니라 아오기시 님이라고 생각해요. 감사합니다."

그렇지 않다고 부정하려 했지만 구라하야의 눈빛이 너무나 진지해서 뭔가 말을 꺼내기조차 망설여졌다. 잠시 후 구라하야가 살갑게 눈웃음을 지었다.

"조수로 삼지 않으셔도 괜찮으니 필요한 일이 있으시면 뭐든지 말씀해주세요. 저도 협력할게요."

구라하야의 힘찬 목소리에 호응해 아오기시도 분명하게 고개를 끄덕였다.

사람들을 찾아가 만년필에 대해 물어보려 했던 아오기시는 예상치 못한 일로 정답을 알아냈다.

아오기시가 만년필을 들고 슬렁슬렁 3층으로 올라갔는

데, 갑자기 튀어나온 마사자키가 만년필을 낚아챈 것이다.

"이 도둑놈! 왜 내 만년필을 가지고 있어?! 이……역시 네가 범인이구나!"

마사자키가 파란색 만년필을 가슴에 꼭 대며 아오기시를 노려보았다.

솔직히 제일 엮이고 싶지 않은 상대였다. 이야기가 통할 것 같지도 않고, 여기서 뭔가 발전할 듯할 낌새도 없다.

한편 마사자키는 마치 새끼를 빼앗긴 동물 같았다. 만년필은 방에 아무렇게나 떨어져 있었는데. 무심코 어이없는 목소리로 대꾸했다.

"도둑놈이라니……."

"도둑놈 맞잖아! 야, 이걸 어디서 훔쳤어?"

"신에게 맹세컨대 쓰네키 씨의 방에서 주웠을 뿐입니다. 이런 걸 누가 훔치겠어요."

"주웠다고? ……정말이야?"

"이런 일로 거짓말은 하지 않습니다."

마사자키는 뭔가 더 따지고 싶은 눈치였지만, 이윽고 퉁명스럽게 "그렇군" 하고 말했다. 원래 같으면 주워줘서 고맙다고 인사를 받아야 할 판인데, 섭섭했다.

"어떻게 이걸 찾았어? 쓰네키 씨 방에서 들치기라도 했나?"

"굳이 따지자면 도굴에 가까울 것 같습니다만. ……조사하다가 주웠습니다. 일단은 살인사건이니까 제 입장상 조사하지 않을 수도 없어서요."

"그런가……. 탐정이었지, 자네는."

"이런 세상에서도 일단 탐정사무소 간판은 내리지 않았습니다만."

"그래서 살금살금 조사하고 다니는 건가. ……과연."

마사자키가 아오기시를 유심히 훑어보았다.

그렇다면 자기가 조수를 맡겠다는 말을 꺼내는 게 아닌가 싶어 한순간 경계 태세를 취했다. 하지만 마사자키는 흥, 하고 못마땅하다는 듯이 콧방귀만 뀌었다.

"사태를 수습할 거라면 그것도 어떻게 좀 해줘."

"그거?"

"쓰네키 씨가 5천만 엔이나 주고 구한 그 기분 나쁜 괴물 말이야. 말하는 천사."

"아아……."

저도 모르게 한숨이 새어 나왔다. 그런 게 5천만 엔이나 한다고 생각하자 기분이 암담해졌다.

"쓰네키 씨가 죽었으니 그것도 처분해야겠지. 자네는 그런 쪽을 잘 알지 않나? 축복을 받은 인간으로서 천사가 취미인 자들을 수많이 만나봤겠지."

"저는 축복을 받았다고 동네방네 떠들고 다니지 않는데요."

"하지만 그 덕분에 도코요지마섬에 초청받은 거잖아? 국물 한번 짭짤하군."

비웃는 듯한 말투였다. 아오기시를 완전히 낮잡아 보고 있다.

애당초 아오기시는 쓰네키 오가이와 각별한 사이가 되고 싶다는 생각 자체가 없었다. 도코요지마섬에서 지내고 싶었던 것도 아니다. 그딴 괴물을 보고 좋아하는 취향도 없다.

—너희랑 똑같이 취급하지 마.

따끔하게 쏘아붙일 뻔했다. 하지만 안 그래도 사건이 발생한 직후다. 가능하면 원만하게 지내고 싶었다.

"뭐, 다시없는 경험을 한 거로 만족해야겠지. 쓰네키 씨가 그렇게 된 이상, 도코요지마섬도 어떻게 될지 모르니까."

아무 대꾸도 없는 아오기시를 보고 기분이 좋아졌는지 마사자키가 거만하게 말했다.

그때 호지마가 계단을 올라왔다. 호지마는 아오기시를 보고 깜짝 놀란 표정을 짓더니, 노골적으로 눈을 돌렸다. 흡연탑에서 마주쳤을 때와는 태도가 딴판이다.

"오오, 호지마. 기다리고 있었어."

"아, 네, 안녕하세요. 어, 아오기시 씨는 어쩐 일이세요?"

"아니, ……별일 아니야. 마사자키 씨가 잃어버린 물건을 돌려줬을 뿐이야."

"맞아. 자, 안으로 들어가지."

마사자키가 호지마를 데리고 방으로 들어갔다. 인사도 없이 그대로 문이 닫혔다. 쓰네키 오가이가 죽은 지 얼마 되지도 않았는데 환담할 일이 뭐가 있을까.

어쩌면 중심인물인 쓰네키가 죽었기에 나누어야 할 이야기가 있을지도 모른다.

8

저녁을 먹기 전에 담배나 한 대 피우려고 흡연탑으로 향했다. 그러자 이번에는 탑 근처에서 오쓰키와 마주쳤다.

"웬일이지? 탑까지 오기 귀찮다고 하지 않았나?"

"귀찮지만, 오늘은 특별히 와봤죠."

"특별히?"

그러고 보니 오쓰키는 탑 안으로 들어가지 않고, 주변을 어슬렁거리고 있었다. 뭔가를 찾고 있었던 것처럼도 보인다. 오쓰키가 서글서글하게 웃으며 말했다.

"그게, 흡연탑에 오면 아오기시 씨와 마주칠 수 있지 않을까 싶어서."

"뭐야, 그건."

"실제로 마주쳤잖아요. 그것만으로도 여기 온 보람이 있다고요."

담배를 피우면서 말한들 신빙성이 없다. 그런 이유를 듣고 수긍하는 사람도 있을 리 없다.

하지만 종잡을 수 없는 오쓰키의 행동을 진지하게 따져보는 데도 약간 지쳤다. 그저 할 일이 없어서 무료했을 뿐인지도 모른다.

"저녁도 땡땡이인가."

"그야, 고마이 씨가 어떻게든 해줄 모양이니까요. 지즈사도 요리를 잘하고요."

"그래도 네가 만드는 것과는 차이가 나겠지."

"고마이 씨랑 똑같은 소리를 하네요. 그 사람, 밥을 하라고 얼마나 잔소리를 늘어놓는지 몰라요. 저녁을 만들면 다들 기뻐할 거라는 둥, 잊을 수 없는 한 끼가 될 거라는 둥. 그야 당연하잖아요. 나도 잘 안다고요."

"너한테는 그렇게 말할 만한 실력이 있지. 그 점은 솔직하게 존경해."

"이야, 기쁘네요. 그래도 안 만들 거지만."

재미있다는 듯이 오쓰키가 웃었다. 이렇게 요리사복을 벗은 모습을 보자 주변의 흔한 대학생처럼 보이기도 했다. 요리사복을 입었을 때보다 후드티를 입었을 때의 인상이 이미 더 강해졌다.

몇 번 더 연기를 빨아들인 후에, 오쓰키는 아직 긴 담배를 비치된 재떨이에 눌러서 껐다.

"그럼 먼저 가볼게요."

"벌써? 아직 한 대밖에 안 피웠잖아."

그 한 대도 충분히 피운 것처럼 보이지는 않는다. 도리상 피운 것 같은 한 대다.

"아오기시 씨도 줄담배를 피우는군요. 나는 기본적으로 한 대씩 피워요."

"나라고 그렇게까지 많이 피우는 건 아닌데."

"많이 피워서 좋을 것 없죠. 우리 모두 혀를 아끼면서 살자고요."

그렇게 말하고 오쓰키는 저택으로 돌아갔다. 탑 입구를 열고 오쓰키의 모습이 보이지 않을 때까지 지켜보았다. 저택 현관문이 닫히는 소리가 희미하게 들린 순간, 아오기시는 탑을 뛰쳐나왔다.

아오기시가 오기 전에 오쓰키가 서 있던 곳을 살폈다. 오쓰키의 그 태도는 아무래도 부자연스럽다. 여기에는 뭔가가 있다.

몇 분을 살핀 끝에 원하던 걸 발견했다.

나무 밑동에 담배꽁초가 떨어져 있었다. 그것도 오쓰키가 피우던 상표의 담배다. 아오기시와 호지마가 피우는 것과는 다른 상표니까 틀림없다.

이걸 굳이 찾으려 했던 이유가 뭘까 생각해보았다. 담배꽁초가 필요하지는 않았을 테니, 이걸 처분하는 것이 목적이리라. 자기가 피운 담배가 떨어져 있어서는 곤란하다 그거다.

이로써 확신했다. 오쓰키는 어젯밤 방에서 나왔고, 이 탑 근처에도 왔다. 그리고 그 사실을 숨기고 싶어 한다. 켕기는 구석이 없다면 굳이 담배꽁초를 찾을 이유가 없다. 오쓰키가 거짓말에 익숙하지 않다는 것에는 안도했지만, 수상하기는 수상하다.

도코요지마섬에는 수수께끼가 많고 모두 뭔가를 숨기고 있다. 그런데도 정작 살인사건은 단순하고, 그런 까닭에 어떤 추리도 용납하지 않는다.

멀리서 천사의 날갯소리가 들렸다. 천사는 지붕을 마음대로 오르락내리락할 뿐, 쓰네키 오가이의 죽음을 애도하는 낌새는 없었다.

그 모습을 보자 역시 천국은 없을지도 모르겠다는 생각이 들었다.

이날 오후 내내 돌아다녔지만 결국 눈에 띄는 수확은 올리지 못했다.

그 대신 신이 아오기시의 무능함에 벌이라도 내리는 것처럼 다음 사건이 발생했다.

제4장

마침내 심판이
시작되다

1

다음 날 아침, 조심스럽게 문을 두드리는 소리에 잠이 깼다.

졸린 눈을 비비며 시간을 확인했다. 7시 반이 조금 지났다. 아침 식사 시간이니까 모닝콜일지도 모르겠다고 멍하니 생각했다. 그러다 바로 생각을 바꾸었다. 어제도 똑같이 생각했지만 예상은 완전히 빗나갔다.

"아오기시 님."

문 앞에는 구라하야가 서 있었다. 그런데 상태가 이상했다. 상쾌한 아침에 어울리지 않게 얼굴이 딱딱하게 굳었고, 손도 희미하게 떨렸다.

"아침부터 죄송합니다만 같이 가주실 수 없을까요?"

"왜 그래. 무슨 일인데?"

그렇게 물어보았지만 아오기시는 무슨 사태가 벌어졌을지 이미 짐작했다. 구라하야가 이런 표정을 지을 이유는 하나밖에 없었다.

"……마사자키 님이 살해당하셨습니다."

구라하야가 새파랗게 질린 얼굴로 대답했다.

어제 아침과 똑같은 전개다. 하지만 배역이 다르다.

쓰네키 때처럼 마사자키 구루히사도 자기 방에서 살해당했다. 방의 크기와 가구류는 다른 손님들의 방과 다르지 않지만, 일반적인 호텔보다는 넓다.

마사자키는 방바닥에 위를 보고 쓰러져 있었다. 질 좋은 회색 카펫이 피에 흠뻑 젖었다.

마사자키의 목에는 길이 1미터 가량의 창이 박혀 있었다. 아름다운 장식이 가미된 가느다란 창이다. 목을 찔린 마사자키 주변에 생긴 커다란 피 웅덩이가 마치 천사의 날개처럼 보인다. 고약하게도 그런 연상이 멈추지 않았다.

끔찍한 광경이었지만 의문이 앞섰다.

왜 연쇄살인이 일어난 걸까.

천사가 있는 세상에서 한 명이 더 살해당하다니, 말이 되는가?

"어째서……어째서 이런 일이…….”

피를 보고 충격을 받았는지 구라하야는 당장이라도 기절할 것만 같았다. 후시미는 시체를 똑바로 보지 못해 고개를

219

숙였고, 소바마저 인상을 찡그렸다. 아마사와는 어제 아침에 보였던 태도가 거짓말이었던 것처럼 입만 뻐끔거렸다.

"어떻게 된 거지. 왜 마사자키 씨가."

소바가 쥐어짠 듯한 목소리로 말했다. 대답하는 사람은 아무도 없었다. 창에 찔려 죽은 마사자키의 얼굴은 고통스럽게 일그러져 있었다. 그것은 이 운명을 진심으로 증오하는 인간의 얼굴이었다.

방을 휙 둘러보았다. 테이블 위에는 빈티지 레드와인 두 병―개봉한 것과 미개봉한 것―과 술잔, 그리고 마사자키가 좋아하는 병맥주, 큐브 치즈와 믹스너트가 담긴 안주 접시가 있었다. 근처 쓰레기통에는 똘똘 뭉친 녹색 포장지와 펼쳐진 빨간색 포장지가 들어 있었다.

테이블 가장자리에는 코르크 마개가 꽂힌 은색 나사 같은 물건이 놓여 있었다. 와인에 대해 잘 모르는 아오기시에게는 낯선 물건이지만, 아마도 오프너이리라.

마사자키는 여기서 누군가와 저녁 반주를 즐기다 습격받은 것이다. 그만큼 불안정한 모습을 보였던 마사자키다. 술을 마시지 않으면 잠을 잘 수 없었을지도 모른다.

그밖에 뭔가 묘한 물건이 없을까 찾아보았지만, 놀랄 만큼 아무것도 눈에 띄지 않았다. 이 방에서 이질적인 물건이라고 하면, 마사자키를 죽인 흉기 정도밖에 없다.

인간을 심판해 지옥에 떨어뜨리는 천사의 창.

"……너무 끔찍하네요. 어떻게 이런 짓을 할 수 있지?"

불쑥 말을 꺼낸 후시미를 아마사와가 냉큼 나무랐다.

"외부인이라고 해서 손님 기분을 내는 겁니까. 당신이 제일 유력한 용의자일 텐데요."

"마사자키 씨뿐만 아니라 아마사와 씨까지 저를 의심하는 거예요? 믿기지 않네요! 무엇보다 쓰네키 오가이 살해사건으로 저를 의심한다면 역설적으로 이번에는 무죄잖아요? 저는 지옥에 떨어지지 않았으니까요!"

후시미가 이겼다는 듯이 의기양양하게 말했다. 그러자 곁에 있던 고마이가 어처구니없다는 듯이 대꾸했다.

"그럼 당신이 주인어른을 죽인 범인이라는 뜻이 되는데요."

"아니, 그게 아니라, 어라, 뭔가 좀 헷갈리네……."

"하지만 이번에야말로 사건이 해결됐군."

난처한 표정을 짓는 후시미를 본체만체 우와지마가 그렇게 중얼거렸다.

"무슨 뜻입니까?"

아마사와가 우와지마를 날카롭게 노려보았다. 하지만 우와지마는 전혀 기죽지 않고 대답했다.

"아까 우리는 분담해서 도코요 저택에 있는 모든 사람을 불렀습니다. 그런데 호지마 씨의 모습만 어디서도 보이지 않았죠. 흡연탑도 확인했지만 거기에도 없었습니다."

우와지마의 말을 듣고서야 호지마가 없다는 사실을 깨달았다. 다른 사람은 전부 모였는데, 호지마만 이 자리에 없다.

"왜 호지마 씨가 없는지는 아시겠죠?"

아마사와는 아직 감이 오지 않는지 미묘한 표정으로 우와지마를 쳐다보았다. 대답을 듣기를 포기했는지 우와지마가 입을 열었다.

"지옥에 떨어진 겁니다. 호지마 쓰카사가 쓰네키 씨와 마사차키 씨를 죽인 범인이니까."

우와지마의 발언에 모두 정신이 번쩍 든 표정이었다. 두 명이 죽고 한 명이 사라졌다. 간단한 방정식이다. 천사의 규칙에 예외는 없다.

"그렇다면, 주인어른을 죽인 건 호지마 님이라는 말씀이십니까?"

"그럴 가능성이 크겠죠."

동요한 고마이에게 우와지마는 무뚝뚝하게 대답했다.

"지금 모습이 보이지 않는 호지마 씨까지 누군가에게 살해당했다고 치면 계산이 맞지 않습니다. 쓰네키 씨가 살해당한 이상, 범인은 한 명밖에 더 죽일 수 없으니까요. 그리고 본인도 죽고요.⋯⋯지옥행을 죽는다고 표현해도 될지 모르겠

222

지만."

확실히 그렇다면 앞뒤가 맞는다. 규칙상 모순도 없다. 호지마가 왜 두 사람을 죽였는지는 불분명하지만, 쓰네키가 혼자 회합에서 빠지려고 했던 걸 고려하면 동기는 그쪽과 관련이 있을 것이라 짐작할 수 있다.

"아오기시 씨는 어떻게 생각해? 내 추리."

그때 우와지마가 갑자기 물었다. 자신의 가설을 주장한 우와지마가 도발하듯이 아오기시를 쏘아보았다. 마치 도전장을 던졌다고 할까. 우와지마 앞에서 탐정으로 돌아가겠다고 선언한 아오기시를 시험하려는 것처럼도 보였다.

"확실히 앞뒤는 맞아. 실제로 연쇄살인이 일어난 이상, 누군가 한 명은 지옥에 떨어지지 않으면 이상하지."

"완벽하게 수긍이 가는 건 아닌 모양이네, 명탐정."

빈정거리는 듯한 우와지마의 말에 고개를 끄덕인 후 아오기시는 아직 꽂혀 있는 창을 가리켰다.

"……제일 마음에 걸리는 건 흉기야. 왜 창으로 죽였을까? 하필 이렇게 거추장스러운 물건으로. 이것 말고 더 쓸 만한 것도 있었을 텐데."

"죽이자마자 지옥에 떨어지는 살인이야. 종교적인 의미를 부여하려고 했을지도 모르지. 천사의 무기 하면 분명 창이니까 말이야. 호지마는 천사의 축복을 보도한 천사 보고서로 유명해진 기자야. 천사에게 큰 영향을 받았겠지. 어쩌면 그로 인해 생긴 독자적인 가치관을 바탕으로 지옥행에 해당하는 죄를 씻으려 했는지도 몰라."

"정말로 그럴까? 내가 보기에 호지마는 그런 것에 매달릴 인간 같지 않았어. 호지마에게 천사는 밥줄에 지나지 않는 것 같았는데."

"지옥에 떨어지기 전에 인간이 무슨 생각을 할지 어떻게 알겠어? 어쨌거나 호지마의 모습이 보이지 않는다는 사실이 모든 걸 대변하는 셈이야."

우와지마는 흉기에 큰 흥미가 없는 것 같았다. 그의 마음속에서 사건은 이미 끝난 것이리라. 우와지마는 손님들 사이에서 내분이 일어난 이유도 아니까, 생각이 더욱 굳어버린 건지도 모른다.

하지만 그 동기에도 의문이 남는다. 회합에서 빠지려고 했던 쓰네키가 살해당한 건 이해가 간다. 그렇다면 마사자키가 살해당한 이유는 뭘까? 적어도 호지마와 마사자키가 대립할 일은 없을 것 같은데.

"그럴 수가……그럼, 정말로 호지마가……."

우와지마의 추리를 곧이곧대로 받아들였는지 아마사와가 비통한 목소리를 흘렸다.

그런 아마사와를 보고 소바가 큭큭 웃었다.

"왜 그럽니까, 소바 씨. 뭐가 그렇게 재미있습니까?"

아마사마가 불쾌한 듯이 물었다.

"그게, 좀 우스워서 말이야. 나도 우와지마의 설명을 듣고 납득했으니 큰소리는 못 치겠지만, 천국은 아마사와 선생의 전문 분야잖나. 좀 더 빨리 이 결론에 다다랐을 법도 한데. 아니면 요즘은 천사와 거리를 둬서 아우라인지 뭔지가 느껴지지 않는 건가."

명백히 비웃는 목소리였다. 어느 틈엔가 소바와 아마사와 사이에 깊은 골이 생긴 모양이다.

쓰네키 오가이의 마음이 떠난 이유가 아마사와에게 있는 것 아니냐는 이야기가 떠올랐다. 아마사와가 집단의 해산에 일조했다면, 소바의 태도가 냉랭한 것도 이해가 간다. 아마사와가 쓰네키의 목줄을 단단히 쥐고 있었다면 아무 문제도 없었을 테니까.

"소바 씨, 적당히 합시다! ……이런 상황에서 우리가 다툴 수는 없는 노릇 아니겠습니까."

"뭘 그렇게 화를 내고 그러나? 좀 재미있어했을 뿐이잖아. 아니면 그만큼 지적받기 싫은 부분이었나? 이제 천사를 싫어한다고 책망할 쓰네키 씨는 없으니, 아마사와 선생도 좀 솔직해지는 게 어때?"

말의 끝부분은 거의 알아들을 수 없었다. 말이 끝나기도 전에 아마사와가 소바의 멱살을 힘껏 잡았기 때문이다.

"이 자식이……! 어디 한번 계속 지껄여봐……무엇보다 너만……!"

"그만두십시오!"

고마이가 끼어들어 아마사와를 억지로 떼어놓았다.

"주인어른뿐만 아니라 마사자키 님과 호지마 님까지 잃은 상황에서 두 분이 다투시면 어쩌자는 겁니까!……부디 진정하세요."

고마이가 간곡히 애원하자 아마사와가 천천히 호흡을 정리했다. 하지만 두 사람 사이에 드리운 험악한 분위기는 거둘 수 있을 것 같지 않았다. 소바는 소바대로 아마자와를 가만히 노려보았다. 방에 다시 거북한 침묵이 흘렀다.

"저어……이 창, 뽑으면 안 될까요?"

침묵을 깨기 위해서인지 구라하야가 머뭇머뭇 제안했다.

"이대로 놔두면 마사자키 님이 너무 가엾잖아요."

구라하야가 신중하게 창을 잡았지만 그녀의 가느다란 팔로는 꿈쩍도 하지 않았다.

"에이, 지즈사가 하면 위험해. 내가 할게. 아오기시 씨, 마사자키 씨 좀 잡아줘요."

"왜 내가 그쪽인데……."

불평하면서도 얌전하게 시체를 잡았다. 오쓰키는 호주머

니에서 손수건을 꺼내 지문이 묻지 않도록 조치하고 나서 힘을 주었다. 그러자 의외로 쉽게 창이 쑥 빠졌다. 피로 물든 창이 마사자키의 시체 옆에 놓였다.

이렇게 뽑아서 살펴보니 창은 상당히 예리했다. 이거라면 인간의 목 정도는 가볍게 꿰뚫으리라. 뜻밖에도 실용적인 흉기다. 거추장스럽다고는 했지만 쓰네키 오가이를 죽일 때 사용된 단검보다 살상 능력은 훨씬 높아 보인다.

창날 주변에 주르르 달린 장식은 아무 소양도 없는 아오기시가 보기에도 아름다웠다. 어찌된 일인지 본 기억이 있었다.

"……젠장, 기억이 안 나네. 이거 어디서 봤는데."

"그건 천사 미카엘의 창이죠.……전시실에 전시해 놓았던."

마음이 진정됐는지 아마사와가 대답했다. 그 말을 듣자 생각났다. 이 창은 그 커다란 석상이 가지고 있던 물건이다. 석상이 너무 강렬해서 창은 까맣게 잊어버리고 있었다.

그렇다면 그 천사는 미카엘이었나. 강림의 여파로 너무나 추악한 모습으로 변한 미카엘 석상이다.

"쓰네키 씨는 강림 이전부터 알려져 있던 성서에서 유래한 천사와, 강림 이후의 천사를 포괄적으로 해석했거든요. 그래서 유명한 천사들을 모방해 독자적인 천사상을 제작했습니다. 그중에서도 웅장하고 아름다운 미카엘을 쓰네키 씨는 가장 좋아했습니다. 저는 그렇듯 기존의 천사와 강림한 천사를 동일시하는 해석에는 신중하게 접근해야 한다고 봤습니다만."

아까 소바에게 한 방 먹었기 때문인지 아마사와가 천국 연구가답게 떠들어댔다. 하지만 중요도가 그리 높지 않은 정보였다.

"전시실에 있었다면 이 방으로 가져오기는 어렵지 않겠군."

소바가 그럴싸한 소리를 했다.

"그렇더라도 그걸 사용하다니 이상합니다. 미카엘의 창이라니, 저를 비꼬는 것 같지 않습니까. 천사의 심판이다, 그건가. 그밖에도 흉기로 쓸 만한 물건은 있었을 텐데. 설마 범인은 미카엘이라는 뜻? 왜 창을……."

눈에 초점을 잃은 아마사와는 전에 없이 고뇌에 빠진 것 같았다.

자신의 동료 세 명이 죽었기 때문일까. 그것보다도 소바와의 관계가 명백하게 어그러졌기 때문일까. 어쨌거나 당황한 아마사와의 모습은 심상치 않았다. 성직자인 양 행세하던 평소 분위기가 싹 사라져서 딱하게 느껴질 정도였다.

"아마사와 씨, 진정하세요. 천사의 규칙을 알잖아요. 이제 살인은 일어나지 않습니다."

우와지마가 새삼 강조한 말조차 지금은 귀에 들어오지 않는 듯하다. 아마사와는 고개를 크게 내젓고 딱딱한 목소리로 외쳤다.

"아니야, 역시 이상해! 호지마가 두 명을 죽일 리 없어! 모르겠습니까! 뭔가가 일어나고 있는 겁니다. 우리를 죽이려는 자가, 천사를 속이고 신을 모독하는 자가 있다고요! 이 저택에는 뭔가 있어. 이제 다 틀렸어. 우리도 살해당할 거야."

"……너무 겁먹은 거 아닌가. 그렇게까지 심각하게 생각할 것 없잖아."

이래서는 안 되겠다 싶었는지 소바도 끼어들어서 달랬다.

"이걸로 사건이 해결됐다고? 정말로 그렇게 생각해? 더는 못 참겠군. 이건 신에 대한 모독이야! 잘 들어. 내게 허튼수작을 부렸다간 너희도 죽여버릴 거야! 내가 직접 지옥에 떨어뜨려 주겠어!"

야단났다고 마음속으로 혀를 찼다. 아마사와는 완전히 혼란에 빠졌다. 이래서는 정말로 무슨 짓을 할지 모른다. 감정이 폭발해서 한 명은 죽이겠다고 날뛸 가능성이 있다.

"믿으라고? 쓰네키 씨와 마사자키 씨가 살해당했는데……범인은 호지마다. 그걸 믿으라고? 어떻게 해서든 이 정신 나간 섬에서 빠져나가겠어!"

그 말을 끝으로 아마사와는 냉큼 방에서 나갔다. 잠시 후 문이 세차게 닫히는 소리가 들린 걸로 보아 자기 방으로 돌아간 모양이다.

"……아마사와 선생을 대신해 사과할게. 내가 괜한 소리를 했나 봐. 이런 일이 벌어지는 바람에 신경이 날카로워져서 그랬어."

소바가 기특하게도 사과했지만 한번 나빠진 분위기는 원래대로 돌아오지 않았다. 괴괴할 만큼 깊은 침묵이 흐른 후, 고마이가 입을 열었다.

"……여러분, 이제 그만 의심하죠. ……두 분이 돌아가시고, 한 분이 사라지셨습니다. 우와지마 씨 말씀대로 범인은 지옥에 떨어졌다. 그렇게 결론을 짓지 않으시겠습니까."

어제와 마찬가지로 임시적인 해결과 안심이었다. 한 번 배신당한 그 안도감에 다시 기댈 수 있을까.

그래도 이 분위기를 수습할 방법은 그 말을 받아들이는 정도밖에 없었다.

2

담화실에서 커피를 마시며 이 상황에서 탐정의 본분은 뭘까 생각했다.

방금 나온 결론이 제일 온당하고 건설적이다. 다음에 또 누가 죽는다고 상상하면 아마사와처럼 평정심을 유지할 수 없을 것이다.

어차피 모레에는 배가 온다. 이제 살인은 일어나지 않는다고 단정하고 조용히 지내는 편이 좋다. 사건을 휘젓는 탐정은 불안감을 부추길 뿐이다. 진실을 밝히는 것보다 가만히 있는 것이 훨씬 남에게 도움이 된다.

하지만 인간을 심판하는 것이 천사의 역할이라면, 탐정의 역할은 진실을 추구하는 것 아닐까.

창이 사용된 이유도, 호지마가 두 명을 죽인 이유도 모른다. 무엇보다 그가 정말로 범인일까? 그렇게 생각하지 않으면 연쇄살인이 성립하지 않지만 걸리는 점이 너무 많다.

그러한 의문에 답을 내놓을 수 있는 건 어쩌면 아오기시뿐일지도 모른다.

아카기 스바루가 여기 있다면 뭐라고 말할까. 가만히 지켜보자고 할까, 조사를 속행하자고 할까?

그가 동경한 명탐정, 정의의 사자는 어느 쪽이 좋다고 할까?

하지만 대답이 돌아올 수 있는 상황이라면, 아오기시는 애당초 이딴 섬에는 오지 않았다.

낙담했던 바로 그때, 누군가 아오기시의 눈앞에 따뜻한 샌드위치가 담긴 접시를 내밀었다.

"아오기시 씨, 아무것도 안 먹었죠? 지즈사가 걱정하더라고요."

오쓰키가 그렇게 말하며 막무가내로 접시를 들이밀었다. 그러고 보니 구라하야가 오늘도 식사를 준비하겠다고 한 걸 까맣게 잊고 있었다.

"그래서 대신 먹을 걸 가져왔죠. 게다가 내가 몸소 만들어서."

"몸소 만들었다고?"

무심코 묘한 목소리로 묻자 오쓰키는 씩 웃었다.

"아, 독 같은 건 안 들었으니까 걱정 말고요."

"지옥에 떨어질 것도 각오한 바라면 오히려 대단하다고 칭찬해야겠지."

샌드위치를 집어서 한 입 베어 물었다. 바삭한 빵의 식감과 함께 농후한 미트소스 맛이 퍼졌다.

"뭐야 이거……무슨……."

"볼로네제 소스를 넣은 샌드위치일 뿐인데 내가 만드니까 이렇게 간단한 샌드위치도 어마어마하게 맛있죠?"

겸손함은 눈곱만큼도 없는 불손한 말이다. 하지만 오쓰키에게는 그게 잘 어울린다.

"……이거 정말 네가 만든 거구나. 맛을 보니 알겠어."

"내가 그랬잖아요. 뭡니까, 그 말투는."

"이제 요리는 안 한다고 하지 않았던가?"

"아오기시 씨한테는 만들어주겠다고 했을 텐데요."

오쓰키가 곧바로 받아치고 웃었다.

"한 명에게 만들어주나 여러 명에게 만들어주나 똑같잖아."

"뭐, 공공연하게 만들기는 싫다는 뜻이에요. 요리 자체도……역시 귀찮고. 아오기시 씨는 내가 게으름을 부리느라 대충 해도 아무 말 안 할 테니까 괜찮아요."

오늘도 오쓰키는 어제처럼 털털한 후드티에 청바지 차림이었다. 분명 그 차림새로 요리했으리라. 회색 후드티 군데군데 미트소스가 튄 자국이 보였다.

그렇게 대해주기를 바라는 것 같았으므로 일부러 아무 말도 하지 않았다. 그러자 주방에서 담배 피운 걸 숨겨주었을 때처럼 오쓰키가 기쁜 듯이 눈을 가느스름하게 떴다. 그의 성격을 점점 알 것 같았다.

"아, 그래도 지즈사한테는 뭔가 만들어주려 했는데, 잠깐 시간 날 때 먹었다면서 거절하더라고요."

"구라하야 씨는 대단해. 이런 상황에서도 부지런히 일하다니."

"그래서 내가 아오기시 씨한테 온 거잖아요. 저기, 앞으로도 조사 계속할 거죠? 도와줄게요."

"우와지마가 한 말 들었잖아."

"우와지마 선생님이야 상황 수습에 적합한 말을 하겠죠. 의사니까. 하지만 아오기시 씨는 탐정이잖아요."

"의사랑 상황 수습에 적합한 말이 무슨 상관인데."

"그렇지만 탐정과 현장 조사는 상관이 있겠죠?"

오쓰키의 눈을 몇 초 바라보고 나서 한숨을 쉬었다.

"……부탁이 하나 있어."

"오, 뭐든지 말해요."

"마사자키의 방에 있던 은색 나사 같은 물건을 어떻게 사용하는지 가르쳐줘."

3

엄중하게 문단속한 와인 저장고에 발을 들여놓자 독특한 온도와 공기가 맞이했다. 보통 사람은 한 번도 들어올 일이 없을 법한 곳이다. 표본처럼 줄지은 와인을 몇 병만 깨뜨려도 앞으로 몇 년 분의 수입이 날아갈 것 같다.

오쓰키는 아무렇지도 않게 안으로 나아가서 선반 밑에 달린 서랍을 열었다.

"여기에 부탁한 게 있어요."

서랍에는 마사자키의 방에서 본 오프너와 비슷한 물건이 같은 간격으로 죽 놓여 있었다. 생김새와 새겨진 무늬를 살펴보다가 하나를 꺼냈다.

"마사자키의 방에 있었던 나사, 이거랑 똑같은 거지?"

"나사, 나사라니……아오기시 씨는 정말로 와인에 대해서 아는 게 없군요."

"그건 됐고. 이걸로 뭐 좀 열어봐 주지 않겠어? 어떻게 사용하는지 보고 싶어."

"여기에는 뭐 좀이라는 말이 불손하게 들릴 만큼 비싼 와인뿐이지만요."

오쓰키는 선반을 잠시 둘러보다 한 병을 골랐다. 그리고 오프너 끝부분을 코르크 마개에 꽂고 빼내려고 했다.

하지만 오프너는 전혀 박히지 않고, 얕은 곳에서 헛돌기만 했다.

"뭐야. 잘 안 되는 것 같은데."

"……아, 초보적인 실수였어요. 이거, 왼손잡이용이라 나는 못 써요. 난 오른손잡이거든요."

"코르크 마개를 뽑을 때도 그런 걸 따지나?"

"좌우 어느 쪽으로 돌리느냐의 차이죠. 제법 중요하다고요. 이 제품은 가벼운 힘으로 단번에 뚫는 게 특징이라 역방향이면 훨씬 뻑뻑해요."

그렇게 말하고 오쓰키가 비슷하게 생긴 다른 와인 오프너를 꺼냈다. 그리고 손잡이 같은 걸 쥐고 돌리자 코르크 마개 조각이 부슬부슬 떨어지면서 침이 푹 들어갔다. 뻥, 하는 후련한 소리와 함께 마개가 빠졌다.

"봐요, 금방이죠? 빈티지 와인 같은 건 마개를 뽑기가 꽤 까다로운데, 이걸 쓰면 아주 편해요."

"코르크 마개 조각이 와인에 많이 들어갔는데 괜찮나?"

"표면에 뜨니까 빼고 마시면 돼요. 정 거슬리면 체에 걸러서 마시라는 소믈리에도 있고요."

"그래도 되는 건가……."

"와인 맛은 그 정도로 손상되지 않는답니다."

오쓰키가 선반에서 잔 두 개를 꺼내더니, 자기 잔에 와인을 따르고 나서 병을 건네주었다.

"기왕이니 한잔하죠. 아오기시 씨가 돈을 얼마나 버는지는 모르지만, 아마 이런 건 못 마실걸요."

"주인이 죽었다고 마음대로 해도 되나."

"저세상에서 화낼지도 모르지만 안 들리니까요."

병을 기울이자 아까 떨어진 코르크 마개 조각과 함께 다홍빛 액체가 흘러나왔다. 어두침침한 와인 저장고에서도 색깔이 유달리 선명해 보였다. 코르크 마개 조각이 떠 있는 것도 개의치 않고 한 모금 마셨다.

"어떤가요?"

"……솔직히 말해 모르겠어. 그냥 술맛이야. 맥주가 더 맛 있는데."

"아하하, 마사자키 씨와 똑같은 소리를 하네요. 쓰네키 씨 가 들으면 화낼걸요. 하기야 그 손님들 중에서 와인파는 호 지마 씨 정도였지만."

"그럼 역시 마사자키의 방에 있었던 사람은 호지마인가."

"그렇겠죠. 소바 씨는 청주를 좋아하고, 아마사와 씨는 술 자체를 싫어하는 것 같으니까."

이로써 의도치 않게 호지마 범인설이 보강된 셈이다. 방 으로 부를 만큼 마사자키가 신뢰하고, 와인을 마시는 사람은 호지마밖에 없다.

"알았다. 호지마 씨가 술김에 창으로 찔렀다는 건 어때 요?"

"추리소설이라고 치면 최악의 진상이로군. 특수한 체질 때문이라고 마무리해버리는 것과 다를 바 없어."

"하지만 술김이 아니라면 굳이 창을 쓰겠어요? 그거, 찌르 기도 되게 힘들겠던데."

그 말을 듣고 어떤 사실에 생각이 미쳤다.

"맞아. 찌르기 힘들어. 다루기 어려웠을 텐데 굳이 그 창으로 바닥에 고정하다시피 해서 죽였어. 대체 왜지? 그 상황을 만들려면 마사자키가 바닥에 드러누워 있어야 하잖아. 호지마는 지옥에 떨어지니까 바닥에 눕혀서 다시 찌른 건 아닐 테고.”

“쉽게 보자면, 마사자키 씨가 술김에 바닥에 누워 있었을 수도 있잖아요.”

“술김설은 만능이로군.”

“어쨌거나 알아듣도록 말해줘요. 그게 뭐 어쨌는데요?”

“……창으로 찌른 건 호지마가 아닐지도 몰라.”

“네?”

“무슨 방법으로 마사자키를 죽인 순간 호지마는 지옥에 떨어지고, 방에는 마사자키의 시체가 남아. 그 시체에 창을 꽂으면 편하잖아. 뭐, 그것 말고는 술김설을 부정할 방법이 없겠지.”

사실 현재 시점에서 꺼내고 싶지는 않은 이야기였다. 아무튼 이 가설을 꺼낸 후에 나올 말은 예상이 간다. 아니나 다를까 오쓰키는 아주 자연스럽게 물었다.

“어, 다른 사람이 있었다 치고, 왜 창을 꽂는데요? 이유를 알려줘야죠.”

“……휴, 그렇지. 그렇게 나오겠지. 아아, 그렇게 나오니까 싫은 거야. 사람들은 가능성을 조금만 지적해도 금방 결론으로 나아가려 한다니까. 탐정이라고 진실로 직행할 수 있는 건 아니라고."

"에이, 가능성을 지적했으니까 이유까지 추리해주는 게 맞죠. 그저 다른 사람이 있었을지도 모른다고 해본들 하나도 안 놀랍다고요."

"그러니까 탐정이라고 대단한 일을 할 수 있는 건 아니래도. 내가 할 수 있는 건 기껏해야 하수구 뒤지기야. 엘러리 퀸을 원한다면 책을 읽어. 창 하나로 범인을 어떻게 알아내겠나."

"엘러리 퀸이 뭔데요?"

"……그래. 그건 내가 미안하다."

눈앞에 있는 건 오쓰키지 아카기가 아니다. 탐정에 대한 천진난만한 기대심은 다시금 부정해 나가야 할 필요가 있다.

"뭐, 우리 중 누구도 창에는 관심이 없고, 호지마 씨가 범인이랄까, 그러길 바랄 뿐이니까요. 아오기시 씨는 우리보다 훨씬 훌륭해요."

"그래? 그렇게 따지면 추리를 하지 않는 편이 더 훌륭하겠지. 긁어 부스럼을 만들어서 어쩌자고."

만약 호지마가 범인이 아니라고 한다면, 셋째 날처럼 또 서로가 서로에게 의혹을 품으리라. 천국 같아 보이는 이 섬에서 심판이 내려진 셈 치는 게 훨씬 온당하다. 와인 저장고까지 와서 할 생각은 아니지만, 과연 이게 옳은 일일까.

그러자 오쓰키가 보기 드물게 진지한 표정으로 말했다.

"이해해요, 아오기시 씨. 나도 자주 생각하거든요. 어차피 소화될 텐데 맛있는 요리를 만드는 의미가 있을까 매분 매초 갈등한다니까요."

"……알았어, 하지만 그건 내 잘못이 아니야. 그나저나 너, 하나도 이해 못 했지?"

무슨 말인지 잠시나마 생각한 게 억울했다. 오쓰키는 왜 요리사 일을 하는 걸까. 분명 제일 만만하면서도 수입이 좋기 때문이리라. 이 세상의 수많은 요리사들을 동정하고 싶어졌다.

"그런 눈으로 보지 말아요. 이러니저러니 해도 나도 요리할 때는 진지하다고요. 요리사의 정의를 따르니까요."

"요리사의 정의?"

오쓰키는 질문에 대답하지 않고 자기가 하고 싶은 말을 늘어놓았다.

"요리를 하지 않는 요리사는 요리사가 아니듯이, 탐정이 사건을 해결하지 않으면 그건 탐정이 아니죠. 창에 얽힌 수수께끼를 풀어내면 알려줘요. 누가 뭐래도 난 아오기시 씨의 조수니까. 감질나게 하지 말고 정답만 말해주면 돼요."

어느새 오쓰키는 고급 와인을 반도 넘게 비웠다. 빨리 마서서 그런지 얼굴이 꽤 벌겋다.

"이봐, 얼마나 마시려고 그래?"

"그게, 평소에는 내 관할이 아니거든요. 열쇠는 가지고 있지만 멋대로 마시면 더럽게 화를 내고 변상까지 시키니까, 이런 기회가 아니면 못 마신다고 할까……봐요, 이거 한 병에 수십만 엔이나 한다니, 손이 벌벌 떨릴 지경이라니까요."

오쓰키는 혀가 꼬인 말투로 떠들더니 실실 웃었다. 도코요지마섬에서 급료를 제법 많이 받을 텐데, 꽤 쩨쩨한 구석이 있다.

"하지만 이제 그만 마셔야죠.……어째 올라올 것 같기도 하고."

"여기서 토하면 정말로 화낼 거야. 이러면서 조수는 무슨."

"지금이니까 말하는데, 나, 사복이 이것밖에 없어요. 혹시 토하면 옷 좀 빌려줘요."

"뭐라고? 너, 이 섬에 살잖아."

"평소에는 요리사복을 입고 지내니까……."

그러고 보니 오쓰키는 담배를 피울 때조차 요리사복 차림이었다. 귀차니즘의 극치에 있는 만큼 그런 면에서는 합리적인 듯하다. 그렇다고 재평가할 생각은 전혀 없지만, 일리는 있다.

"그럼 요리사복을 꺼내 달라고 해. 나도 별로 안 가져왔는데 너한테 빌려주기는 싫어."

"고마이 씨가 관리하니까 절대로 말하기 싫어요. 와인 마신 것도 들통날 테고."

"혼나기 싫으면 나쁜 짓을 하지 말아야지."

"우와, 그 말, 지금은 가슴에 딱 와닿네요."

들고 있던 잔을 비우자 오쓰키는 결국 주저앉고 말았다.

"아오기시 씨. 난 이제 안 되겠어요. 어쩔 수 없으니 두고 가요. 뒷일은 내가 알아서 할게요."

뭘 어떻게 하려는지 잘 모르겠지만, 곤드레만드레 취한 꼴로 그런 소리를 한들 곧이들리지 않는다. 어쨌든 와인 오프너를 어떻게 사용하는지 알았으니, 여기에는 더 이상 볼일이 없다.

"아오기시 씨."

와인 저장고를 나서기 직전에, 오쓰키가 불렀다. 설마 돌봐달라고 부탁하는 건 아니겠지, 하고 생각하며 돌아보았다. 하지만 얼굴이 벌게진 오쓰키는 또렷한 눈으로 이쪽을 응시하고 있었다.

"난 요리할 수 있으니까 요리하는 거예요. 아오기시 씨도 사건을 해결할 수 있으면, 해결하면 돼요. 탐정은 정의의 사도잖아요."

시간 차를 두고 날아든 대답은 취객의 입에서 나오기에는 너무나 진지한 말이었다.

"만약 내가 범인이라면 아오기시 씨에게 혼나고 싶네요."

"혼나는 걸로는 안 끝나. 지옥행이야."

"그건 진짜 사양할게요. 분명 뜨거울⋯⋯."

말끝이 흐려졌다. 이대로 잠들지도 모른다. 그건 그것대로 괜찮다.

오쓰키는 아오기시가 아니라, 고마이에게 혼나는 정도가 딱 좋다.

4

"너무해요! 왜 조수가 위기에 처했는데 구해주지 않는 거죠!"

와인 저장고에서 나오자 후시미와 마주쳤다. 후시미는 울분을 못 참겠다는 표정으로 아오기시를 노려보았다.

"이번 살인사건이 아니었다면, 제가 범인으로 몰렸을 거라고요! 뭐, 그, 사건이 발생해서 기쁘다는 건 아니지만⋯⋯."

천성이 착실한 건지 후시미가 재깍 덧붙여 말했다.

"난 널 조수로 삼은 적 없는데."

"왜요! 다른 사람보다 제가 제일 적합하잖아요. 우리는 공통의 적을 가지고 있으니까요. 사회정의를 이루기 위한 콤비로서 저와 함께 행동해야 해요."

저 깊은 곳에 형형한 불길이 일렁이는 눈으로 바라보며 후시미가 열변을 토했다.

그 눈빛도 전과는 달라 보였다. 이제는 안다. 후시미의 배경에는 히모리 모모오라는 기자가 있고, 후시미는 그의 유지를 이어받아 여기에 서 있다. 그런 의미에서 후시미와 아오기시는 아주 비슷하다. 아니, 내내 의욕 없이 지냈던 아오기시보다 후시미가 훨씬 적극적이다.

"어, 역시 싫어요? 아직도 화났어요? 아니면 다른 사람들처럼 저를 의심한다든가……."

아오기시가 잠자코 있어서 불안했는지 후시미가 쭈뼛쭈뼛 말을 꺼냈다.

연쇄살인사건이 발생했으니 후시미에 대한 의혹은 풀렸다. 과연 그렇다고 할 수 있을까. 동기 측면에서 보면 쓰네키 다음으로 마사자키가 살해당한 건 마침맞아도 너무 마침맞다. 덧붙여 호지마의 모습이 보이지 않는다. 대단한 양반들을 일망타진하려 했던 후시미 입장에서는 만족스러운 결과이리라.

문제는 지옥행의 규칙이다. 아직 살아 있으니 후시미는 연쇄살인을 저지르지 않았다. 한 명은 죽였을지도 모르지만.

누군가와 공모해 살인의 권리를 행사하는 후시미의 모습을 상상해보았다. 고전 추리소설 중에 그런 작품이 있었다는 게 어렴풋이 생각났다.

"……너, 정말로 범인 아니지?"

"저는 기자예요. 쓰네키는 분명 용서할 수 없는 작자였지만 칼을 사용해서 죽일 마음은 품지도 않았어요. 제게는 글이 있으니까요."

꿈같은 소리다. 세상을 바꾸기에는 글보다 천사의 심판이 훨씬 강력한 힘을 발휘한다. 이런 세상에서도 언론 보도로 뭔가 바꿀 수 있다고 생각하다니 낯짝도 두껍다. 하지만 후시미의 그런 줏대 있는 모습이 눈부셨다. ……이런 것이 아오기시의 심금을 울린다.

"그래서 아오기시 씨에게 협력하러 온 거예요. 앞으로 할 일은 하나예요, 아오기시 씨."

"뭘 어쩌려고? 현장에라도 갈 건가?"

"그것도 괜찮을지 모르지만, 제가 점찍은 목표는 그게 아니에요. 단도직입적으로 말해 저희는 도코요지마섬을 돌아다니며 어딘가 숨어 있을지도 모를 호지마를 찾아야 한다고요! 자, 가죠, 명탐정님! 역시 탐정 조수 하면 기자가 제일이죠! 왓슨도 그렇잖아요."

후시미가 막무가내로 아오기시의 팔을 잡아끌었다. 의외로 힘이 세서 아오기시는 한마디 덧붙이는 게 고작이었다.

"왓슨은 의사야, 모르면 말을 말든가."

오늘 도코요지마섬의 날씨는 쾌청했다. 천사가 그다지 좋아하지 않는 날씨라, 푸른 하늘을 날아다니는 천사는 어제보다 훨씬 적었다.

그러나 천사의 수 자체가 줄어든 건 아니므로 저택을 나서자 땅바닥을 기어 다니는 천사가 군데군데 보였다. 그렇게 반가운 광경은 아니다. 공원의 비둘기처럼 행동하는 천사들을 보자 조금은 수가 줄어도 되지 않겠느냐는 기분이 들었다.

"자, 아오기시 씨. 푸아로처럼 활동하기에 딱 좋은 날씨네요. 명탐정의 눈으로 숨어 있는 호지마를 찾아내 주세요."

"푸아로의 이름이 뭔지도 모를 것 같은 얼굴로 그딴 소리 하지 마."

벌레를 씹은 듯한 표정을 지었지만, 후시미는 움츠러드는 기색이 전혀 없었다. 후시미와는 어쩐지 쿵짝이 맞지 않는다.

그래도 후시미를 따라온 건 후시미의 노림수가 나쁘지 않왔기 때문이다.

마사자키가 살해당했을 때 제3자가 있었다면. 그리고 그 제3자가 마사자키를 죽였다면.

호지마는 섬 어딘가에 숨어 있을지도 모른다. 그 상황에서 호지마가 모습을 감추면 그는 지옥에 떨어진 걸로 위장이 가능하다. 그 후로는 투명인간처럼 암약할 수 있다.

살아 있는 호지마가 발견되면 아까 전의 전제도 사건의 양상도 완전히 달라진다. 그렇다면 한 번은 이 섬을 구석구석까지 찾아봐야 한다.

"이 섬, 산책해봤어요?"

"아니. 저택과 흡연탑을 오간 정도야."

"이 섬은 경사가 완만한 산 같은 모양이고, 도코요 저택은 산 위쪽에 있어요. 선착장에서 저택까지는 포장길이지만, 그 외에는 비포장이 제법 많고요. 예전 주인이 어중간하게 개발하려 했던 흔적은 남아 있지만……."

후시미가 지도를 보여주며 설명했다.

"섬 끝에서 끝까지는 얼마나 걸리지?"

"20분 정도려나요. 작은 섬이에요."

"개인 소유의 섬으로서는 충분히 넓지. 그나저나 골치 아프군……."

찾으려 해도 도코요지마섬에는 숨을 만한 곳이 너무 많다.

섬 둘레에는 후미진 해안이나 동굴이 있어 틀어박혀 버티려고 하면 버틸 수 있다. 물론 식량과 물이 문제겠지만, 협력자가 있으면 얼마든지 숨어서 지낼 수 있는 규모다. 만약 진심으로 붙잡으려 한다면 잠들었을 때나 방심한 순간을 노리는 수밖에 없으리라.

더구나 정말로 호지마가 숨어 있다는 확신도 없다. 어떤 의미에서 이건 악마의 증명에 가깝다. 호지마는 숨어 있을지도 모른다. 또는 예상대로 지옥에 떨어졌을 수도 있다.

"어쩌면 살해당해서 바다에 버려졌을지도 모르지만."

나지막이 중얼거리고 천천히 고개를 내저었다. 추측만 거듭한들 뾰족한 수가 나지는 않는다.

그런 아오기시를 무시하고 후시미가 또랑또랑하게 설명을 이어나갔다.

"섬에는 우물이 세 개인데 전부 말랐나 봐요. 만약 우물이 멀쩡했다면 저도 그렇게 쉽사리 저택에 가지는 않았을 텐데."

"단념하고 온 후에는 쾌적하잖아?"

"쾌적하지만……그건 그것대로 화가 난달까……하지만 저택에서 일하는 분들은 잘 해줘요. 저를 붙잡은 고마이 씨도, 이야기해보니 좋은 사람이었고."

정의에 불타는 것치고 후시미는 정에 약한 성격인 듯하다.

하지만 적의 본진에 쳐들어왔는데 환대를 받으면 분위기에 휩쓸리는 것도 무리는 아니리라.

"무작위로 돌아다니기보다 일단 목표가 있는 편이 좋겠죠. 제일 멀리 있는 이 우물에 가볼까요?"

후시미가 지도를 두드리며 제안했다. 잠시 후에 아오기시가 고개를 끄덕이자 후시미는 활짝 핀 꽃 같은 웃음을 지었다.

"그래야죠. 가요. 이걸로 사건 해결에 성큼 다가갈 수 있을 거예요!"

우물까지는 걸어서 15분쯤 걸렸다. 섬 끝에서 끝까지 20분이라는 추측이 얼추 들어맞은 모양이다.

"이게 그 우물이에요. 벼랑에 인접한 곳이라 그런지 꽤 깊은걸요……."

꽤 낡은 티가 났지만 어엿한 두레박 우물이다. 돌로 된 우물 본체도, 두레박을 끌어 올리는 데 사용되는 도르래도 아직 상한 곳이 없어 보인다. 밧줄을 만져보자 예상보다 단단했다. 그리고 무엇보다 제법 길었다.

왜냐하면 우물이 아주 깊기 때문이다.

지붕이 햇빛을 막아서 바닥은 잘 안 보인다. 고인 공기와 희미하게 반사되는 빛이 여기가 단순한 구멍이 아니라는 사실을 알려주었지만, 그렇지 않다면 암흑 자체가 갇혀 있다고 느꼈을지도 모른다.

옛날에는 여기에도 어느 정도 물이 차 있었으리라. 하지만 더는 물이 솟지 않는 우물은 흉기로 사용해도 될 만큼 깊었다. 떨어지면 죽는다고 생각하자 등골이 오싹해졌다.

"에이, 아무 쓸모도 없는 우물이네요. 들여다본 보람이 없네. 실망했어요."

아오기시가 두려움을 느낀 줄도 모르고 후시미는 태평하게 말했다.

"실망한 게 다야? 떨어지면 죽어."

"몸을 내밀지 않으면 괜찮잖아요. 이쪽 벼랑에서 떨어지는 상상을 하는 게 훨씬 무섭다고요."

이번에는 후시미가 벼랑으로 다가갔다. 무섭다고 했으면서 왜 쭐레쭐레 다가가는 걸까. 혹시 떨어지지는 않을까 조마조마한 심정으로 바라보고 있으니 갑자기 "아" 하고 밝은 목소리가 들렸다.

"아오기시 씨! 이쪽에 쑥 들어간 곳이 있어요. 푸른 동굴* 같은 곳."

"그렇게 멋진 곳이 여기 있을 리가."

"멋있는지는 제쳐두고, 일단 내려가면, 아,"

* 해면이 파랗게 빛나 보이는 해식 동굴을 가리키는 명칭.

250

그때 한발 먼저 경사면을 내려간 후시미가 말문이 막힌 것처럼 숨을 삼켰다. 설마 싶었다. 설마 정말로 호지마가 숨어 있었나.

미끄러지지 않도록 조심해서 내려가자 예상치 못한 것이 눈에 들어왔다.

"아오기시 씨, 저거……! 배가 있어요! 이 섬에는 없다고 했는데!"

거기에는 아주 비싸 보이는 모터보트가 있었다. 우물과 달리 보트는 나름대로 새것처럼 보인다. 게다가 성능도 좋을 것 같다. 부자가 바다낚시를 즐기기에는 그만이리라. 다만 오랫동안 타고 나가지 않았는지 운전석에는 먼지가 쌓여 있었다.

직선거리로 따지자면 우물에서 몇 미터 떨어지지 않은 곳이다. 그런데도 눈치채지 못한 것은 굳이 여기를 들여다보는 사람이 없었기 때문이다.

"앗싸, 해냈어요! 이걸로 섬에서 탈출할 수도 있지 않을까요?! 우리가 엄청난 공을 세운 거라고요."

후시미는 완전히 들떠서 기대감으로 눈을 반짝였다.

"아오기시 씨. 이러고 있을 때가 아니에요. 모두에게 알리죠! 그러면,"

"이봐, 잠깐만."

"왜요? 아오기시 씨는 하나도 안 기뻐 보이네요. 이 섬에서 나갈 수 있을지도 모르는데!"

"좌석을 보아하니 이 보트는 2인승이야. 아무리 애써도 그 이상은 못 타. 그럼 무슨 사태가 벌어질까?"

아오기시의 말에 후시미가 눈을 깜박깜박했다. 그러다 자기 힘으로 해답에 다다랐는지 고개를 살짝 끄덕였다.

게다가 이런 모터보트를 타고 본토로 돌아가기는 불가능하리라. 기껏해야 앞바다로 나가거나 근처 관광 섬에 가는 것이 고작이다.

하지만 주변과 거리를 둘 수는 있다. 서로 의심에 사로잡힌 사람들이 여기 틀어박히려 할 테고, 결과적으로 이 보트를 둘러싸고 살육전을 벌일지도 모른다. 아마사와의 귀기 넘치는 모습을 이미 봤으므로, 그런 일이 일어나지 않을 거라 장담할 수가 없었다.

"무엇보다 고마이 씨나 구라하야 씨가 여기 보트가 있는 걸 모를 리 없지. 그런데도 잠자코 있는 건 다툼이 벌어질 걸 예상했기 때문이야."

운전석에 쌓인 먼지를 보건대 분명 이 배는 사용한 지 꽤 됐다. 천사에 집착하는 쓰네키의 성향이 심화됐을 때, 이 배도 쓸모를 잃은 것이리라. 그렇다면 정비를 했을지도 미심쩍다.

"그나저나 너, 선박 면허는 있어?"

"어, 없는데요……하지만 이래 보여도 바다낚시 경험이 있다고요. 히모리 선배가 낚시를 좋아했거든요. 그때 조종하는 걸 어깨너머로 봤달까."

"그 정도로 해결될 문제가 아니야. 이 크기의 배도 여차하면 전복되니까."

"그걸 저한테 따진들……그럼, 그럼 다른 사람에게 태워달라고 한다든가?"

"면허가 있는 사람은 분명 소바뿐이야. 아침 식사 자리에서 그런 소리를 했지. 놈이 널 태워줄 것 같아? 어차피 넌 못탈 것 같은데."

"……그럼, 아무 의미 없네요. 애당초 기름도 없는 것 같으니 몰래 타고 나가기는 무리인가."

방금까지 기운이 넘쳤던 후시미가 순식간에 시들시들해졌다.

"이걸 타고 떠나고 싶었나?"

"실은,……뭐, 조금은요. 무섭잖아요."

뜻밖에도 후시미는 순순히 인정했다. 무섭다고 말하는 그 모습에 사무실 소파에 앉아 있던 고노카의 모습이 겹쳤다.

"이런 상황에서 사람이 두 명이나 살해당하고 한 명이 자취를 감췄잖아요.……제 발로 섬에 와놓고 약한 소리를 하다니 꼴이 참 한심하지만요. 비열한 살인의 진상을 파헤치러 왔으면서, 진짜로 살해당한 사람을 보니까 다리가 얼어붙었어요."

"당연하지. 살인사건인걸."

"이러니저러니 해도 천사가 있으니까 괜찮다고 생각했던 걸까요. 확대 자살을 취재하며 살인과 심판을 수많이 접했으면서, 스스로가 살해당할지도 모른다는 생각은 '오랜만'에 해보네요. 그런 익숙함도 겁나고요."

천사가 강림한 이후로 살인과 인간 사이에는 얇은 막이 생겼다. 의식은 하지 않았겠지만 그 막에 희미한 안도감을 느끼는 사람도 많을 것이다.

그때 앞바다를 날고 있던 천사가 선회해서 이쪽으로 향했다. 펄럭펄럭 귀에 거슬리는 소리를 내며 다가오는 모습은 언제 봐도 위압감이 있다. 보트에 기대고 있던 후시미가 꺅, 하고 소리를 지르며 요란스레 뒤로 물러났다.

"우와, 갑자기 왔네. 천사 이야기를 해서 그런가……으, 이쪽을 보잖아."

"천사에게 눈은 없을 텐데."

"저 평평하고 밋밋한 얼굴이 좀 무섭다고요. 좀 더 표정이 있으면……그것도 무서운가."

으스스하니 기분 나쁜 모습이지만, 그래도 얼굴과 목소리

254

가 있는 것보다는 지금 같은 모습이 낫다.

"아마사와가 여기 오면 또 부지깽이를 휘두를까요?"

"그건 그것대로 겁나는 모습이었지."

"맞아요. 깜짝 놀랐어요. 텔레비전에 나올 때도 절대 천사에게 다가가지 않고, 눈을 돌리길래 혹시나 싶긴 했지만. 설마 천사를 싫어할 줄이야."

"뭐랄까 멜론 농가가 멜론을 싫어하는 거랑 비슷한 이치겠지."

"하지만 싫어하는 것도 이해는 가요. 이 세상의 천사는 천국보다는 지옥에 가까운 존재니까요."

천사가 인간을 천국으로 인도하는 모습은 확인된 바 없다. 관측할 수 있는 건 언제나 인간을 지옥으로 끌고 가는 가느다란 팔뿐. 거기에 인간은 다양한 의미를 부여한다.

쓰네키도 아마사와도 천사라는 존재에 잠식당한 것이다.

계속 천사와 마주하고 있으면 영향을 받지 않을 수 없다. 아오기시도 천국에 계속 연연하다가는 어느 한쪽으로 치우칠 가능성이 있다. 천사를 사랑하나 싫어하나 결국은 지옥이다.

"이건 뭘까요? 여기 바위가 있는 곳에 말뚝 같은 게 박혀 있는데요."

후시미가 가리킨 대로 배 근처 바위터에는 텐트를 칠 때 사용할 듯한 말뚝이 같은 간격으로 여러 개 박혀 있었다.

"계류용 아닐까. 그렇게 큰 배도 아닌데 이렇게 많이 필요할까 싶기는 하지만."

얼핏 보기에도 열 개가 넘는다. 작은 모터보트를 묶어둘 용도치고는 아무리 생각해도 너무 많다.

"이 배에는 닻도 있는걸요. 닻감개는 자동이네요. 돈 많이 들었네⋯⋯."

후시미가 모터보트를 쓰다듬으며 중얼거렸다. 후시미의 눈에는 보트에 대한 미련이 선명하게 남아 있었다. 잠시 바라보고 나서 후시미는 보트에서 손을 뗐다.

"알았어요, 아오기시 씨. 모터보트를 찾았다는 건 우리만의 비밀로 해요. ⋯⋯적어도 저택 사람이 화제로 삼기까지는 모르는 척해야겠죠."

"용케 마음을 굳혔군."

"이 섬에 오기로 결심한 건 저니까요. 도망치면 안 되겠죠. 그 결심을 단단히 의식하고 있어야겠어요."

길을 잃은 아이 같은 표정이었지만, 그래도 후시미는 또렷하게 말했다.

그리고 다시 이동해 다른 우물도 확인했다. 하나는 몸을 내밀면 바닥에 손이 닿는 깊이였고 또 하나는 보트 근처에 있는 우물과 비슷하게 깊었지만, 어쨌거나 둘 다 바싹 마른 상태였다. 우물 속에 호지마의 시체가 없었던 건 다행이었는지도 모르겠다.

"그러고 보니 나랑 같은 배를 타고 왔잖아."

저택으로 돌아와서 방까지 후시미를 바래다주었다. 고맙다는 인사와 함께 문을 닫으려 하길래 어제처럼 발을 끼워넣었다. 방해를 받은 후시미는 울적한 눈으로 아오기시를 쳐다보다가 마지못해 대답했다.

"그랬죠. 그래서 아오기시 씨를 봤을 때는 깜짝 놀랐어요. 전에 한 번 마주쳤으니까요. 그때는 저를 쓰네키에게 보고하지 않아서 고마웠어요……."

어쩐지 머쓱한 표정으로 후시미가 말했다. 본인이 생각하기에도 그건 반성해야 할 일이었던 모양이다. 지금이야 후시미를 못 본 척하기로 한 판단이 옳았다고 생각하지만.

"그런 서투른 미행은 보고할 가치도 없어."

"그게 무슨! 아니, 그래서 다행이고 고맙지만요……. 하지만 아오기시 씨는 탐정인데도 제가 배에 탄 줄 몰랐잖아요! 그럼 저도 조금은 성장한 것 아닌가요!"

"잘난 척은. 개인적인 볼일을 볼 때는 업무 중일 때랑 집중력에 차이가 난다고."

그렇게 답했지만 후시미는 싱글싱글 웃으며 고개를 기울

였다.

확실히 눈치채지 못한 건 사실이다. 페리가 넓었던 것과 종업원이 실질적으로 구라하야밖에 없었던 것을 감안해도 상당히 잘 숨었다고 할 수 있다.

"그런 이야기를 하고 싶은 게 아니라 널 이 섬으로 부른 사람의 편지는 없어? 그걸 보고 싶은데."

"아, 네! 가지고 있어요. 잠깐만요."

작게 손뼉을 짝 친 후, 후시미가 방에서 수수한 봉투를 들고 왔다. 이 특징 없는 봉투로 보낸 사람을 알아내기는 어려우리라. 꼼꼼하게도 주소는 워드프로세서로 쳤다. 참 빈틈이 없다.

"속에는 편지지 두 장과 선내 지도가 들어 있었어요."

한 장은 '쓰네키의 죄를 파헤치고 싶지 않나'라는 문구로 시작되는 무미건조한 편지. 역시 워드프로세서로 쳤다. 그리고 다른 한 장에는 구라하야의 선내 순찰 시간표가 적혀 있었다. 물론 이런다고 절대로 들키지 않는다는 보장은 없지만, 일종의 보험은 된다.

"단서가 될 만한 건 또 없고?"

"참 바라는 것도 많네요. 하지만 이 저택에 있는 열 명 중 누군가가 편지를 보낸 건 틀림없겠죠. 이벤트에 대해 알고 있었던 건 열 명뿐일 테니까."

"그야 그렇겠지만……."

하지만 후시미를 이 섬으로 불러서 득을 볼 사람이 전혀 떠오르지 않았다. 기자의 등장은 그 회합에 악재다. ……뭐, 후시미가 여기 와서 한 일이라고는 쓰네키 살해사건의 용의 선상에 오른 것 정도지만…….

그때 문득 어떤 생각에 다다랐다.

만약 그것이 후시미의 역할이었다면?

제일 먼저 의혹의 눈길을 받았던 후시미가 떠올랐다.

쓰네키를 죽인 후, 편리하게 범인으로 몰 수 있는 희생양 으로 선택된 거라면.

"어쨌든 그 편지는 줄게요. 아오기시 씨는 계속해서 진상 해명을 위해 노력해주세요! 그럼."

"어이, 이제 조수 활동은 끝났나?"

후시미가 방으로 들어가려기에 무심코 불러세웠다.

"저는 방에서 생각을 정리할게요. 괜찮아요, 아오기시 씨 라면 제가 없어도 충분히 탐정으로서 제 몫을 다할 테죠…… 기대할게요."

"대체 어느 입장에서 말하는 거야."

"어, 으음, 뭐랄까……."

그때 후시미가 갑자기 뭔가 말하려 했다. 적어도 아오기시 눈에는 그렇게 보였다.

하지만 그 말은 목소리가 되어 나오지 않고 애매한 웃음 속으로 사라졌다.

결국 문은 무자비하게 닫혔다. 딱히 그렇게까지 조수를 원했던 건 아니다. 후시미가 동행하지 않겠다면 하지 않아도 상관없다. 다만 석연치 않은 기분은 남았다. 막무가내로 끼어들고 나서는 사람 중에 꿍꿍이가 없는 사람은 없다. 과거의 경험상 아오기시는 그 사실을 잘 알고 있었다.

5

호지마는 방범 의식이 철저했는지 방문은 잠겨 있었다.

이번 사건에서 현장 다음으로 정보량이 많은 곳은 여기이리라. 하지만 자물쇠를 따려고 해도, 도코요 저택에서는 호텔처럼 카드키를 쓰므로 손쓸 방도가 없다.

차라리 문을 부술까 싶었을 때 "무슨 일이세요?" 하고 산뜻한 목소리가 들렸다.

"거기는 호지마 님의 방인데……. 아니, 아오기시 님이 착각하실 리가 없죠. ……호지마 님의 방을 조사하고 싶으세요?"

구라하야가 난처한 표정으로 물었다. 구라하야로서는 설

령 안부가 확실하지 않더라도 손님의 방에 무단으로 남을 들이기가 꺼려지는 것이리라.

"가능하면 들어가 보고 싶은데……. 방에 있는 단서에 따라서는 호지마가 왜 그런 짓을 했는지 알 수 있을지도 몰라."

"쓰네키 님과 마사자키 님이 왜 그렇게 돌아가셔야 했는지도 알아낼 수 있을지 모른다……그런 말씀이시군요."

"응. 적어도 동기 정도는 밝혀질지도 모르지."

아무 근거도 없는 말이지만, 문을 열기 위해서는 허세를 부려야 할 상황이다.

"이봐, 망설이는 기분은 알겠지만 열어주지 않겠어? 정 그러면 묘한 짓을 하지 않도록 감시해도 돼."

간곡하게 부탁하자 구라하야는 망설인 끝에 허락했다.

"……알겠습니다. 마스터키를 가지고 올게요."

"괜찮겠나?" 자기가 부탁해놓고 놀랐다.

"조사에 필요한 일이라는 건 알아요……. 그리고 호지마 님의 안부를 확인하기 위해 저와 고마이 씨는 방에 들어갔습니다.……아무 식견도 없는 저희가 이미 사생활을 침범했는걸요."

구라하야는 거기서 말을 한번 끊었다가 웃는 얼굴로 덧붙였다.

"더구나 저는 아오기시 님의 조수니까요."

오늘 세 번째로 그 역할을 자청한 사람이었다.

솔직히 말해 지금까지 중에서 제일 든든한 조수였다.

호지마의 방도 기본적으로는 다른 객실과 다를 바 없다. 다만 저택에 자주 올 버릇을 해서인지 방을 마음 놓고 사용한 흔적이 눈에 띄었다. 옷을 여기저기에 아무렇게나 벗어놓았고, 가구도 함부로 움직였다. 빈 와인병까지 바닥에 널브러져 있다. 마치 여기가 자기 집인 것처럼.

"짐 같은 건 정리하지 말고 그대로 놔두라고 말씀하셔서 저희는 거의 들어오지 않았어요. 도코요 저택에 여러 번 오시는 동안 여기가 많이 편해지신 모양이에요."

"아무리 편해졌대도……이렇게 어질러놓다니, 고급스러운 방이 울겠군."

흔적이 너무 많이 남아 있어서 어디서부터 손을 대야 할지 망설여졌다. 그런 아오기시를 어째선지 구라하야가 활기찬 표정으로 돌아보았다.

"자, 아오기시 님. 조사하고 싶은 곳이 있으시면 제게 맡겨주세요. 이래 보여도 방 청소에는 일가견이 있거든요. 단서도 잘 찾아낼지 몰라요."

"……아……그런가?"

"어서요, 아오기시 님. 조수인 제게 뭐든지 분부해주세요."

웃으며 그렇게 말한 후 구라하야가 갑자기 진지한 표정을 지었다.

"저택에서 중대한 사태가 발생했잖아요. 그러니 저택에 머무시는 여러분을 돌보면서, 조수로서 아오기시 님을 수행하는 게 제일 좋은 방법이 아닐까 싶어요. 저 하나로 부족하다면 고마이 씨도 아오기시 님께 협력할 겁니다."

"고마이 씨라……."

도코요 저택에서 일하는 세 사람 가운데 어떤 의미에서 고마이가 제일 모를 인물이기는 했다. 구라하야와 마찬가지로 그에게는 동기도 없거니와 수상한 구석도 없다. 아오기시와도 너무 접촉이 없어서 중요한 뭔가를 빠뜨린 게 아닌가 싶은 기분이 든다.

아오기시가 오랜 생각에 잠기자 고마이를 의심한다고 받아들였는지, 구라하야가 의연한 표정으로 말했다.

"안심하세요. 저, 오쓰키 씨, 고마이 씨는 범인이 아니니까요."

"증거가 있나?"

"네, 밴 다인의 스무 가지 규칙이요. 그 규칙에 따르면 고용인을 범인으로 삼는 건 금기인 것 같더군요. 이번만큼 저 자신의 입장이 고마웠던 적은 없어요."

"농담이겠지."

"소망일지도 몰라요."

구라하야의 완벽한 미소와 농담은 상성이 너무 안 좋다. 그래도 분위기를 풀어주려고 한 것만큼은 확실했다.

"……그럼, 구라하야 씨. 뭔가 묘한 게 있으면 알려줘. 이번에는 일한다기보다 조사한다는 기분으로 임하도록."

"알겠습니다! 성심과 성의를 다할게요."

고개를 꾸벅 숙인 후 구라하야는 욕실로 향했다. 대뜸 욕실부터 확인하는 조사 방식에 감탄하며 침대로 향했다.

어수선하게 흐트러진 침대 옆에는 호지마의 짐이 그대로 남아 있었다. 후줄근한 배낭 속에는 열 갑들이 담배 상자와 노트북, 그리고 수첩과 갈아입을 옷가지가 들어 있었다.

일단 수첩부터 펼쳐보았는데, 취재 일정이 상세히 적혀 있을 뿐 대단한 정보는 없었다. 파라락 넘겨보자 커버에서 뭔가가 떨어졌다.

만년필이었다. 금색 줄이 들어간 푸르스름한 몸체가 마사자키의 만년필과 비슷했다. 하지만 세세한 부분에서 고급감이 전혀 느껴지지 않았고, 무엇보다 필요 없는 기능이 딸려 있었다.

뚜껑 부분을 살펴보고 나서 왼쪽으로 돌렸다. 그러자 찰칵찰칵하고 다이얼이 돌아가는 듯한 감촉이 느껴졌다. 그대로 더 돌리다가 뚜껑을 당겼다.

그러자 만년필에서 호지마의 목소리가 나왔다.

─이건 제가 처분할게요. ……그럼 이야기를 되돌리죠.

아오기시는 역시나 싫었다. 이건 만년필이 아니라 만년필 모양 녹음기다. 좋지 않은 용도로도 많이 사용되기에, 솔직히 그렇게 바람직한 물건은 아니다. 그렇게 생각하면서도 녹음된 목소리에 귀를 기울였다.

─그런데 마사자키 씨는 정말로 '동맹'에서 발을 빼시겠다는 거로군요.

─응, 이 섬에서 돌아가면 반드시……쓰네키의 사업에서도. 어차피 쓰네키가 죽어서 혼란에 빠질 테니, 이번 일을 계기로 관계를 끊을 수 있을 거야.

동맹이라는 익숙지 않은 단어가 마음에 걸렸지만, 이야기의 흐름상 마사자키 패거리가 자신들을 그렇게 칭한 건지도 모른다.

─하나씩 확인하겠습니다. 마사자키 씨와 손을 잡은 사람은 단다이 씨, 쓰네키 씨, 고토…….

호지마가 무슨 이름을 열거하자 마사자키가 긍정하거나 그건 아니라고 부정하는 대화가 이어졌다.

이건 뭘까 궁금해하고 있자니 호지마가 느닷없이 말을 꺼냈다.

─후회할 필요 없겠죠. 쓰네키를 죽이지 않았다면 저희

뿐만 아니라 소바 씨도 위험했어요. 놈은 천사 때문에 정말로 이상해졌다고요. 그걸 잊지 마십시오.

—그렇지. ……그런 영문 모를 괴물에게 큰돈을 쓸 만큼……쓰네키는…….

—그뿐만이 아닙니다. 어쩌면 개과천선했다면서 지금까지의 일을 전부 털어놓을지도 몰라요. 그랬다가는 파멸입니다.

—……아아, 그래. 정말이지……어쩌다 이렇게 된 거람. 놈은 정말로 그럴지도 몰라…….

—그랬으면 분명 제가 제일 먼저 잘려나가겠죠. 최악의 경우에는 희생양이 될지도 모르고요. 이쪽이 죽기 전에 죽였다, 당연한 대응입니다.

마사자키가 뭐라고 대꾸했다. 호지마가 알랑거리는 듯한 목소리로 입에 발린 말을 꺼냈다.

—그럼 자세한 이야기는 오늘 밤에 다시 하도록 하죠. 걱정 마세요. 저는 마사자키 씨 편입니다.

녹음은 거기서 끝났다. 다른 음성 파일이 없는지 확인해보았지만 이것밖에 없었다.

그나저나 마사자키의 편이라. 호지마가 그 후에 무슨 짓을 할지 아는 입장에서는 어쩐지 섬뜩하게 들릴 뿐이다. 호지마는 이 대화를 나눈 후 미카엘의 창으로 마사자키를 죽였다.

녹음된 대화의 내용이 백 퍼센트 이해되는 건 아니다. 다만 맨 처음의 '이건 제가 처분할게요'라는 말이 무슨 의미인지는 알겠다. '이것'이 가리키는 건 이 녹음기이리라. 그런 평계로 호지마는 마사자키에게서 이걸 받아낸 것이다.

만년필이 녹음기와 뒤바뀌었다는 이야기만 듣고도 마사자키는 평정심을 잃을 테고, 그런 그를 구슬리기는 간단했으리라. 그리하여 녹음기를 받았을 때 몰래 켠 것이다.

뭣 때문에? 분명 후반부 말을 협박의 소재로 삼기 위해서다. 마사자키와 손을 잡고 있던 악인들의 이름이 여기에 가득 담겨 있다. 이걸 가지고 있으면 섬을 떠난 후에도 마사자키는 호지마의 말에 거역할 수 없다.

"구라하야 씨."

"네."

"잠깐 나갔다 올게. 여기를 맡겨도 되겠지."

"그럼요, 걱정 마세요."

"고마워."

만년필과 수첩을 가지고 복도로 나갔다.

목적지는 한 층 아래, 아까 헤어졌던 후시미의 방이다.

6

찜찜한 낌새를 느꼈는지 후시미는 인터폰을 눌러도 나오지 않았다. 저번처럼 우와지마를 이용해 끌어낼 시간은 없다. 어쩔 수 없이 빚 독촉을 하는 빚쟁이처럼 문을 세게 두드렸다.

"어이, 조수! 내 조수라고 했잖아. 나와! 협력해!"

"그만 좀 두드려요! 다른 사람이 보면 아오기시 씨가 범인인 줄 알겠어요……!"

후시미가 원망이 담긴 말과 함께 문을 열자 만년필 모양 녹음기를 들이댔다.

"단도직입적으로 물을게. 이거 네 거야?"

"엇……이거 어디에 있었어요?"

"호지마의 수첩에 끼워져 있었어."

"그래서 아무리 찾아도 없었구나……! 그 망할 기자놈……!"

후시미가 혀를 차며 그렇게 중얼거렸다.

"너 설마, 이걸 찾느라고 수상하게 행동했던 거야?"

"……그래요. 그저께 저택에서 붙잡혔던 날이요. 점심을 먹고 나서 쓰네키의 방으로 불려갔어요. 알고 지내는 미디어를 대라고 질문이랄까……신문을 하더군요."

분명 구라하라가 말했던 '제재'를 가하기 위해서이리라.

"그때 긴장해서 가방을 뒤엎었거든요. 그 순간 떨어진 거겠죠……. 그런 걸 가지고 있으면 쓰네키를 파헤칠 생각으로 가득하다는 게 들통나잖아요. 그래서 찾으려고 했던 건데."

"이봐, 그래 가지고 기자 노릇을 제대로 할 수 있겠어?"

"가방을 뒤엎는 건 기자의 자질이랑 상관없는데요. 그럼 호지마가 제 녹음기를 슬쩍한 건가요? 정말 방심은 금물이라니까."

"아니, 가지고 있었던 건 마사자키야. 비슷한 만년필을 가지고 있었으니까 착각했겠지."

"그래요? 어쨌거나 마찬가지예요."

그럴까, 하고 한순간 생각했다. 하지만 지금 제일 묻고 싶은 건 그게 아니다.

"문제는 이 녹음이야. 들려줄 테니까 후반부에 나오는 이름을 잘 들어봐."

녹음기를 틀어서 호지마가 이름을 차례차례 열거하는 부분까지 들려주었다. 그러자 후시미의 눈이 동그래졌다.

"이거 마사자키에게 불법 헌금을 했다는 의혹이 있었던 기업의 중역이에요. 그리고 확대 자살과 관련해 간접적으로 이익을 본 사람도 있고요."

"쓰네키와 동맹 사람들은 그저 사이가 좋지 않다는 수준이 아닌 것 같은데."

"그럼 정말이었구나……."

"뭐가?"

"쓰네키는 마사자키에게 지원을 중단할 작정이었대요. 실제로 마사자키가 경영자로 있는 회사에 대한 자금원조를 연속으로 중단했고요. 그래도 이 섬에 초대했으니까 아직 관계는 유지할 작정이라고 생각했는데……."

오히려 이번이 최후통첩이었던 걸까. 만약 자기 생각대로 움직이지 않는다면, 자신을 원만하게 동맹에서 빼주지 않는다면 더욱 경제적인 제재를 가하겠다는.

"호지마도 본인이 잘려나갈 거라고 했고……뭐야, 저 말고도 동기가 있잖아요. 더 절실한 동기가……."

"내용상 아주 궁지에 몰린 것 같으니 말이지."

지원을 중단하는 것 자체도 그렇지만, 호지마와 마사자키는 오히려 천사에 더더욱 심취하려 드는 쓰네키의 성향을 경계한 듯 보인다.

만약 천사를 신봉하는 쓰네키의 마음이 이대로 깊어지면 자신들이 저지른 짓을 후회해 대대적인 참회에 나설지도 모른다. 그런 걱정이 들 만도 하다. 천사의 얼굴을 똑바로 바라볼 수 있도록 자신들의 죄와 마주해야 한다는 식으로 나올 수도 있으니까.

"······쓰네키 한 명을 죽여서 수습된다면 그렇게 해결하려고 들지도 모르겠네요."

"현재 인류는 누구나 한 번은 살인할 권리가 있어.······뭐, 놈들은 그 권리를 부당하게 행사한 셈이지만."

"최악이에요. 있을 거라고도 생각지 않았지만 정말로 인간의 마음이 없네요."

후시미가 씁쓸하게 말했다. 그리고 갑자기 정신이 번쩍 든 표정을 지었다.

"그나저나 이거 한 건 올린 거죠? 제가 쓰네키의 방에서 녹음기를 잃어버리지 않았다면 이 대화를 들을 수 없었잖아요. 그렇다면 놈들이 쓰네키를 좋게 생각하지 않았다는 것도 몰랐을 테고요. 제가 한 건 올린 거네요!"

저도 모르게 말문이 막혔다. 확실히 그 말대로일지도 모르지만, 그걸 순순히 인정하기는 어쩐지 분했다. 후시미의 녹음기 덕분에 미싱링크는 연결됐지만 후시미 본인은 아무것도 하지 않았으니까.

"제가 없었다면 호지마의 동기도 밝혀지지 않았을 거예요! 그렇게 생각하면 대단하네요! 그렇죠, 아오기시 씨! 맞죠!"

"하지만 호지마가 마사자키를 죽인 이유는 더더욱 미궁에 빠졌군. 녹음된 내용을 들어보면 두 사람의 이해관계는 일치해. 두 사람이 갈라설 일은 없겠지. 뭐가 어떻게 되면 호지마가 마사자키의 목을 창으로 찌르게 되는 거야?"

"……결국 거기로 돌아가네요."

"부호들의 살인 동맹에서 내분이 일어났다는 건 확실해졌지만 수수께끼는 해결되지 않는군."

단서는 착실하게 늘어나는데도 진상에 다가가는 기분이 전혀 들지 않는다. 쓰네키의 죽음은 두 사람의 공통적인 소망이었을 것이다. 그 방에서 대체 무슨 일이 일어난 걸까?

결국 결론은 나지 않았다. 한 가지 확실한 사실은 살아남은 소바도 아마사와도 쓰네키 오가이의 죽음을 기뻐하고 있으리라는 것이다.

방으로 돌아가기 전에 천사 전시실에 들렀다.

제일 눈에 띄는 곳에 놓인 석상, 그 품에 있었던 창이 없다.

창을 잃어버린 천사상은 볼품없었다. 본판이 등이 굽은 원숭이 같다 보니 부자연스럽게 구부러진 팔이 얼빠져 보이는 것이다. 창은 천사의 팔에 기대어져 있었던 듯하다. 즉, 누구나 빼낼 수 있었다.

창을 잃은 천사상에서는 거룩함이고 신성함이고 전혀 느껴지지 않았다. 창을 빼앗은 사람은 이걸 보고 어떻게 반응했을지 궁금했다.

7

천사 전시실을 나서자 날이 저물어가고 있었다.

해가 질 무렵이 되면 활발해지는 건지 창밖에 천사가 많이 보였다. 살인사건이 일어났는데도 천사는 변함없이 날아다닐 뿐, 진상을 제시해줄 낌새는 없었다.

동맹의 존재를 확인한 덕분에 마침내 쓰네키가 저지른 죄의 윤곽이 확실해졌다. 이 섬에 온 손님들은 쓰네키를 중심으로 천사의 규칙을 악용해 수많은 사람을 불행에 빠뜨려온 것이다.

후시미가 경애했던 히모리 모모오의 죽음도 쓰네키 일당의 짓이 분명하다. 자신들의 죄에 바싹 다가온 히모리를 여느 때처럼 확대 자살에 섞어 넣은 것이리라.

탐정사무소 동료들을 죽인 것도 '동맹'일까. 그들이 확대자살을 저지르려고 분주하게 움직였으니까 눈에 거슬려서 죽인 걸까? 자신들이 지향했던 정의가 돌고 돌아 죽음의 원인으로 찾아온 걸까.

아니, 그렇지는 않을 것이다. 탐정사무소 동료들을 목표로 삼아 죽였다면 쓰네키가 아오기시를 여기로 초대할 리 없다. 그건 진짜 확대 자살이다.

—정의를 위해 일하다 죽은 것과 부조리한 불운에 휘말려

죽은 것 중 뭐가 더 위안이 될까.

그때 아오기시는 가슴속에 기묘한 마음이 솟아오르는 걸 깨달았다.

쓰네키 일당의 지시가 아니라 단순한 우연 때문에 동료들이 죽은 것이었으면 좋겠다는 마음이다.

이 감정이 어디서 비롯됐는지는 간단히 알 수 있다. 이유는 하나. 쓰네키가 이미 죽었기 때문이다. 이제 그에게 벌을 줄 수도, 복수할 수도 없기 때문이다.

그 사실을 깨달았을 때 아오기시는 충동적으로 가까이 있는 벽을 때렸다. 결국 자신이 바라던 구원도 거기로 수렴되는 걸까. 만약 쓰네키가 살아 있을 때 동맹에 대해서 알았다면, 자신이 칼로 찔렀을지도 모른다. 그런 생각이 머릿속을 스치고 지나가서 얼른 고개를 내저었다. 그게 아카기가 바랐던 정의의 사도일 리 없다. 탐정인 아오기시는 정당한 법의 심판에 쓰네키를 맡기려고 했을 것이다.

하지만 아오기시의 가슴속에서는 그 단검과 똑같이 생긴 마음이 지금도 펄펄 끓고 있다. 탐정으로서 사건을 조사하면서도, 쓰네키 오가이는 죽어 마땅한 인간이었다는 생각을 지울 수 없다. 마사자키와 호지마가 내분 끝에 죽고 지옥에 떨어졌다면 갈채를 보내고 싶을 정도다. 이렇게 생각하는 자신은 뭘까. 이런데도 아직 탐정일까.

그렇게 번민할 뿐이라면 그나마 다행이다.

하지만 아오기시는 거기서 한 발짝 더 나아가, 그 동맹의 일원 중에서 아직 심판을 받지 않은 인간들을 머릿속에 그리지 않을 수 없었다.

참 얄궂은 우연이다. 마음을 진정시키려고 찾아간 담화실에서 아오기시는 제일 만나고 싶지 않은 상대와 마주쳤다.

"……소바 씨."

소바 유키스기는 1인용 소파에 깊숙이 앉아 그저 창밖을 바라보고 있었다. 곁에는 남실남실하게 따른 커피가 있었지만 김은 피어오르지 않았다. 오랫동안 한 모금도 마시지 않고 놓아둔 것이리라.

"오, 아오기시."

"왜 여기에?"

"3층을 서성거리는 아마사와 선생과 마주치기가 싫어서. 아무래도 정신적 스트레스가 심한 것 같아. 오래 알고 지낸 고마이와 구라하야 말고는 전부 적으로 보이나 봐. 특히 나라면 질색하거든. 이대로 가다가는 아마사와 선생한테 살해당할지도 모르지. 그래서 여기로 피신한 거야. 맛있는 커피도 마실 수 있으니까."

소바는 농담하듯 말했지만, 가벼운 우스갯소리로만 들리

지는 않았다. 고마이나 구라하야가 아마사와를 잘 달래주길 바라는 수밖에 없었다.

담담하게 앉아 있는 소바를 보며 아오기시는 생각했다.

확실한 증거는 없다.

하지만 지금까지 나온 방증으로 보건대 소바는 혐의가 짙다. 어쨌거나 그도 동맹의 일원이니까. 확대 자살을 행하기 위한 무기를 조달하고 끝내 '펜넬'을 개발한 것도 소바이리라. 동맹에서 그는 그러한 역할을 맡았다. 그러니까 그의 사업은 강림 후에도 탄탄대로를 달렸다. 살얼음판을 겨우 나아가고 있다니 말도 안 된다. 오히려 이런 세상이기에 소바 홀딩스는 번창한 것이다.

소바가 바로 우리가 찾던 '범인'이다.

문제는 이제부터다. 이 섬에서 나가서 소바의 죄를 입증할 수 있을까. 쓰네키 오가이의 죽음을 계기로 그의 악행이 드러날까. 법의 심판을 받게 해서 동료들의 원한을 풀어줄 수 있을까.

그래야 한다고 생각하는 동시에, 불가능할지도 모르겠다는 생각도 들었다.

지금까지 잘해왔으니 소바는 상당히 빈틈없는 인간이리라. 법의 추궁은 어려움 없이 피할 것이다. 도코요지마섬에서 일어난 일을 타산지석 삼아 방어 태세를 단단하게 갖출지도 모른다. 다행히 동맹의 주요 관계자는 아마사와를 제외하고 모두 죽었다. 어떻게든 할 수 있다. 그렇다면 소바는 꼬리를 잡히지 않고 감쪽같이 책임을 모면할지도 모른다.

그렇게 된다면 억울하고 분해서 미쳐버릴 것이다.

하지만 지금, 아오기시에게는 다른 선택지가 있다.

무방비하게 앉아 있는 소바를 지금 여기서 죽이는 것이다.

만약 몸싸움이 벌어져도 소바가 상대라면 이길 수 있다. 어쨌거나 이쪽은 죽일 작정으로 덤벼들 거니까. 이대로 섬을 떠나면 소바를 죽일 기회는 두 번 다시 없을지도 모른다. 소바는 기업 총수라 이렇게 혼자 있는 일이 드물다.

심장이 쿵쿵 뛰고 귀울음이 들렸다. 죽인다는 선택지를 아주 자연스럽게 떠올리는 자신이 싫었다. 하지만 멈출 수 없었다.

"왜 그러나, 아오기시."

"……당신은,"

말이 입을 뚫고 나왔다.

"당신은 천사가 부조리의 상징이라고 했지.……천국은 있다고 생각하나?"

"글쎄, 모르겠는데."

소바가 재깍 대답했다. 아오기시는 다시 입을 열었다.

"천국이나 지옥이 무섭지는 않나? 나는……나는 당신들

277

이 무슨 짓을 저질렀는지 알아. 죄책감을 느끼지 않나?"

구체적인 말을 꺼내지 않아도 소바에게는 통하리라.

그 증거로 소바의 얼굴에서 부드러운 미소가 80퍼센트쯤 사라졌다. 원체 위세 있게 생겼다 보니 얼굴에서 위압감이 전해진다. 그런데도 소바의 목소리는 어디까진 온화했다.

"우리가 저지른 일이라……."

"그래."

지금까지 저지른 일을 후회하고 자백하지 않을까. 아오기시는 그러길 바랐다. 그런다면, ……그런다면 어떻게 될까. 나는 소바를 용서할 수 있을까. 지금 아오기시는 용서한다는 말의 의미조차 잘 모를 지경이었다.

하지만 아오기시의 바람과 달리 소바는 노래하듯 말을 이었다.

"옛날에 어떤 나라의 치안이 나쁜 도시에 갔었어. 갱들이 판을 쳤지. 다른 갱과 마주칠 때마다 싸움이 벌어져서 스릴이 넘치더군."

이야기의 의도를 파악할 수 없어 아오기시는 잠자코 들었다.

"툭하면 말썽이 생기니까 갱의 대표가 도시에 선을 그었어. 여기서부터 앞쪽은 그쪽 영역, 뒤쪽은 이쪽 영역이라고. 마치 어린애들의 땅따먹기 놀이 같지만 뜻밖에 이 규칙이 견고하게 작용했지."

"싸움이 없어졌나?"

"줄기는 줄었어. 갱들이 그 경계선을 강하게 의식하고, 규율을 지키며 생활했거든. 마주치지 않으면 그야 싸움도 줄겠지. 그때까지는 기준이 없었으니까 그렇게 쓸데없는 싸움이 빈발한 거야. 그런데 싸움이 줄어드는 대신 늘어난 것도 있었어."

"……뭔데?"

"눈을 가리고 싶어질 만큼 처참한 즉결 심판. 서로 경계선을 지키자 싸움이 줄었지. 대신에 경계선을 침범한 죄인은 무슨 짓을 당해도 싸다는 암묵적이고 폭력적인 규칙도 정착됐어. 어떻게 그런 짓을 할 수 있나 신기할 만큼 끔찍한 제재야. 하지만 경계선이 그걸 가능하게 만들었어. 자기 영토에서는 무슨 짓을 해도 된다고 생각하는 거야. 그들의 망설임과 죄책감은 그 규칙 아래에서 사라졌어."

강의라도 하는 듯한 말투로 소바가 이야기를 계속해나갔다.

"내게는 천사가 그 경계선이었지."

"……통 모르겠군. 대체 무슨 소리야?"

"아까 내게 물었잖아. 천국이나 지옥이 무섭지는 않느냐고. 마치 쓰네키 씨가 옮아간 것 같군. 아니면 천사를 과도하게 두려워하던 아마사와 선생 쪽인가. 하지만 나는 어느 쪽에도 해당하지 않아. 천사가 나타나도 나는 지옥에 떨어지지 않았어. 지금도 떨어질 낌새가 없고. 그렇다면 신경 쓸 필요가 없겠지."

"본인이 무슨 소리를 하는지 알긴 아나?"

"옛날에 나는 오히려 마음에 담아두는 편이었어. 부모님에게 물려받은 사업이지만, 왜, 취급하는 물건이 물건이잖아. 세상 어딘가에서 불행을 낳는다는 게 무서웠지. 이런 일을 계속하다가는 벌을 받지 않을까 겁났어."

소바의 눈빛은 놀랄 만큼 잔잔했다.

"천사만 없었다면 뭔가 마음에 와닿는 게 있었을지도 모르겠군. 하지만 난 경계선 안쪽에 있어. 내 영역을 정확하게 지키고 있으니까 죄책감을 느낄 필요도, 죽은 후에 심판을 받을까 봐 겁낼 필요도 없지. 그걸 깨닫고 나서는 모든 것에서 해방됐어."

그 말을 들은 순간 아오기시의 몸이 멋대로 움직였다. 소바에게 덤벼들어 자국이 남을 만큼 세게 어깨를 잡았다. 소바는 통증으로 얼굴을 찡그렸지만 눈 속에 깃든 여유는 사라지지 않았다.

"네가 '펜넬'을 만들었나?"

"좋은 이름이지? 프로메테우스의 불은 펜넬을 매개로 전해져서 세상을 바꿨지. 그 불은 꺼지지 않아. 신화와 똑같이."

어깨를 잡은 채 힘껏 벽에 밀어붙였다. 이대로 목을 조르기는 간단하다. 그걸로 아오기시의 복수는 끝난다.

"날 죽이려고? 한 명까지는 죽일 수 있으니, 그 권리를 내게 사용하겠다는 건가?"

죽을지도 모르는 상황이건만 소바는 초연하게 말했다. 그이면에는 네가 어떻게 그런 짓을 하겠느냐는 비웃음이 숨겨져 있었다. 죽일 수 있으면 죽여보라는 태도였다.

죽여야 할지도 모른다. 소바를 여기서 죽여도 그건 '경계선 안쪽의 행위'다. 소바가 말했듯 신이 용납한 영역이다. 아오기시는 아직 사람을 죽인 적이 없으니까. 천사는 아오기시를 심판하지 않는다. 그렇게 생각하자 소바를 죽이는 것이 마치 올바른 일처럼 느껴졌다. 심판을 당하지 않는다는 것만으로도 용서받은 듯한 기분이 든다. 소바가 아까 했던 말이 이렇게나 빨리 이해될 줄이야.

하지만 아오기시의 손에서는 점점 힘이 빠졌다. 지금이라면 죽일 수 있다, 죽이는 편이 낫다. 그렇게 생각하는데도 손이 움직이지 않았다.

일이 예상대로 흘러가자 소바가 웃었다. 그리고 벌레라도 털어내는 것 같은 손놀림으로 아오기시의 몸을 밀쳐냈다. 완전히 힘이 빠진 아오기시는 그대로 바닥에 넘어졌다.

"난 올바른 방법으로 네게 죗값을 치르게 하겠어. 몇 년, 몇십 년이 걸려도 상관없어. 정당한 심판을 받게 해주마."

아오기시는 쥐어 짜내듯이 말했다.

"어이구, 무서워라. 하지만 이렇게 덤벼드는 것보다는 나으려나."

"내가 못하더라도 너는 벌을 받을 거야. 언젠가 반드시."

"무력한 인간은 언제든지 신이나 천사에게 매달리지. 자네도 결국 그런 건가. 아쉽군."

그렇게 말하면서도 소바는 기뻐 보였다. 아무래도 궁지에 몰린 인간이 기도에 의지하는 모습을 보는 게 재미있는 모양이다.

"어차피 쓰네키 씨는 이미 죽었어. 우리가 '저질렀을지도 모르는' 일도 이제 끝이지. 나도 그만 발을 뺄 거야. 본전은 건지고도 남았으니까."

소바는 담화실의 내선전화로 고마이에게 연락해 아마사와와 마주치고 싶지 않으니 누가 데리러 오라고 했다.

"어휴. 아마사와 선생, 이러다 자살이라도 해주면 안 되나. 절대로 나를 물고 늘어지지 말았으면 좋겠는데. 난 아직 죽기 싫고, 천국에도 가고 싶지 않아. 살아서 이 섬을 떠나고 싶어."

그 말이 여전히 일어서지 못한 아오기시의 등에 날아들었다. 이제는 소바 쪽을 볼 수도 없다. 최악이게도 무력감과 허망함 때문에 눈물이 나올 것만 같았다.

그런 아오기시를 보고 소바가 시시하다는 듯 콧방귀를 뀌었다. 잠시 후 구라하야가 소바를 데리러 왔다. 구라하야는 주저앉은 아오기시를 보고 걱정스러운 표정을 지었지만, 아무 말도 없이 소바와 함께 나갔다.

혼자 남은 아오기시의 손에는 소바에게 덤벼들었을 때 느꼈던 감촉이 진하게 남아 있었다. 하지만 시간을 되돌려도 아오기시는 소바를 죽일 수 없으리라.

그건 아오기시가 겁을 먹었기 때문일까, 아니면 정의의 사도인 탐정으로 살기를 아직 포기하지 못했기 때문일까. 어느 쪽이든 아오기시는 무력했다.

그날 밤을 한마디로 표현하자면 폭풍전야였다.

소바와 아마사와는 방에 틀어박혔고, 나머지 사람들은 뭐라고도 형언할 수 없는 분위기 속에서 식당에 모여 거의 아무 말도 없이 고마이가 차린 인스턴트 식품을 먹었다. 어째선지 오쓰키까지 슬쩍 테이블에 앉아 있었다. 하지만 상당히 지쳤는지 고마이도 나무라는 말을 꺼내지 않았다.

이대로 소바와 아마사와가 틀어박혀 지낸다면, 오히려 그게 고마웠다. 그 두 사람이 있는 자리에는 꼭 긴장감이 형성

된다.

"내일부터는 날씨도 좋아질 것 같아요."

유일하게 구라하야만이 밝은 말을 꺼냈다.

"천사에게는 나쁜 날씨겠지만요."

다음 날 아침, 아마사와 다다시가 도코요 저택에서 사라졌다.

제5장

낙원의 천사는
노래하지 않는다

1

"신은 대체 뭘까. 천사를 이렇게나 흩뿌려놓고 자기는 코빼기도 비치지 않는다니."

강림 후에 사무소에서 무심코 그렇게 중얼거린 적이 있다. 그때 하필 시마노와 함께 있어서 가슴이 뜨끔했다. 시마노는 동료들 사이에서도 이론을 중시하는 편이라 강림 때도 냉정한 태도를 유지했기 때문이다.

하지만 시마노는 웃음기 하나도 없이 "흠" 하고 중얼거렸다. 잠시 생각한 후 시마노가 입을 열었다.

"이야기를 하나 해도 될까요?"

"응."

"옛날에 이런 소설을 읽었습니다. 소설이라기보다 콩트랄까요. 어느 곳에 사진에 찍히지 않는 체질의 남자가 있었습니다. 남자는 누구와도 사진을 찍지 않기로 했지만, 남자

286

와 친해진 동행자는 남자의 충고를 무시하고 사진을 많이 찍었죠. 남자가 사실은 사진에 찍히고 싶어 한다는 걸 알고 있었기 때문입니다. 하지만 남자와 헤어진 후 동행자는 남자의 충고에 담긴 진정한 뜻을 알아차립니다."

"진정한 뜻?"

"남자가 동행자를 위해 충고했다는 것을요. 동행자는 사진을 찍을 때마다 남자의 부재를 느끼게 됐어요. 사진에 찍히지 않으니까 남자의 부재가 더욱 강조됐고, 그래서 더 마음이 아팠죠. 부재가 자리를 제일 많이 차지합니다. 분명 이 세상에서 신의 존재도 그렇겠죠. 있다는 걸 아는데도 결코 모습을 나타내지 않아야 가장 널리 퍼질 수 있지 않을까요?"

즉, 하고 시마노가 말을 이었다.

"신은 어마어마하게 자기현시욕이 강하다는 뜻입니다."

"푸하."

너무 노골적인 표현에 무심코 웃음이 터졌다. 시마노는 장난에 성공한 아이 같은 표정으로 동그란 안경 안쪽의 눈을 가느스름하게 떴다.

"신을 한번 보고 싶네요. 어떻게 생겼을까요. 저처럼 시원치 않은 아저씨라면 조금은 사랑할 수 있을 것 같습니다만."

"별 볼 일 없는 녀석이겠지. 아아, 하지만 네 이야기를 듣고 나니 이미지 전략에 아주 공을 들이는 녀석일 거라는 인상이 생겼어."

"그렇지 않으면 세상과 인간을 이런 식으로 대하지 않겠죠. 아이고, 아카기가 돌아올 때까지 이 서류를 완성하려고 했는데 의욕을 상실했습니다."

"그만 접고 한잔하자. 오늘은 영업 종료야."

"시야쿠지이 씨한테 혼날걸요. 그러면 아오기시 씨, 기가 팍 죽잖아요."

"기가 죽기는 누가 죽는다고 그래."

"어쩔 수 없죠. 저도 같이 혼나드리겠습니다. 마침 좋은 와인을 구했거든요. 이걸 드시면 아오기시 씨도 와인파가 될 겁니다."

시마노가 기쁜 표정으로 화이트와인을 꺼냈다. 그날 마신 와인은 확실히 잘 넘어갔던 것도 같다.

2

아침을 먹고 흡연탑에서 담배를 피우고 있자니 얼굴에 그림자가 비쳤다. 올려다보자 천창에 천사의 날개가 보였다. 아무래도 탑 위에 달라붙은 듯하다. 딱히 덤벼드는 건 아니지만 위에서 내려다보고 있다고 생각하니 묘하게 담배가 맛

없었다.

천사는 올라오는 담배 연기에도 아랑곳하지 않고 탑 주변을 빙글빙글 돌고 있었다.

아오기시는 하는 수 없이 주머니에서 각설탕 몇 개를 꺼내 창밖으로 던졌다. 순식간에 천사가 탑을 떠나 설탕으로 몰려들었다. 냄새를 맡았는지 다른 천사도 몇 마리 모여들었다. 가만히 보고 있으니 커다란 비둘기와 다를 바 없었다.

천사에게 먹이를 주는 취미는 없지만, 설탕을 뿌리면 천사를 원하는 곳으로 유도할 수 있다. 천사가 근처를 얼쩡거리는 게 싫을 때는 이 방법이 제일 편하다. 각설탕을 몇 개 준비하면 30분은 정신을 팔게 할 수 있다.

각설탕에 열심히 얼굴을 비비대는 천사들을 외면하고, 흡연탑으로 돌아갔다. 호지마가 담배를 눌러 끈 자국에 자기도 담배를 꺼보았다. 치직, 하고 소리가 났을 때 흡연탑 문이 열렸다.

고마이가 들어왔다. 담배를 피우지 않는 고마이가 웬일로 여기 왔을까. 이목구비가 오밀조밀한 그의 얼굴이 담배 냄새에 살짝 일그러졌다. 어떤 의미에서 이제 익숙해진 패턴이었다. 아니나 다를까 고마이가 말했다.

"아오기시 님, 쉬시는 중에 죄송합니다만 급히 와주셔야겠습니다."

또 시체냐고 말하려다 참았다. 대신에 "무슨 일이지?" 하며 담배꽁초를 재떨이에 버렸다.

"아마사와 님의 방에 가서 문을 두드렸는데……대답이 없으십니다."

"아직 자는 거 아닐까?"

"그렇다면 다행이겠습니다만 평소 같으면 일어나셨을 시간이라서요."

그러고 보니 여기 오고 다음 날, 담화실에서 아마사와와 마주쳤다. 아침부터 활기찼던 모습을 생각하면 확실히 지금은 수상한 상황인지도 모른다.

소바가 어제 했던 인간말종 같은 말이 떠올랐다. 아마사와가 자살이라도 해주면 안 되냐던 그 말. 아마사와를 억누르던 과도한 스트레스가 어느 순간 폭발했다면.

"아마사와 님의 방을 살펴보려고 하는데, 괜찮으시다면 아오기시 님께서 입회해주실 수 없을까 해서요."

그간 서먹했던 고마이가 탐정에게 의지하다니 예상보다 급박한 사태다. 부랴부랴 아마사와의 방으로 향하자 이미 구라하야와 후시미, 그리고 우와지마가 있었다.

"안녕하세요, 아오기시 님."

"아오기시 씨! 큰일이에요, 어쩌면 이거……."

"넌 올 필요 없잖아. 돌아가."

냉랭하게 말하자 후시미는 대놓고 상처받은 표정을 지었다.

　"너무해요! 구라하야 씨랑 우와지마 선생님한테는 그런 소리 안 하면서! 어제 활약으로 정식 조수로 승격된 거 아닌가요!"

　"뭐, 자칭 조수인데 여기 없는 오쓰키보다는 나을지도⋯⋯."

　"됐으니까 빨리 들어가 보자고. 빠르면 빠를수록 좋으니까."

　그렇게 말한 우와지마는 진찰 가방을 들고 있었다. 최악의 사태도 가정한 것이다 싶어 숨을 삼켰다.

　마스터키를 꽂고 문을 연 순간, 방안에서 공허함이 전해져 왔다. 아무도 없는 방에는 부재의 분위기가 감돈다.

　그 느낌을 뒷받침하듯 아마사와의 방은 텅 비어 있었다. 다른 방과 똑같은 크기의 객실이다.

　호지마의 방과 달리 방에는 개인 물품이 거의 없었다. 책상 위에 요전날 담화실에서 읽고 있던 외국 원서만 덩그러니 놓여 있었다. 침대까지 꼼꼼하게 정돈해놓았다. 아마사와는 제 발로 방을 떠났다고밖에 볼 수 없는 상태였다.

　"그렇다면 설마 혼자 돌아간 건가? 뭐, 그 사람이라면 그럴 만도 하지만요."

후시미가 어처구니없다는 듯이 말했다. 그러자 고마이가 반박했다.

"아니요, 배는 내일 오후에야 옵니다. 그때까지는 섬을 떠날 수 없어요."

"그렇지만 떠나는 새는 자리를 더럽히지 않는다*는 속담에 딱 들어맞는 상황이잖아요. 아마사와 씨가 저택으로 돌아올 것 같지는 않네요."

후시미가 험악하게 굳은 얼굴로 대꾸했다.

"일단 방을 구석구석 살펴보지."

우와지마의 재촉에 사람들은 방을 살피기 시작했다. 그런 와중에 후시미가 굳은 표정을 유지한 채 이쪽으로 다가왔다. 무슨 생각을 하는지가 텔레파시처럼 전해져왔다.

"보트예요. 보트."

확신에 찬 말투였다.

"맞다니까요. 분명 모터보트가 없어졌을걸요. 아마사와는 그걸 타고 도망친 거예요."

"……뭐, 이 섬에 그것밖에 탈출할 수단이 없다면 그렇겠지. 그런데 아마사와는 선박 면허가 있나?"

"글쎄요, 사라졌으니 가지고 있지 않을까요? 틀림없어요."

"단정은 금물이야."

* 떠날 때는 뒷정리를 깨끗이 해야 한다는 뜻.

"몰래 빠져나가서 확인해보죠. 저희가 확인해야 해요."

아오기시는 손을 잡아끄는 후시미를 따라 방을 나섰다. 어차피 방에 아마사와는 없으리라. 그렇다면 모터보트를 확인하러 가는 것은 나쁜 선택이 아니다.

앞장선 후시미와 함께 남서쪽의 우물로 향했다. 그리고 미끄러지지 않도록 조심해서 벼랑을 내려갔다.

하지만 후시미의 예상과 달리 모터보트는 제자리에 있었다.

정확하게 말하자면 위치가 조금 달라진 것처럼 보이지만 없어지지는 않았다.

"……어라?"

어리둥절해하던 후시미가 모터보트를 철저히 살펴보았다. 하지만 좁은 운전석에 사람이 숨을 만한 공간은 없다.

보트 안쪽의 상태는 어제와 명백히 달랐다. 운전대는 물론, 운전석 계기판에 쌓인 먼지까지 부자연스러울 만큼 깨끗하게 닦여 있었다. 이런 부분을 신경 쓸 여유가 있던 걸까, 아니면 신경 쓰지 않을 수 없었던 걸까. 어쨌거나 여기에 누군가 왔던 건 틀림없다.

"기름이 들어 있네. 누군가 넣은 거야."

운전석으로 들어가며 후시미가 그렇게 중얼거렸다.

"누가 도망치려다 막판에 그만둔 걸까요? 어째서……."

"그만뒀다기보다는 떠날 수가 없었던 거겠죠."

대답한 건 고마이였다. 서둘러 쫓아왔는지 숨을 헐떡였다. 저 멀리 우와지마와 구라하야의 모습도 보였다. 뭐가 몰래냐고 속으로 혀를 찼다.

"두 분이 갑자기 방에서 나가시길래, 무슨 일인가 했더니만……왜 여기에……아니요, 당연하죠. 이걸 발견하셨을 줄이야."

역시 고마이는 모터보터에 대해 알고 있었던 모양이다.

"그게 무슨 뜻이죠? 떠날 수 없다니……."

"이 배는 멀리 못 갑니다. 주인어른이 이 섬을 구입하신 직후에 즉각 사용 가능한 이동 수단을 확보하려고 구입한 건데……역시 천사가 따라가더군요. 그 후로 아무도 사용하지 못하도록 닻감개를 망가뜨렸습니다."

"망가뜨렸다고요? 왜 그렇게까지……."

"만에 하나라도 이 모터보트를 움직이지 못하게 하려고요."

웃어넘길 기분은 들지 않았다. 쓰네키 오가이라면 그렇게까지 해도 이상할 것 없다. 죽고 나자 쓰네키라는 인물의 해상도가 훨씬 높아졌다. 말하는 천사에 5천만 엔을 아낌없이 쓸 수 있으니, 모터보트 한 척을 장식품으로 놓아두는 것 정도는 별일 아니다.

"원래 이 버튼을 누르면 닻감개가 작동하는데 지금은 헛돌 뿐입니다. 보트를 몰고 나간들 기껏해야 몇십 미터겠죠."

후시미와 교대하듯 고마이가 운전석으로 들어가서 자세하게 설명했다.

그래서야 도저히 탈출은 불가능하다. 여기서 제일 가까운 관광섬도 십수 킬로는 떨어져 있다. 모터보트에 기름을 넣은 사람은 닻감개가 망가진 줄 몰랐으리라. 출발한 후 갑자기 멈추고 나서야 눈치채지 않았을까.

"어쨌거나 닻감개가 망가지지 않았다면 냉큼 떠날 작정이었던 거네요? 최악이에요."

"……그런 상태셨으니 나무랄 수도 없겠죠. 어제 아마사와 님은 눈물을 흘리며 저희에게 애원하셨습니다. 뭐든지할 테니까 섬에서 내보내달라고요. 이대로 있다가는 정신이 나갈 것 같다면서요. 저로서도 어떻게든 해드리고 싶었지만……정말로 방법이 없어서……."

"그럼 정신이 나가면 되겠네."

후시미가 툭 내뱉듯이 말했다.

"한창 짜증을 부리고 있을 때 미안하지만……이러고 있을 때가 아니잖아?"

쫓아온 우와지마가 어이없다는 듯 말했다.

"아오기시 씨도 마찬가지야. 여기에 머무른들 소용이 없어."

"그런 소리 하지 마. 이 운전석, 아,"

그제야 우와지마가 안달하는 이유를 알았다. 그는 무거워
보이는 진찰 가방을 지금도 들고 있다.

모터보트는 여기 있다. 아마사와는 이 배로 탈출한 것이
아니다.

그렇다면 어디로 갔을까?

"모터보트가 움직이지 않는다, 그럼 시치미를 뚝 떼고 저
택으로 돌아가면 그만이야. 하지만 아마사와 씨는 그러지 않
았지. 또는 그럴 수 없었어."

우와지마가 매서운 표정으로 말했다. 분명 더 이상 누군
가 목숨을 빼앗기는 사태를 견딜 수 없는 것이리라. 하지만
주변에는 아무 흔적도 없었다. 적당히 찾아보기에는 섬이 넓
다. 그때였다.

마른 우물 주변을 날아다니는 천사가 보였다.

천사는 설탕에 흥미를 보이는 걸 빼고는 기본적으로 종잡
을 수 없는 존재다. 저기를 날아다니는 것도 그저 변덕일 가
능성이 컸다.

하지만 가슴이 두근거렸다.

어제 우물을 들여다봤을 때 굳혀서 채워놓은 듯 가득했던
어둠이 떠올랐다. 우물에 화염은 없지만, 거기서 연상된 건

지옥이었다.

우물에는 어제 있었던 두레박이 없었다. 긴 밧줄은 양 끝이 뚝 끊어졌고, 도르래에 몇 가닥이 남아 있을 뿐이다. 보트 운전석과 마찬가지로 우물도 어제와 상태가 달랐다. 다른 건 두렵다.

"……저기를 확인해보지 않겠나?"

우와지마가 우물을 똑바로 가리켰다.

우물로 향하는 도중에도 달아나고 싶은 마음이 굴뚝같았다. 이 예감이 빗나가기를 절실히 바랐다. 하지만 우와지마는 아랑곳없이 우물을 들여다보고 손전등으로 바닥을 비추었다. 그리고 작게 탄식했다.

"……끔찍하군."

그 말을 듣고 아오기시도 우물을 들여다보았다. 눅눅한 악취가 코를 찔렀다. 비린내와 단내가 섞인 묘한 냄새다.

"……아아."

무심코 목소리가 새어 나왔다.

우물 바닥에는 불탄 시체가 있었다.

얼굴 표면도 열기에 짓물렀지만, 생김새 자체는 판별이 가능하다. 그건 아마사와의 시체였다.

구라하야가 휘청하며 우물에 빠질 뻔했다. 허둥지둥 몸을 붙잡고 잡아당기자 구라하야는 기어드는 목소리로 "감사합니다” 하고 말했다.

“……이게 말이 돼? 왜 네 번째 희생자가?”

후시미도 떨리는 어깨를 감싸 안았다.

“이봐, 우와지마. 저건.”

“……아마사와 씨가 틀림없을 거야. 옷이랑 신체 표면은 탔지만 체형이 똑같아.”

우와지마 말마따나 아마사와는 소바 다음으로 키가 크다. 아무리 불에 탔어도 판별하지 못할 리 없다.

“미리 말해두는데 불에 타죽은 건 아닐 거야. 저 정도 화상으로는 쉽게 죽지 않아. 저게 결정적인 사인이 아니라는 건 확실해.”

“그럼 사인은.”

“멀어서 자세하게는 모르겠군. 이 우물의 깊이는 약 15미터. 떨어지기만 해도 죽어. 아마사와 씨에게 신의 가호가 있었다면 두 다리 골절로 그쳤을지도 모르지만.”

우와지마가 비아냥거리듯이 대답했지만 그 얼굴에는 패기가 없었다. 내팽개쳐진 진찰 가방이 부질없어 보였다.

그럼 근처에서, 하고 말하려다 문득 깨달았다.

아마사와의 시체를 어떻게 끌어올리면 될까.

손을 뻗는다고 닿을 거리가 아니다. 밧줄을 몸에 묶고 밑으로 내려가면 돌아오지 못할지도 모른다. 우물 바닥에서 시체 한 쌍이 될 각오로 내려가야 할까. 탐정이니까 그 정도는 해야 한다는 생각이 머리를 스쳤다. 우물로 한 발짝 다가가 몸을 내밀자 어울리지 않게 달콤한 냄새가 더 강해져서 현기증이 났다.

아카기라면 내려갈지도 모른다. 고노카라면 그걸 응원할까. 시마노는 반대할 것 같지만, 결국은 아오기시가 하고 싶은 대로 하게 놓아두리라. 이럴 때 기상천외한 해결 방법을 고안하는 건 시야쿠지이였지만, 그녀는 여기에 없다.

몸의 중심을 조금 더 우물 쪽으로 기울였다. 우물 속은 지옥처럼 보였고 어중간하게 불탄 아마사와의 시체는 그런 비유의 상징처럼 느껴졌다. 내려가죠, 하고 환각 속의 아카기가 말했다. 고가레 씨는 탐정이고, 피해자가 벌써 네 명이나 나왔잖아요.

"안 돼요, 아오기시 님."

그때 뒤에서 구라하야가 끌어안다시피 하며 몸을 잡아당겼다.

"아오기시 님까지 위험에 처할 필요는 없으세요. 사건이 해결되기도 전에 탐정님이 돌아가시기라도 하면 어떻게 해요."

구라하야의 목소리는 상냥했지만 눈빛은 평소답지 않게 긴장으로 가득했고, 꼭 맞물린 입술에서는 당장이라도 비난의 말이 튀어나올 것 같았다.

"아아, 미안해.⋯⋯깜빡 정신을 놓았을 뿐이야. 아까랑 반대로군."

"제가 할 말은 아닐지도 모르지만, 조심하시지 않으면 심장에 안 좋아요."

"응, 그렇지, 정말로⋯⋯."

"아마사와 님이 돌아가신 건 아오기시 님 탓이 아니에요."

차근차근 타이르는 듯한 말에 머릿속의 환청이 쓱 사라졌다.

"단서 때문에 위험한 다리를 건너려고는 하지 마세요. 아오기시 님의 책임이 아니니까요."

우물 가장자리에 대고 있던 양손을 떼고, 몸을 돌려 구라하야의 시선을 똑바로 받아들였다.

"⋯⋯물론 아오기시 님이 범인이 아니시라면요."

구라하야가 살짝 웃었다. 이번에는 농담인 줄 금방 알았다.

"그러게.⋯⋯나는 범인이 아니고 책임도 없어."

"그러시겠죠."

다시 우물로 몸을 돌리자, 간이 얼마나 큰 건지 후시미가 몸을 쑥 내밀고 있었다. 한순간 후시미가 이대로 내려가면 되지 않을까 하는 생각이 들었다. 하지만 아무리 겁이 나지 않은들 저 시체를 짊어지고 돌아오는 것은 물리적으로 불가능하리라.

"……그나저나 왜 이런 곳에? 보트는 벼랑 밑에 있잖아? 이런 우물에 떨어지다니……."

후시미가 시체에게 말을 걸듯이 중얼거렸다.

"다른 분도 모터보트에 타려고 하다가 누가 탈지를 두고 말다툼이 벌어진 건 아닐까요? 그러다 범인이 실수로 우물에 아마사와 님을 빠뜨린 건 아닐는지."

고마이가 추측을 말했다.

"그럼 이번에는 범인이 아마사와 씨를 죽일 마음이 없었다는 거예요? 우연히 아마사와 씨를 죽이고 말았을 뿐……."

"제 생각은 그렇습니다만……."

"조금 부자연스럽군. 모터보트 때문에 다퉜다면 하다못해 벼랑 밑에서 다투지 않을까. 굳이 이런 기분 나쁜 우물 주변에서 싸울 것 없잖아."

아오기시의 말에 고마이와 후시미 둘 다 입을 다물었다.

"꼭 그렇게 모터보트와 연관 지을 필요는 없을 것 같은데."

우와지마가 끼어들었다.

"모터보트 때문에 다툰 게 아닐 수도 있잖아. 모터보트가 있다는 사실을 미끼로 삼아 우물로 꾀어냈을 뿐일지도 몰라."

"왜 그런 짓을……?"

당황스러워하는 구라하야에게 우와지마는 냉엄한 얼굴로 말했다.

"처음부터 아마사와 씨를 죽일 목적이었는지도 몰라. 하지만 체격 차이는 당해낼 수 없으니까 우물에 빠뜨렸다고 볼 수도 있겠지. 특별히 여자들한테 의혹을 품자는 게 아니라, 단순히 그렇다는 이야기야."

"처음부터 죽일 작정으로……."

"그렇다면 네 번째 살인사건의 범인은 지금까지와는 아무 관계도 없는 사람인 셈인데. 오늘 아침에 소바 씨는 방에 있는 걸 확인했지?"

"네, 맞아요. 소바 님은 방에서 아침을 드셨습니다.……오쓰키 씨는 확인하지 않았습니다만……."

"오쓰키가 무사하다면, 이번 범인은 초범이야. 아직 신의 자비가 미치는 선이지."

구라하야의 증언을 듣고 우와지마가 딱 잘라 말했다. 살인의 충격에서 회복되자 살인이 일어났다는 사실 자체에 화가 나는 모양이다.

"정말로 체격 차가 나는 상대를 죽일 목적으로만 우물로 불렀다고 생각하나?"

"아오기시 씨가 무슨 말을 하고 싶은지는 알아. 확실히 효율은 안 좋지. 하지만 그것 말고는 굳이 우물을 사용해서 죽일 이유가 없을 텐데."

우와지마의 말도 일리가 있다. 하지만 아무래도 납득이 가지 않았다. 이 저택에는 정말로 체격 차가 나는 사람을 죽일 방법이 없을까.

그 의문에는 고마이가 대답해주었다.

"유감스럽게도 도코요 저택에는 가축용 전기충격기도, 석궁도, 엽총도 있습니다. 체격 차를 극복하기 위한 흉기는 얼마든지 있는 셈이죠."

"그것들은 어디 있지? 흉기의 존재를 몰랐을 가능성은?"

"모터보트에 넣은 휘발유는 바깥 창고에 있었던 겁니다. 휘발유를 찾아냈다면 흉기를 조달하기도 어렵지 않을 것 같습니다만."

아오기시의 질문에 고마이가 냉정하게 설명하고 이렇게 덧붙였다.

"……그리고 창고 자물쇠는 부서져 있었습니다."

"……안은요?! 흉기는 전부 버리는 게 좋지 않을까요?!"

후시미가 신경질적으로 말했다.

"다행히 없어진 물건은 없습니다. 만약 흉기가 될 만한 물건을 전부 처분하실 생각이시라면 말리지는 않겠습니다만."

"그야 당연하죠. 전 그래야 한다고 생각해요. 아오기시 씨도 동의하죠?"

"네 생각에는 또 살인이 일어날 것 같나?"

"아오기시 씨 생각도 그렇지 않나요?"

후시미의 말에 한순간 말문이 막혔다. 또 살인이 발생할까?

"아무튼 일단 저택으로 돌아가는 게 낫지 않을까. 소바 씨와 오쓰키가 남아 있을 테니."

우와지마의 제안에 사람들이 고개를 끄덕였다.

"……소바 님께는 제가 전하겠습니다. 아마사와 님이 우물에 떨어져 돌아가셨다고요."

구라하야가 침울한 표정으로 말했다.

"살인이라고 말하지 않아도 될까?"

"그랬다가는 소바 씨가 더더욱 방에서 안 나오려고 들 것 아니야."

우와지마가 한숨을 쉬고 말했다.

소바는 이대로 방에서 나오지 않을 작정일까. 내일 오후에는 배가 오니까 그게 가장 현명하다. 소바가 제일 경계했던 아마사와도 죽었다. 오히려 그에게는 바람직한 전개다.

"어쨌든 돌아가기 전에 안심이 될 만한 사실을 하나 말할게."

"안심이 될 만한 사실?"

"이번에는 시신이 불탔어. 사고나 자살은 분명 아니야. 하지만 그게 더 안심되지 않아? 적어도 다음에 또 살인을 저지르면 범인은 지옥행이야."

우와지마가 언젠가 그랬던 것처럼 말했지만, 누구 하나 안심하는 사람은 없었다.

이미 네 명이 죽었다. 이 세상에도 연쇄살인이 있다는 사실을 몸소 체험하고 말았다.

3

행방이 걱정됐던 오쓰키는 또 현관 홀 앞에서 담배를 피우고 있었다.

"오쓰키! 여기서 담배를 피우지 말라고 했잖습니까! 왜 그 정도 규칙을 못 지키는 겁니까!"

"우와, 다들 모여 있네. 고마이 씨, 요리사복을 입고 담배를 피우지 말라고 했잖아요. 오늘은 사복이라고요."

"어느 한쪽만 지키면 되는 게 아닙니다! 피울 거면 탑에서, 그리고 사복 차림으로 피워요!"

"알고 보니 아무도 없어서 불안했다고요. 설마 전부 죽은 게 아닌가 싶어서. 담배가 당길 만도 하잖아요."

오쓰키가 눈썹을 축 늘어뜨린 채 재수 없는 소리를 했다. 돼먹지 않은 발언이지만 불안했다는 건 거짓말이 아니리라.

"……아마사와 님이 돌아가셨습니다. 당신도 도코요 저택의 일원으로서 조금은 본인의 입장을 자각하는 게 어떻겠습니까."

"어, 아마사와 씨까지? 그렇구나, 이거야 원……."

"남의 일이 아니다 싶다면 옷을 갈아입고 와서 여러분께 뭔가 만들어 드리세요. 지금이야말로 주인어른께 인정받은 그 재능을 발휘할 때입니다."

"……그야 그렇겠지만요."

말하면서 오쓰키는 냅다 도망쳤다. 고마이에게 야단맞았으니 한동안은 방에서 나오지 않을지도 모르겠다.

저택으로 돌아가자 구라하야는 말한 대로 소바의 방으로 향했다. 과연 소바는 어떤 반응을 보일까.

"그럼 아오기시 님, 저희는 각자 할 일을 하러 돌아가겠습니다. 후시미 님과 우와지마 씨는 어쩔실지 모르겠습니다만, 뭔가 시키실 일이 있으시면 부르십시오."

고개 숙여 인사하고 물러가려는 고마이를 불러세워 물었다.

"저기, 도코요지마섬은 어떻게 되는 거지?"

"……어려운 질문입니다."

언제나 팽팽한 분위기를 발산하던 고마이였지만 사건을 겪으며 폭삭 늙어버린 것 같았다.

"주인어른이 돌아가신 후에 이 섬을 어떻게 하실지는 못 들었거든요……예전에는 각별하게 지내시는 분들, 예를 들면 마사자키 님이나 아마사와 님께 증여할 생각이셨을지도 모르지만……."

그 두 사람도 죽었다. 무엇보다 쓰네키와 그들은 관계가 악화됐다. 만약 살아 있었더라도 증여했을지는 모를 일이다.

"어쩌면 섬 자체가 매각될지도 모르지만, 이렇게 천사가 많은 섬을 사려는 사람이 과연 있을지."

"천사에 심취한 인간은 얼마든지 있을 것 같은데."

"그 정도로 천사를 좋아하면서 섬을 살 만큼 돈이 많은 분이 계시면 좋겠습니다만. 탑에는 담배 냄새가 잔뜩 배었으니, 원.……이건 농담입니다."

어울리지 않게 미소를 지으며 고마이가 약한 소리를 했다.

"주인어른은 천사가 섬을 떠날까 봐 과도하게 겁을 내셨습니다만, 과연 이 섬에서 천사가 사라질까요? 저는 천사가 영원히 이 섬에 사로잡혀 있을 것만 같습니다. 주인어른이 안 계셔도……아니, 주인어른이 안 계시기에 더욱 천사가 이 섬을 버리지 않을 것 같습니다. 그런 섬을 누가 가지고 싶겠습니까."

"이 섬에 애착은 없나?"

"글쎄요.……저는 주인어른을 모셨을 뿐이라서요."

고마이가 괴로운 목소리로 중얼거렸다.

"……주인어른이 천사를 신봉하시게 된 이유가 있습니다."

"그 이유를 안다고?"

되물으면서도 속으로는 알고 있었다. 고마이는 이 섬에서 쭉 쓰네키를 섬겨왔으니까.

"주인어른은 원래부터 수단을 가리지 않는 분이셨습니다. 그런 분이셨기에 당대에 사업을 이렇게까지 키울 수 있었던 거고요. 하지만 그 과정에서 짓밟힌 것이 있었다는 걸 압니다. 주인어른은 지금에서야 그런 짓을 저질렀다는 걸 두려워하시며, 천사에게서 구원의 길을 찾으려 하신 겁니다."

고마이가 말한 그런 짓은 분명 '펜넬'에 관련된 일이리라. 이 섬에 모인 다섯 명이 저지른 용서할 수 없는 죄다.

"저는 주인어른을 말릴 수 있는 입장이었지만 그러지 않았죠. 그러는 사이에 주인어른이 살해당하셨습니다.……저는 이제 죄를 씻을 방법이 없어요."

"그렇지는 않겠지. 고마이 씨는 그걸 후회하고 있으니, 아직……."

"아니요, 끝났습니다. 주인어른이 돌아가셨으니 도코요지마섬도 천사도 버려질 겁니다. 그러니 제게는 이제……."

고마이가 천천히 고개를 내저었다. 어쩐지 묘하게 고뇌하는 표정이었다. 이 섬의 최후가 자기 인생의 최후라도 된다는 듯이.

"말하는 천사는 아직 돌보고 있나?"

"돌본다고 해도, 천사는 보살핌을 필요로 하지 않습니다. 저희가 할 수 있는 일은 따로 없죠."

천사에 대한 답변은 아무 열의도 없이 사무적이었다.

4

담화실에는 아무도 없었다. 여기서 우아하게 휴식을 취하던 아마사와가 그리워질 정도다. 그날 아침으로 돌아가고 싶은 건 아니지만 이런 결말을 바란 건 아니었다.

고급 커피를 내리고, 맛을 망치기 위해 일부러 각설탕을 많이 넣었다. 피어오르는 달짝지근한 냄새가 그 우물을 연상시켜서 기분이 역해졌다. 생각하면 생각할수록 검은색 커피가 우물 속과 비슷하게 느껴졌다. 딱 한 모금 마시고 후회했다. 천사나 좋아할 맛이다.

담배를 피웠다. 커피도 마셨다. 그런데도 눈꺼풀이 무거워진다. 아직 아무것도 해결하지 못했다. 네 사람이 죽는 걸 눈 뻔히 뜨고 보면서도, 아무 도움도 되지 못했다.

몸이 점점 무거워져서 소파에 축 늘어졌다. 수면제라도 탄걸까 싶었지만, 그런 것치고는 자연스러운 잠기운이다.

그러니 이건 현실 도피에 불과했다. 나는 정말 탐정 자격이 없다고 자조했다.

현실 도피에 어울리게 시궁창 같은 현실과는 정반대의 꿈을 꾸었다.

사무소에서 아카기가 무슨 책을 읽고 있다. 고노카는 기다란 소파에 누워 자는 중이다. 시마노와 시야쿠지이의 모습은 보이지 않지만 분명 조만간 돌아오리라. 이건 그런 꿈이다.

"고가레 씨, 알아냈어요."

아카기가 갑자기 그렇게 말했다.

"뭘?"

"천사가 있어도 탐정은 필요 없지 않아요."

현실과 반대되는 꿈인데도 천사는 있는가 보다. 아니, 그것도 포함해서 반대되는 꿈인가. 아카기의 말에 가슴이 마구 설렜다. 퉁명스럽게 핀잔을 주는 것도 잊고 "왜?" 하고 물었다.

"연쇄살인이 사라지고, 살인은 전보다 훨씬 단순한 행위로 인식되고, 악한 인간은 천사가 자동으로 심판한다. 이러면 확실히 탐정의 역할이 없어진 것처럼 느껴지죠."

"사실이 그렇잖아."

"하지만 잘 생각해보면 탐정의 역할은 사건에 휘말린 사람을 행복하게 만드는 거예요. 그러니 천사가 있어도 탐정은 무용지물이 아닌 거죠."

아카기가 읽던 책을 덮고 이쪽을 보았다.

"천사가 사람을 행복하게 했는지 따져보면 의문이 남죠? 그렇다면 천사가 존재해도 탐정이 있는 세상이 좋아요, 저는."

그게 너무나 이상적인 말이었기에 거기서 눈을 떴다.

원래부터 탐정에게 심판할 권리는 없다. 탐정이 범인을 지목해도 심판하는 건 사법의 몫이었다. 사법이 천사로 교체돼도 탐정의 근본적인 부분은 달라지지 않는다. 아무튼 탐정은 사건을 해결해 누군가를 행복으로 인도하는 존재니까.

아니, 그 전제가 이미 이상 아닌가? 그렇게 따지면 할 말이 없다. 무엇보다 아카기는 탐정을 아주 편애한다. 공평하지 않다.

크게 한숨을 쉬고 스마트폰으로 시간을 확인했다. 약 한 시간쯤 지났다. 꽤 많이 잤다.

"사건을 조사하는 도중에 탐정이 퍼질러 앉아서 자다니, 그런 소리는 못 들어봤는데."

시선만 옆으로 돌리자 우와지마가 어이없다는 표정으로 서 있었다. 제일 들키기 싫은 상대에게 들키고 말았다.

"……왜 사건을 조사하는 도중에 쪽잠을 자는 탐정은 없는 걸까. 평소보다 분발해서 움직이니까 오히려 잠이 올 것 같은데."

"첫 번째, 탐정은 근면성실해서 쪽잠을 자지 않는다. 두 번째, 탐정은 완벽하고 초인적이라서 쪽잠을 자지 않는다. 세 번째, 담화실에서 잠들면 범인에게 살해당할 우려가 있다. 그렇다면 아오기시 씨가 쪽잠을 잘 수 있는 것도 천사 덕분인 셈이로군."

"연쇄살인이 일어나지 않는다는 전제는 무너졌다고 생각하는데……."

"그러게. 지옥에 떨어지더라도 아오기시 씨를 죽이고 싶어 하는 사람이 있을지도 모르지."

"무슨 농담을."

"진담이야."

우와지마의 목소리에 분노가 서린 건, 부주의함과 무책임함을 나무라고 있기 때문이리라. 많은 사람이 죽은 걸 봤으면서 아오기시가 이래서야 화가 날 만도 하다. 우와지마에게는 정말이지 폐만 끼친다.

"……위로가 되는 꿈을 꿨어."

"그래? 머릿속에서 뭔가 번뜩여서 범인을 단번에 지적했다든가?"

"그건 위로가 되는 꿈이 아니야."

"그럼 아오기시 씨에게 위로가 되는 꿈은 뭔데?"

"이런 세상에 탐정이 존재할 의미는 없다는 말을 부정하는 꿈이야.……탐정의 역할은 사람을 행복하게 하는 거고, 그건 천사가 할 수 없는 일이라고……."

그런 꿈 이야기를 하면 우와지마가 더 화를 낼까. 하지만 말하지 않을 수 없었다.

그러자 우와지마가 어째선지 작게 웃었다.

"갑자기 왜 웃어?"

"아니, 옛날 생각이 나서. 그거 아카기 씨의 말이잖아."

"무슨 소리야?"

"아카기 씨도 같은 말을 했었어. 들었으니까 꿈에 나온 거 아니야?"

한순간 생각이 정리되지 않았다. 대체 우와지마가 무슨 소리를 하는 걸까. 꿈속의 아카기가 했던 것과 똑같은 말을 아카기가 했다고? 그럴 리 없다. 아오기시는 그런 말을 들어본 적이 없었다.

"강림이 일어나고 얼마 후였더라. 아카기 씨가 어떤 변사체 사건을 조사할 때 그런 말을 했었어. 아오기시 씨한테는 말 안 했어?"

"……몰라. 못 들었어."

그 무렵은 여러모로 바빠서 아카기와도 제대로 이야기를 나눈 기억이 없다. 그 말을 아카기에게 들었을 리 없다.

미심쩍은 표정을 짓던 우와지마가 잠시 후 고개를 끄덕였다.

"그런 일도 일어날 수 있겠지. 천사가 있으니까."

죽은 사람이 꿈을 통해 뭔가 전하는 건 말도 안 된다. 꿈은 그저 소망의 표출에 불과하다. 적어도 아오기시는 그렇게 생각한다.

아오기시가 알 리 없는 말이 꿈을 통해 전달된다. 그런 걸 천국이 있다는 증거라고 생각지도 않는다. 단순한 우연이거나, 실은 어딘가에서 들었거나다. 사후세계가 정말로 있어서 아카기가 죽기 전에 생각한 탐정론을 전해줄 리 없다.

이 세상은 그렇게까지 상냥하지 않다.

그래도 아오기시는 일어서서 말없이 담화실을 나섰다. 천사는 할 수 없는 일을 하러 가려고.

5

창고는 저택을 사이에 두고 탑 반대편에 있었다.

길쭉한 판잣집 같은 모양에, 바닷바람 때문인지 니스를 꼼꼼히 칠해두었다. 고마이 말대로 자물쇠가 부서져서 누구나 드나들 수 있었다.

안에는 로프 몇 다발, 삽과 양동이, 엽총 한 자루에 가축용 전기충격기가 하나 있었다.

예를 들어 이 전기충격기를 사용한다면 체격 차가 나는 사람이라도 아마사와를 우물에 빠뜨릴 수 있으리라.

내부의 벽은 세월이 흐르면서 색이 많이 바랬지만, 일부분은 원래의 크림색이 남아 있었다. A4용지 크기의 정사각형. 얼마 전까지 뭔가를 붙여놓았던 듯하다.

뭔가가 없어졌어도 외부인인 아오기시로서는 그 정체를 알 수 없다. 애당초 창고 안에 목록 같은 게 없으므로, 어쩌면 고마이와 구라하야도 뭐가 있었는지 정확하게는 모를 가능성이 있다.

그러니 지금 아오기시가 해야 할 일은 여기서 필요한 물건을 빌리는 것이다.

창고에서 제일 길고 튼튼한 로프를 한 다발 꺼내서 모터보트가 있는 곳으로 향했다. 석양을 받고 하얀 선체가 오렌지색으로 물들었다. 운전석에 별다른 이상은 없었다.

목적은 배 근처에 있는 말뚝이다. 어깨에 멘 로프 다발을 내려놓고 실제로 말뚝의 고리에 로프를 통과시켜보았다.

계류용치고는 서로 가까운 말뚝과 말뚝 사이를 통과시키자 로프는 똑바로 쭉 뻗었다. 다 합쳐서 열 개나 되는 말뚝을 통과시키자 길이가 12미터쯤 될까. 실제로 통과시켜봐도 용도를 모르겠다.

마지막 말뚝은 벼랑과 거의 수직으로 박혀 있었다. 올려다보자 우물 지붕이 아슬아슬하게 보였다.

그때 벼랑에도 비슷한 말뚝이 박혀 있다는 걸 알아차렸다.

바위터에 박힌 것보다 큼지막한 말뚝이 두 개. 거기에도 로프를 통과시키자 로프가 절벽을 비스듬하게 기어오르는 모양새가 됐다.

그걸 보자 불현듯 묘한 생각이 번쩍였다. 방금 통과시킨 로프 끄트머리를 잡고 벼랑을 올랐다. 그러자 멀리 떨어진 곳에도 여기저기 말뚝이 박혀 있었다. 어린아이가 하는 선긋기 놀이 같다. 로프가 길어서 말뚝과 말뚝을 여유롭게 연결할 수 있었다.

직감한 대로 우물 근처에도 말뚝이 여섯 개 박혀 있었다. 눈에 띄지 않도록 하기 위해서인지 조금 멀리 우회하는 형태다. 거기에도 신중하게 로프를 통과시키자 우물과 모터보트가 반원 모양으로 궤도를 그리며 이어졌다.

이게 어떻게 된 걸까. 머리를 흔들어 물음표를 떨쳐내고 생각을 수정했다. 지금 품어야 할 의문은 그게 아니다. 이 로프로 뭘 할 수 있느냐다. 무참하게 끊어져서 우물에 빠진 밧줄과 두레박을 떠올렸다. 가령 이 말뚝을 따라 밧줄을 통과시켜 두레박과 모터보트를 연결할 수 있다면. 모터보트를 운전함으로써 우물의 두레박을 당길 수 있다. 그런 장치가 있으면 대체 어떻게 되는 걸까?

모터보트를 보았다. 선박 면허가 있다고 공언한 사람은 소바다. 어쩌면 어제 이 보트를 움직인 건 소바 아니었을까. 소바는 평정심을 잃어가는 아마사와 때문에 불안해했다. 자신만큼은 어떻게든 살아서 도코요지마섬을 탈출하고 싶다고도 했다. 그럴 때 모터보트가 있다는 걸 안다면, 소바는 어떤 행동에 나설까.

오늘 이렇게 맑으니까 어제도 달이 훤히 보일 만큼 날씨가 좋았을 것이다. 소바는 달빛 속을 조용히 나아간다. 아무도 모르게 이 섬을 떠나기 위해서.

하지만 소바는 말뚝을 따라 신중하게 밧줄을 쳐놓은 줄은 몰랐으리라. 그리고 모터보트를 출발시킨다. 만약 두레박이 달린 쪽의 밧줄로 올가미를 만들고, 그걸 전기충격기로 기절시킨 아마사와의 목에 걸어두었다면.

범인은 소바를 이용해 아마사와를 죽일 수 있다.

아니다. 만약 그렇다면 아마사와의 몸은 우물 밖에 방치되어 있었을 것이다. 말뚝과 밧줄은 눈치채지 못하더라도 성인 남자인 아마사와가 우물 근처에 쓰러져 있다면 알아차리리라. 그렇게 위험성이 높은 짓은 할 수 없다.

어쩌면 그래서 우물을 이용한 걸까. 아마사와의 목에 올가미를 걸어서 우물에 매달아두면, 소바에게 들킬 염려 없다. 그러면 우물의 역할이 확실해진다.

"젠장, 아니야. 그래서는 의미가 없잖아."

일부러 소리 내어 부정했다.

이 우물의 깊이는 15미터나 된다. 목에 올가미를 건 상태로 우물에 던지면 아마사와는 죽으리라. 당연하다. 가령 발이 닿을 정도의 깊이였다면 이 계획도 성립했겠지만.

아까울 만큼 가까운 곳까지 왔다는 자각은 있다. 탐정 노릇을 제대로 하고 있다는 기분은 안 들지만, 수수께끼가 풀리는 낌새는 느껴진다. 하지만 한 걸음이 모자란다.

아오기시는 아카기의 신원을 맞힐 때 완전히 헛발을 짚었다. 지금도 사소한 단서만 가지고 마법처럼 모든 걸 밝혀내기는 불가능하다고 생각한다. 그런 건 그저 꿈같은 이야기다. 하지만 지금은 그런 번뜩임이 필요하다. 뭐든지 좋다. 답을 알고 싶었다.

기도하는 심정으로 우물을 다시 들여다보았다. 아침과 달리 시체 썩는 냄새가 피어올랐다. 이런 곳에 방치한 탓에 부패가 점점 진행되고 있는 모양이다. 애도하는 사람 하나 없이 어둠 속에 처박혀 있는 아마사와는, 마치 그런 지옥에 떨어진 것 같았다. 그토록 천사에 거부 반응을 보이고 겁을 먹었건만. 아마사와가 천국 연구 분야에서 제멋대로 행동한 걸 생각하면 이 말로는 인과응보라 할 수도 있겠다.

너무 깊은 우물, 떨어진 시체. 건져 올릴 수 없는 곳에 있는 아마사와 다다시.

그때 아오기시의 머릿속에 기묘한 심상이 떠올랐다.

손에 서서히 열기가 느껴졌다. 자신이 평소답지 않게 들떴다는 걸 알았다. 이 방법이라면 가능할지도 모른다.

불현듯 천사가 우물 지붕에 내려앉았다. 천사는 해가 저무는 방향으로 얼굴을 돌리고 가느다란 목을 거듭 갸웃거렸다. 아무것도 비치지 않는 평평한 얼굴에도 석양이 떨어졌다.

잠깐의 침묵 후에 아오기시는 공기를 가를 듯한 투명한 울음소리 같은 것을 들었다. 지하실에서 들었던 것과 비슷한 소리다. 분명 환청이리라. 아니면 파도소리가 그렇게 들렸을 뿐이든지.

그래도 아오기시에게는 이것이야말로 축복으로 느껴졌다.

6

"꼭 문지기 같군."

"그러게요. 하지만 이제 요리사가 아니니까 대신할 일을 찾는 게 도리라고 할까요."

저택으로 돌아가자 오쓰키가 또 현관 앞에서 담배를 피우고 있었다. 이 정도면 혀에 영향을 주고 말고를 떠나 건강이 걱정이다. 전에는 자신과 마주치기 위해 흡연탑에서 피운다고 했으면서. 그 말과 모순된다는 게 좀 불만이었다.

하지만 상관없다. 그게 진심이 아니라는 건 안다.

"뭐, 그건 그렇고 너한테 볼일이 있어."

"뭔데요? 뭔가 먹고 싶다든가?"

"네가 요리하기를 거부한 건 쓰네키 오가이가 죽었기 때문이라고 생각했지. 살인범이 숨어 있는 상황에서 요리를 하는 건 위험하니까."

"맞아요. 목사 조제약 살인사건이었던가요? 그거 요리사들 사이에서는 귀가 따갑도록 나오는 이야기예요. 그 일 때문에 식료품 창고에도 꼭 자물쇠를 채우라고 성화를 해대서 얼마나 귀찮은지 모른다니까요."

"열쇠는 결국 구라하야 씨한테 반납했나?"

"아직 가지고 있어요. 지즈사가 일단 가지고 있으라길래요. 왜, 샌드위치 만들어줬잖아요."

"그랬지. 맛있었어."

후드티에 얼룩이 생기면서까지 오쓰키는 샌드위치를 만들어서 가져와주었다. 그건 기꺼운 추억으로 기억에 남아 있다.

"쓰네키 오가이가 살해당한 후, 넌 공식적으로는 요리를 그만뒀지. 일하기가 귀찮고 싫다고 했으니까 부자연스럽게 느껴지지 않았지만. 그런데 그게 아니었어. 넌 요리를 하고 싶어도 할 수 없었던 거야."

오쓰키가 피우던 담배를 발치에 떨어뜨렸다. 너절한 운동화로 담배꽁초를 밟자 쩍, 하고 가벼운 소리가 났다.

"……우와, 섭섭하네요. 요리를 할 수 없게 됐다니요? 방금 맛있었다고 한 건 뭐예요?"

"정확하게 말하자면 고마이 씨 앞에서는 요리를 할 수 없었겠지. 네가 요리를 만들면 고마이 씨와 구라하야 씨가 시중을 맡아. 그때 요리사복을 입지 않고 요리하면 불호령이 떨어지겠지."

오쓰키의 시선이 아주 자연스럽게 자기가 입고 있는 후드티로 향했다. 쓰네키가 죽은 다음 날부터 계속 입고 다니는, 아무 장식도 없는 후드티다. 빨기는 하는지 미트소스 얼룩은 옅어졌다.

"단도직입적으로 말할게. 쓰네키가 죽은 날 밤, 요리사복이 더러워진 거 아니야? 그것도 쉽게 빠지지 않는 얼룩이 생겨서."

"쉽게 빠지지 않는 얼룩이라니요?"

"글쎄, 예를 들면 피라든가."

오쓰키의 동그란 눈이 확 가늘어졌다. 목 앞부분이 살짝 씰룩거리는 걸 아오기시는 놓치지 않았다.

"피가 묻은 요리사복을 입으면 어떻게 생각해도 네가 쓰네키를 죽인 범인으로 보이겠지. 그래서 빨 틈도 없이 매일 입고 다녔던 요리사복을 벗을 수밖에 없었던 거야."

"말씀이 심하시네요. 매일 빨았다고요. 밤에 말려서 다음 날 입는 건데."

"네가 무슨 고학생이냐."

"아무튼 요리사복 정도는 저택에 많다고요. 새것을 꺼내면 그만인데요."

"아니, 그렇게는 안 되지. 그만큼 후줄근한 요리사복을 입고 다니던 네가, 살인사건 다음 날 아침에 새 옷을 입고 나타나면 대번에 의심받겠지. 뭔가 옷을 더럽힐 만한 짓을 한 게 틀림없다고."

그랬다면 아오기시도 오쓰키를 의심했으리라.

하지만 그만큼 고집스레 입고 다니던 요리사복을 한사코

입지 않자, 그건 그것대로 부자연스러웠다. 와인 저장고에서 아오기시에게 갈아입을 옷을 빌리려 한 것도 수상했다. 사복이 더러워져도 오쓰키에게는 그 요리사복이 있으니까.

"난 흡연탑 근처에서 네가 버린 담배꽁초도 발견했어. 쓰네키가 죽은 다음 날, 그걸 찾으러 온 거지? 왜 그런 걸 찾으려고 한 거야?"

"그야 정원에 쓰레기를 버렸다는 죄책감 때문에요."

"그럴 리가 있나. 담배꽁초가 발견되면 그날 바깥에 나가지 않았다는 거짓말이 들통나기 때문이겠지. 순순히 불어."

"아, 뭐야. 발견된 순간 외통수에 걸린 건가. 그때 안 보이길래 바다에라도 날려간 줄 알았는데."

오쓰키가 혀 차는 소리를 섞어 중얼거렸다. 역시 오쓰키는 담배꽁초를 찾고 있었던 듯하다. 마주칠 수 있지 않을까 싶어서는 개뿔. 어처구니가 없다. 오쓰키는 마음을 진정시키기 위해서인지 숨을 크게 한 번 내쉬고 나서 마침내 인정했다.

"뭐, 정답이에요. 내가 요리사복을 더럽힌 것도, 그 때문에 요리를 못 하게 된 것도 맞아요. 대충 사복을 입고 주방에 서면 고마이 씨가 분명 이유를 물어볼 테고."

아, 하지만 요리하기가 너무 귀찮아서 싫다는 것도 진짜예요, 하고 오쓰키가 친절하게 덧붙였다.

"쉽게는 빠지지 않는 얼룩이 피라는 것도 맞아요. 설마 그것까지 들킬 줄은 몰랐네요."

"그럼 너, 정말로,"

"아니, 그건 아니고요! 봐요, 이렇게 착각을 하니까 절대로 말하기 싫었던 거라고요. 쓰네키 씨를 죽이느라 피가 튄 게 아니에요. 난 그저,……아오기시 씨에게 힘이 되어주고 싶었어요."

"뭐?"

뜻밖의 말에 저도 모르게 얼빠진 목소리가 흘러나왔다.

"이왕 이렇게 됐으니 그날 밤 뭘 했는지 재현해볼게요. 마침 주머니에 각설탕도 있으니까."

"잠깐, 뭘 어쩌려고?"

말이 끝나기도 전에 오쓰키가 각설탕을 뿌렸다. 천사가 금방 냄새를 맡고 오쓰키 가까이로 날아왔다.

"자, 잘 봐요."

오쓰키가 근처에 내려앉은 천사의 어깨를 잡고 땅에다 힘껏 눌렀다. 묘한 탄력이 있는 천사의 날개가 오쓰키를 밀어냈지만 천사를 놓칠 정도는 아니었다.

천사는 각설탕에 미련이 남았는지 열심히 손을 뻗었다. 하지만 제압된 상태에서 풀려나려고 몸부림치지는 않았다. 그야말로 아무 저항도 없다. 오쓰키는 천사를 뒤집더니 목 부분을 눌렀다. 그리고 서바이벌 나이프를 꺼내 멱을 찔렀다.

"으앗?!"

"괜찮아요. 조심하면 천사는 피가 별로 안 나거든요."

문제는 그게 아니다. 그렇게 말할 틈도 없이 오쓰키가 재빨리 작업을 진행했다. 잠시 후에 오쓰키가 천사를 풀어주었다.

그 순간 땅에 쓰러져 있던 천사가 나지막하게 울부짖었다.

"우우우우으우우우."

지하실에서 들었던 것과 거의 똑같은 목소리였다.

"……인간에게도 이런 경우가 있어요. 시체의 목구멍에 공기가 통하면서 소리가 나는 거죠. 지하실에서 본 그 천사, 목 앞쪽에 이상한 상처가 있어서 그런 게 아닐까 싶었는데, 맞았네요. 분명 사기꾼이 소리가 나도록 멱에다 칼집을 낸 거예요."

천사는 땅바닥에 흩어진 각설탕에 얼굴을 문지르며 하염없이 소리를 냈다. 소리가 새어 나올 때마다 상처에 피가 배었지만 신경도 쓰지 않는 것 같았다. 천사에게는 통각이 없다. 목소리도 없다. 마침내 천사가 어딘가로 날아갔다. 하늘을 날자 천사의 목소리가 주변에 더 크게 울려 퍼졌다.

"……제기랄, 완전히 속았군."

"제일 크게 속은 건 쓰네키 씨지만요. 고마이 씨한테 들었는데, 그 천사를 얼마에 샀을 것 같아요? 5천만 엔이래요, 5천만 엔. 천사에게 칼집 한 번 내고 5천만 엔이라니, 정말 기가 찬다니까요."

오쓰키는 재미있다는 듯이 깔깔 웃고 나서 어깨를 움츠렸다. 후드티에는 피 몇 방울이 희미하게 묻어 있었다.

"그날은 요령을 잘 몰라서 피가 잔뜩 묻었어요. 다섯 마리 정도 시험해서 세 마리가 울었던가. 성취감 때문인지 담배가 엄청 맛있더라고요."

"그런 일로 장사 도구를 더럽히다니 못 말리겠군."

"그건 그렇지만 당장 갈아입기도 귀찮고, 저택에는 요리사복이 많으니까……. 다음 날 아침에 그런 사태가 벌어지지 않았다면 새것을 입었을 거예요."

"날 위해서 실험한 건가?"

그 말에 오쓰키가 말없이 고개를 끄덕였다.

"……왜?"

"아오기시 씨가 그런 가짜를 의식하면서 사는 건 잘못된 일이니까요."

오쓰키는 전에 없이 또렷또렷한 목소리로 말했다.

"아오기시 씨, 지하실에서 몹시 당황했잖아요. 축복이라니 무슨 개소리인지 모르겠어요. 놈들은 아오기시 씨가 받은 고통을 뭐라고 생각하는 걸까요. 그냥 놔두면 아오기시 씨가 앞으로도 계속 그딴 걸 마음에 담아둘 것 같아서요."

그렇게 말하는 오쓰키의 얼굴은 얼핏 보기에도 상처 입은 것처럼 느껴졌다. 아오기시가 말하는 천사에게 충격을 받은 모습을 보고 오쓰키도 은근히 충격을 받은 것이다.

"왜 그렇게까지 한 거야? 나랑은 이 섬에서 처음 만난 사이잖아."

"그렇죠. 교류한 적은 없죠. 그때 나는 위험하다는 이유로 대피했으니까. 그래도 아오기시 씨 일행에게 감사하는 마음으로 살아왔어요. 꽤 오래전 일이지만."

그 말을 듣자 기억이 되살아났다.

마야 고노카가 처음으로 실력을 발휘한 사건이다.

고급 레스토랑의 셰프에게 몇 번이나 살해 예고 메일이 날아들어 휴업할 수밖에 없었던 사건이다. 범인도 뛰어난 해커라 고노카의 활약이 없었다면 발신자를 알아내지 못했을 것이다.

그 레스토랑의 핵심은 젊지만 발상이 독창적이고 요리 솜씨도 뛰어난 천재 셰프로, 범인은 미디어에 자주 언급되는 그 셰프를 질투해서 범행을 저질렀다고 한다.

"그 무렵 나는 나대로 처세술이 별로 좋지 못했거든요. 건방지다느니 우쭐거린다느니 비난을 받았어요. 그때 알았죠. 아무리 열심히 노력한들 조금이라도 흠이 있으면 공격을 받는다는 걸요. 난 멘탈이 강한 편인 줄 알았는데, 가게를 휴업했을 때는 괴롭더라고요. 이제 그만둘까 싶었을 만큼."

"······당연하지. 남이 악의적으로 대하는데 괜찮은 사람은 없어."

"하지만 아오기시 씨 사무소에 의뢰한 덕분에 범인을 찾아내서 사건이 해결됐죠. 얼마나 든든하고 기뻤는지 몰라요. 그야말로 언제까지 계속될지 모르는 상황이었거든요. 그런데 사건이 해결된 후에 아오기시 씨 사무소의 마야 씨라는 사람한테 메일을 받았어요."

"고노카한테?"

그 오만불손한 화이트해커가 떠올랐다.

"네. 메일이라고 해도 짧았지만."

"뭐라고 보냈는데?"

"'정의는 반드시 승리한다'."

"그것참."

"'그러니 지지 마'라고요."

사건을 해결하고 사무소에서 신나 보이던 고노카가 생각났다.

그 당시는 아직 고노카가 정의를 위해 아오기시 탐정사무소에 왔다고는 믿지 않았다. 갈 곳이 없는 고노카를 아카기가 반쯤 구워삶다시피 해서 스카우트했다고 생각했는데. 실은 처음부터 고노카는 정의감에 불탔던 걸까. 악덕 기업의 구인광고를 해킹하고, 퉁명스러운 태도를 보였던 고노카는 처음부터 아카기 스바루와 같은 부류였던 걸까.

"결국 스스로 가게를 운영할 마음이 안 들어서 그 후로는 이곳저곳 전전하게 됐지만요. 하지만 요리를 때려치우지 않은 건 아오기시 씨와 탐정사무소 사람들 덕분이에요. 빌어먹을 개똥 같은 세상이지만 정의는 있구나 싶었거든요. 애써서 구해준 내 재능을 버리기도 아까웠고요."

"구한 건가, 우리가 널."

"그래요.……여러분이,……마야 씨가 어떻게 됐는지를 안다고 함부로 말을 꺼낼 수가 없어서 내내 잠자코 있었지만요."

오쓰키가 겸연쩍은 듯이 눈을 돌렸다.

"그러니까 이번 일은, 아오기시 씨의 마음을 짓밟는 건 정의가 아니다 싶어서요. 뭐, 어떻게 하는 건지 방법을 밝히면 웃을 거라고 생각했어요. 이렇게 시시껄렁한 일이 다 있나, 하고."

"뭐, 확실히 웃기는 이야기이기는 하지."

"쓰네키 씨가 살해당할 줄 알았다면 나도 그딴 짓을 안 했을 텐데. 진짜 운이 없다니까."

정말로 그렇다. 쓰네키가 살해당하지 않았다면 오쓰키는

피가 묻은 요리사복을 아무렇지도 않게 보여주고 새 옷을 요구했을 것이다. 오쓰키는 그저 운이 나빴을 뿐이다.

그리고 그렇게 행동한 이유는 아오기시 탐정사무소와 관련이 있다. 이 인과와, 오쓰키가 입에 담은 정의라는 말이 겹쳐졌다.

"……내게는 솔직하게 말하지 그랬나."

"천사에게 칼집을 내다가 피가 튀었다고 말하면 믿었을까요? 누명을 쓸지도 모른다고 생각하니까 겁이 나서 말을 못 하겠더라고요. 칼집을 낸 천사는 이미 풀어줬고."

아까 우물에서 들은 울음소리가 되살아났다. 환청이 아니라 실제로 소리를 들었던 모양이다.

"……이봐, 그게 탐정한테 할 소리야? 난 분명히 믿어줬을 거야."

"그렇겠죠. 그러니까 사과할게요. 미안해요, 아오기시 씨."

오쓰키가 웃었다. 그 웃음이 참으로 쓰라리게 다가왔다.

이로써 남아 있던 의문 한 가지가 풀렸다. 우물의 수수께끼도 거의 풀었으니, 적절한 요소를 적절하게 조합하면 그럴듯한 이야기가 나올 것이다.

그때 문득 어떤 사실을 깨달았다.

"실험하려고 저택 밖으로 나가다가 누군가와 마주치지는

330

않았나?"

"네? 아니요……. 나도 조심조심 몰래 이동했으니까요. 수상한 사람은 못 봤어요. 애당초 내 방은 현장과 다른 층이고요."

그렇게 일이 잘 풀릴 수는 없나. 하지만 오쓰키가 밤에 나돌아다녔다는 것은 중요한 단서다. 어떻게든 여기서 해결의 실마리를 찾아내고 싶다. 매달리는 기분으로 다시 물었다.

"그럼 밖은 어때? 밖에서 뭔가 수상한 거 못 봤어?"

"수상하다고 한들 다른 사람들이 보기에는 나도 수상한 짓을 했으니까……아,"

오쓰키가 갑자기 뭔가 생각난 듯한 표정을 지었다. 잠시 후 오쓰키가 입을 열었다.

"그러고 보니 쓰네키 씨가 살해당했다면……부자연스러운 일이 하나 있네요."

오쓰키가 부리나케 흡연탑 쪽으로 달려갔다. 그리고 아오기시가 담배꽁초를 주운 곳 부근에서 멈췄다.

"내가 천사로 실험을 한 곳은 여기예요. 3층 손님들이 사용하는 방의 옆쪽이죠."

"아아. 그렇군. 저 창문들이 각 객실의 창문이고……왼쪽에서부터 호지마, 마사자키, 소바, 아마사와였던가."

"손님 네 명은 술자리가 파한 후 다들 방으로 돌아갔다고 했죠. 하지만 저기가 어두웠어요."

오쓰키가 왼쪽에서 두 번째 방의 창문을 가리켰다.

"다른 방은 불이 켜져 있었고요. 즉, 이 방 사람은 돌아오지 않았다……적어도 다른 손님보다는 늦게 방으로 돌아온 거죠. 그런데 이 방은 호지마 씨 방이 아니라 마사자키 씨 방이잖아요. 이상하지 않아요?"

"확실히 그렇군."

오쓰키의 증언이 옳다면 그날 밤 쓰네키의 방으로 돌아간 건, 쓰네키를 죽인 건 마사자키 구루히사였던 셈이다.

하지만 문제가 있다. 그렇게 되면 두 번째 사건에 중요한 오류가 발생한다. 다음으로 창에 찔려 죽은 사람은 마사자키였다. 이 사건으로 호지마가 지옥에 떨어지지 않으면 계산이 맞지 않는다.

"아아, 빌어먹을. 뭐야, 이게. 처음부터 다시 생각해야 하잖아."

무심코 욕을 내뱉었다. 결정적인 사실이 드러났는데, 그 때문에 수수께끼가 늘어나고 말았다.

아오기시가 답답해하거나 말거나 오쓰키는 묘하게 기뻐 보였다.

"이거 제법 훌륭한 정보 아닌가요? 아오기시 씨가 물어볼 때까지는 잊어버리고 있었고, 애당초 그게 무슨 의미인지도 잘 몰랐지만."

"뭐, 그렇지……훌륭한 정보이기는 해……네가 천사로 실험을 하지 않았다면 중요한 사실을 놓칠 뻔했어……."

"앗싸, 그럼 도쿄요 저택에서 잘려도 아오기시 씨 사무소에서 조수로 일할 수 있겠네요."

"그 설정이 아직도 살아 있었냐."

"그럼요! 더 이상 의심할 건더기가 없으니까 이제 나를 조수로 쓸 수 있겠어요."

오쓰키가 호감 가는 얼굴로 웃었다. 조수. 농담처럼 주고받은 그 말에서 어쩐지 그리움이 느껴졌다.

"날 조수로 삼으면 엄청 좋을걸요. 난 천재 요리사니까 어딜 가도 맛있는 요리를 먹을 수 있어요. 가는 곳곳마다 현지의 식재료를 사용한 맛있는 요리를 먹을 수 있다니 얼마나 좋아요?"

"생각만 해도 좋군."

"그렇죠? 분명 즐거울 거예요."

지금 생각해보면 후시미도, 구라하야도, 오쓰키도 아오기시 탐정사무소에 무슨 일이 일어났는지 소상히 알고 있었으리라. 그래서 일부러 조수를 하겠다고 나선 것이다. 지금도 사무소를 가득 채운 공백에 괴로워하는 아오기시를 구하려 한 건지도 모른다.

하지만 아오기시는 오쓰키를 채용하지 않으리라. 자신이 오쓰키의 마음에 찰 만큼 훌륭한 탐정이 아니기도 하고, 또 조수를 잃기라도 하면 더는 견딜 수 없기 때문이다.

그런 아오기시의 마음과는 반대로 오쓰키가 밝게 말했다.

"아오기시 씨는 탐정, 나는 요리사로 역할을 분담하죠."

그건 확실히 획기적일지도 모른다. 파트너가 천재 요리사라면 어느 쪽이 조수일지 구분이 되지 않을 것 같지만. 그렇게 맡겨야 할 부분은 맡기면 된다. 아오기시 탐정사무소도 실은 그런 느낌이었다. 각자가 본인이 자신 있는 역할을 맡아서…….

"역할."

무심코 그 말을 되뇌었다. 그 두 글자와 오쓰키의 증언, 그리고 그날 아침에 있었던 일이 연결되어 머릿속이 뜨거워졌다.

왜 그러냐고 의아하게 얼굴을 들여다보는 오쓰키의 어깨를 잡고 외쳤다.

"알았다! 알아냈다고! 그날 밤부터 지금까지 무슨 일이 일어나고 있는 건지, 전부 다!"

"어? 아? 정말요?! 진짜로요?!"

"그래. 얼른 저택으로 돌아가자! 무슨 일이 일어나든 빨리 말려야 해!"

오쓰키는 전혀 이해하지 못한 것 같았지만, 그래도 아오기시의 말에 열심히 고개를 끄덕였다. 흥분과 초조함으로 시야가 좁아지는 가운데도 저택으로 달려갔다.

현관 홀에 발을 내디딘 순간이었다.

"아……아아아아아아아아아……."

비틀비틀 불안한 걸음걸이로 소바가 복도에서 이쪽으로 걸어 나왔다. 소바는 초점 없는 눈으로 보이지 않는 뭔가에 매달리려는 것처럼 손을 내밀어 허공을 휘저었다.

"저기요, 왜 그래요. 이봐요, 소바 씨."

오쓰키가 크게 소리쳤다. 그에 뒤지지 않을 만한 절규가, 소바가 내지르는 단말마의 비명이 홀에 울려 퍼졌다.

소바의 두 다리가 검붉은 화염에 휩싸였다. 살이 타는 냄새가 진동했다. 소바가 불을 끄려고 반쯤 미친 듯이 날뛰었지만, 불길은 그 손에도 사정없이 달라붙어 몸 전체를 집어삼켰다.

화염 속에서 천사가 하나둘씩 나타나 가느다란 손으로 소바의 몸을 붙잡았다. 관절이 툭툭 불거진 손가락 하나하나가 놓치지 않겠다는 듯 불타는 소바의 몸뚱이에 단단히 박혔다. 그러는 동안에도 찢어질 듯한 소바의 절규는 계속됐다.

"으아, 뭐야?!"

요란한 소리에 담화실에서 뛰쳐나온 후시미가 눈앞에 벌

어진 참상을 보고 주저앉았다. 이렇게 되면 손쓸 방도가 없다. 지옥은 인간이 참견할 수 없는 영역이다.

천사가 화염에 감싸인 소바의 몸을 천천히 끌어내려 지옥으로 끌고 간다. 그래도 소바는 도움을 요청하듯 고래고래 악을 썼다. 하지만 몇 초 지나지 않아 소바는 깊은 구멍 속으로 완전히 가라앉았다.

현관 홀에 귀가 먹먹할 만큼 깊은 침묵이 돌아왔다. 그토록 끔찍한 일이 일어났건만, 아무 흔적도 없다. 홀에 깔린 카펫은 그을린 자국 하나 없이 멀쩡했다.

"소바가 지옥에 떨어졌어."

아오기시는 멍한 표정으로 중얼거렸다.

경계선 이야기를 하며 죄악감에서 해방됐다고 기고만장하게 말한 소바. 아오기시에게 꼬리를 잡히지 않고 앞으로도 달아날 거라고 자신 넘치는 태도로 말했던 그가 지옥의 업화에 불탔다. 천사의 규칙에 예외는 없다. 두 명을 죽이면 지옥행이다. 소바는 그 규칙에 따라 심판받았을 뿐이다.

어제 아오기시가 죽이지 못했던 남자가 천사에게 심판받은 것이다.

그제야 중요한 사실을 깨달았다. 소바가 지옥에 떨어졌으니, 저택에서 퇴장한 사람이 한 명 더 있을 것이다.

소바는 현관 홀 안쪽 복도에서 나왔다. 분명 거기에 소바를 지옥에 떨어뜨린 희생자가 있다. 복도를 나아가 곧장 지하실 문으로 향했다. 눈치 빠른 아오기시를 칭찬하듯 문이 열려 있었다.

지하실 계단을 절반도 내려가기 전에 희생자를 발견했다.

"······고마이 씨가."

고마이는 목에 칼이 박힌 채 쓰러져 있었다. 피 웅덩이에 잠긴 그 모습을 보건대 죽은 게 분명했다. 쫓아온 후시미와 우와지마도 그 모습을 보고 할 말을 잃었다.

늦었다. 막지 못했다.

모든 것을 알아냈을 때 이런 결말은 예상했다. 하지만 막았어야 할 일이었다.

아오기시는 비틀거리며 고마이의 시체로 다가가 소지품을 확인했다. 만약 자신의 추리가 옳다면 고마이의 소지품에 뭔가 흔적이 남아 있을지도 모른다.

그리고 제복 가슴주머니에서 그것을 찾아냈다.

집어넣고 그대로 놔둔 것이리라. 찢어지지 않도록 신중하게 꺼냈다.

구깃구깃한 종이는 오래된 탓인지 변색됐고 부슬부슬했다. 종이에는 원하던 정보가, 창고에 있는 물건의 목록이 적혀 있었다. 창고 벽에서 떼어낸 것은 바로 이 종이였다.

"고마이 씨."

뒤에서 가느다란 목소리가 들렸다. 평소의 그녀 모습에서는 상상도 못 할 만큼 가냘픈 목소리였다. 그 목소리가 무슨 신호인 것처럼 모두가 길을 터주었다.

"이런……어째서……고마이 씨가……."

계단을 내려온 구라하야가 쓰러지다시피 고마이에게 매달렸다. 주변에 구라하야의 작은 울음소리만 울려 퍼졌다.

"내일 오전 9시야."

그때 아오기시가 조용히 말했다. 모두의 시선이 탐정에게 집중됐다.

"내일 오전 9시에 담화실로 모여주길 바라. 배는 오후 1시에 오잖아. 그때까지 남은 시간을 내게 줘."

"뭘 어쩌려고?"

우와지마가 딱딱한 목소리로 물었다. 아오기시는 분명하게 대답했다.

"이 사건의 진상을 밝히겠어."

7

거의 사용하지 않았던 아오기시의 수첩에는 여섯 명의 이름이 적혀 있다.

- **쓰네키**(칼에 심장을 찔려서 사망)

- **마사자키**(창에 목을 찔려서 사망)

- **호지마**(행방불명, 지옥에 떨어졌나?)

- **아마사와**(우물에 빠져서 사망?)

- **고마이**(칼에 목을 찔려서 사망)

- **소바**(천사의 심판을 받아 지옥에 떨어짐)

앞쪽 네 명은 추리가 확고해지기 전에 적었다. 이제는 아무 의미도 없는 이름이다. 뒤쪽 두 명은 지금 적었다. 추리를 펼칠 각오를 하고 나서 적은 이름이다.

사망자 여섯 명. 남은 사람은 다섯 명.

평범하게 생각하면 이미 계산이 맞지 않는다.

자신을 제외하면 나머지는 네 명인가. 한 명당 한 건씩 살인사건을 저질러도 안 되는 상황이다.

그렇지만 무서운 집념으로 목표는 달성됐다.

한 명 한 명의 이름을 손가락으로 짚은 후에 수첩을 덮었다. 아직 해야 할 일이 있다.

그때 일을 부탁한 오쓰키가 방의 인터폰을 눌렀다. 오쓰키의 얼굴에는 도무지 감출 수 없는 웃음이 맺혀 있었다.

"어땠어?"

"해냈어요. 내선 통화기록을 알아냈다고요. 꽤 애를 먹었지만. 이야, 분명 저택에 처음 왔을 때 방법을 들었는데, 잊어버렸네요. 뭐, 모르는 일은 고마이 씨에게 물어보면 됐으니까."

그렇게 말하고 나서 오쓰키가 거북한 듯이 눈을 내리깔았다. 기분을 풀어주려는 것처럼 물었다.

"이건 정말 큰 공이야. 있었나?"

"아오기시 씨 말이 맞았어요. 고마이 씨가 죽기 조금 전에 소바의 방에 내선전화가 걸려왔더라고요. 장소는,"

"천사 전시실?"

오쓰키가 대답하기도 전에 먼저 확인했다.

"맞아요. 용케 알았네요."

"그렇겠지. ……아니면 앞뒤가 맞지 않아."

앞서 천사 전시실에는 다녀왔다. 자신의 추리가 성립하는지는 거기서 이미 확인했다. 내선전화와 조합하면 아까 무슨 일이 일어났는지, 또는 무슨 일이 일어나야 했는지 대부분 짐작이 간다.

거기에 어떤 의미가 있는지도 포함해서 전부 다.

"고마이 씨는 다른 사람들이 옮겼어요."

오쓰키가 불쑥 말했다.

"옮겼대도 고마이 씨 방에 놔뒀을 뿐이지만. 그래도 지하실에 내버려두는 것보다는 낫겠죠."

"……그러게."

"지즈사는 이제 괜찮다고 했지만, 정신적으로 타격이 큰가 봐요. 지즈사까지 거의 죽은 것 같은 느낌이라니까요. 우와지마 선생님 말로는 후시미 씨도 충격이 심했던 것 같고요. 둘이 담화실에 있던 것도 심리상담의 일환이었대요. 그런데 밖으로 나와서 제일 먼저 본 게 지옥으로 떨어지는 소바라니, 지지리 복도 없지."

딱딱한 웃음을 짓는 오쓰키를 보고 확신했다. 후시미뿐만 아니다. 오쓰키도 상처를 입었다. 아오기시도 마찬가지다. 사람이 지옥에 떨어지는 광경을 보고 충격을 받지 않을 리 없다.

지금도 그 단말마의 비명이 귀에 들러붙어 떨어질 줄 모른다. 지옥에 떨어질 만한 짓을 했다고는 하나, 실제로 화염에 타오르는 모습은 눈을 돌리고 싶을 만큼 처참했다.

"저어, 아오기시 씨. ……뭐가 어떻게 된 건지 정말로 알아냈어요?"

"그래. 네 보고를 듣고 전부 연결됐어."

"그렇군요……."

오쓰키의 눈에는 기대와 두려움이 뒤섞여 있었다. 이해할 수 없는 살인사건이 해결되리라는 기대.

"우리 가운데 범인이……있나요?"

그리고 진실을 해명했을 때 어떻게 되느냐는 두려움이다.

"응, 있어."

"소바가 지옥에 떨어졌는데도요? 애당초 범인이란 게 뭔데요? 그자는 지옥에 떨어지지 않았죠? 그럼 죄를 지은 게 맞나요? 범인 같은 건……."

뭔가를 알아차린 건지 오쓰키는 거의 애원하는 듯한 목소리로 말했다. 하지만 거기에 호응할 수는 없다.

"난 탐정이야. 누군가를 심판하는 역할이 아니지. 수수께끼를 푸는 게 내 일이야. 내가 할 수 있는 건 그것뿐이라고."

지금 아오기시의 가슴속에 살아 있는 '탐정'은 정의의 사도가 아니다. 예전에는 그렇게 살고 싶었는지도 모르지만, 이제는 단순한 동경에 지나지 않는다. 그런 삶은 그 화염 속에 두고 왔다.

이 수수께끼를 푼다고 누군가를 행복하게 해줄 수 있을 것 같지도 않다. 꿈에서 들은 아카기의 말은 당치도 않다. 아오기시는 평생, 강림 후에도 필요한 탐정이 될 수 없다.

"듣기 싫으면 안 들어도 돼. 너도 이 섬을 떠날 거잖아. 이런 사건은 잊어버리는 편이 좋아."

"아니요, 들을래요. 무슨 일이 있었는지 전부 알고 싶어요."

오쓰키는 분명하게 말했다.

"그러기 위해서 탐정이 있는 거니까요."

8

고마이가 죽었으니 이 천사는 이제 아무도 신경 쓰지 않을지도 모른다. 차라리 놓아줄까 싶기도 했지만, 과연 그런다고 천사가 기뻐할까. 천사는 의사도 감정도 없는 것처럼 보인다. 천사는 그저 인간을 지옥으로 끌고 가는 역할을 함으로써 신의 뜻을 나타내는 존재다. 지하와 지상에 무슨 차이가 있을까.

"우우우우으우우우."

천사의 목소리는 오쓰키가 들려준 목소리와 똑같았다. 자기가 그런 소리를 내는지조차 천사는 모르리라. 아름다운 은색 우리를 빼고 나머지는 전부 그로테스크한 존재. 아오기시는 그 앞에 앉았다.

"천국은 있나?"

우리 속의 천사에게 물었다.

그 이벤트 때와는 달리 천사는 아오기시 쪽을 향하지 않았다. 우리 속에서 꿈틀대며 얼굴 없는 머리를 좌우로 흔들었다.

"천국은 있느냐고?"

한 번 더 물었다. 마침맞게 "크우우우우크우우우" 하고 천사의 목소리가 들렸지만, 이건 아무 의미도 없는 공허한 울림이다. 아오기시가 우리를 잡고 흔들어도 천사는 아무 반응을 보이지 않았다. 아오기시는 다시 말을 걸었다.

"아카기는 천국에 갔나. 고노카는. 시마노는 어때. 시야쿠지이는 잘 지내나. 천국에 차는 있어? 시야쿠지이는 차를 사는 게 꿈이었어. 아직 몇십 킬로도 달리지 못했는데."

우리를 흔들 때마다 천사의 몸이 흔들리고 목에서 소리가 난다. 하지만 원하는 말은 한마디도 돌아오지 않는다. 사람이 죽으면 흙으로 돌아갈 뿐인가. 신에게 기도를 올리고 천국에서 다시 만나자고 약속한들 아무 의미도 없는 건가?

"가르쳐줘. 인간에게 구원은 있는 거야? 뭣 때문에 인간을 만들었어? 어리석은 우리를 보고 웃으려고?"

대답은 어디에도 없다. 만약 아카기 스바루가 신이라면 이 세상에서 불행을 모조리 없애주었을까. 아무도 괴로워하지 않는 낙원을 만들었을지도 모른다.

신이 존재할 텐데도 이 세상은 너무나 불완전하다. 이런 곳에서 인간이 살아가야 한다니, 농담이 심하다. 그럴 거면 인간에게 지옥의 존재를 가르쳐주지 말지 그랬나. 인간의 혼을 하늘로 거둔 다음, 다시 지옥에 떨어뜨리면 될 것을.

"……망할, 뭐야, 뭐냐고……나더러 어쩌라는 거야."

말끝은 거의 울먹이는 목소리였다. 지하실의 콘크리트 바닥에 회색 얼룩이 생겼다. 아오기시가 우는데도 아랑곳없이 우리 속의 천사는 자기 날개만 뒤쫓았다. 또 목소리가 났다. 그렇다. 천사란 이런 존재다.

도코요지마섬에서 보낸 긴 시간도 이제 끝난다. 아오기시는 이 사건을 해결하고 일상으로 돌아가리라. 천국이 있는지는 결국 알아내지 못했다. 천국이 있는지 알아내기는커녕 아오기시는 지금 누구를 위해서인지도 모를 진실을 밝히려 하고 있다. 아오기시는 바라던 구원을 끝내 얻지 못했다. 구원은 어디에도 없다.

잠깐 혼자 울고 나서 아오기시는 우리를 열었다. 천사는 문이 열린 줄도 모르는지 한동안 우리 속을 맴돌았다. 천사가 우리에서 나온 건 그로부터 20분이나 지나서였다.

천사는 그리 기뻐하는 기색도 없이 벌레처럼 우리에서 기어 나왔다. 아오기시는 거들떠보지도 않는 것 같은 그 모습에 그만 웃을 뻔했다. 뭐야. 축복이니 뭐니 다 거짓말이잖아.

지상으로 향하는 문을 활짝 열어줄까 싶었지만, 지하실을 기어 다니는 천사가 그쪽으로는 얼씬도 하지 않길래 결국 그냥 놔두었다. 그들에게는 인간과 비슷한 손이 있고, 어디든지 갈 수 있는 날개가 있다.

천사보다 먼저 지하실을 나섰다. 햇살이 밝아서 실눈을
떴다.

이 섬에서 얻은 실감이 딱 하나 있다. 언젠가 아카기와 나
누었던 대화가 머릿속에 되살아났다.

낙원은 탐정이 없는 곳이다.

제6장

낙원은 탐정의 부재

1

약속한 시간에 담화실에는 살아남은 다섯 명이 모두 모였다.

출석률 백 퍼센트. 하지만 원래 이 저택에는 열한 명이나 되는 사람이 있었다. 지금은 반 넘게 줄었다. 두 명을 죽이면 지옥에 떨어진다는 규칙이 있건만 설마 이렇게까지 줄다니.

"자. 지금부터 이 사건의 진상을 해명할게."

천사가 강림하기 전에는 이렇듯 '자'로 말문을 여는 해결편도 드물지 않았다. 이제는 그게 그리울 따름이다.

"말해두겠는데 내가 진범을 지적하는 것도, 이 사건의 수수께끼를 푸는 것도 내가 탐정이기 때문이야. 사건의 범인은 지옥에 떨어지지 않았어. 즉, 이 세상에 있을 망할 놈의 신은 그 죄를 봐줬다는 뜻이지. 심판은 천사의 역할이지 내 역할이 아니야."

"요약하자면 무슨 뜻이야?"

우와지마가 물었다. 아오기시는 잠깐 있다가 대답했다.

"내 이야기를 듣지 않아도 된다는 뜻이야. 추리소설에서는 왜 다들 탐정의 이야기를 듣는 걸까? 난 탐정이 사법의 대리인이기 때문이라고 생각했지만, 이 세상에는 천사가 있어. 그러니 추리를 듣고 싶지 않은 사람은 나가도 돼."

아오기시의 말을 듣고도 담화실에서 나가려는 사람은 없었다. 모두 아오기시의 실없는 이야기에 귀를 기울여줄 모양이다.

"그런데 아오기시 씨. 쓰네키랑 마사자키를 죽인 범인은 호지마고, 아마사와랑 고마이를 죽인 범인은 소바라는 걸로 결판난 거 아니에요?"

후시미가 느닷없이 끼어들어 말했다.

"아니, 내가 진범이라고 부른 건, 그 사건들을 설계한 사람이야."

"설계한 사람?"

"그래. 교사범이자 실행범이며, 이 세상에서 이미 절멸된 연쇄살인으로 여섯 명이나 해치고도 지옥에 떨어지지 않은 녀석."

두 사람만 죽여도 지옥행이라는 기준에서 보면 이 죄는 파격적으로 무겁다. 하지만 그 인물은 지금도 지옥에 떨어지지 않고 여기 있다. 전능한 신은 그 자가 뭘 어쨌는지도 다 보고 있었을 텐데.

그래서 더 의문스러워졌다. 쓰네키 오가이며, 소바 유키스기며, 이번 사건의 범인이 저지른 살인을 가만히 보고만 있는 신의 정의에 대체 무슨 가치가 있는 건지. 경계선 안에서 저지르는 죄를 신은 계속 묵인하고만 있다.

이 점에 대해 진범의 의견을 들어보고 싶었지만 담화실에서 나가려고도 하지 않는 진범의 표정에서는 내면을 조금도 읽어낼 수 없었다. 어쩌면 아오기시가 구태여 탐정 활동을 하려는 건 진범의 마음에 다가가고 싶기 때문인지도 모른다. 어디까지나 개인적인 사정이다.

이 사건의 범인은 아오기시의 조수가 되려고 했을 때, 대체 무슨 생각이었을까?

"차례대로 설명할게. 우선은 쓰네키 오가이 살인사건부터. 결론부터 말하자면 쓰네키를 죽인 건 호지마가 아니야. 마사자키 구루히사야."

"마사자키 씨가? 하지만 그건……."

우와지마가 미심쩍다는 듯이 말했다.

"그날 밤, 사정이 있어서 밖에 나갔던 오쓰키가 마사자키의 방에만 불이 켜져 있지 않은 걸 봤어. 양옆의 호지마와 소바의 방, 그리고 아마사와의 방에는 불이 켜져 있었대. 다시 말해 마사자키는 방에 돌아가지 않은 거야."

오쓰키가 밖에 나갔던 이유를 간략하게 설명했다.

"그리고 난 쓰네키의 방에서 만년필을 주웠어."

"아오기시 님이 제게 물어보신 거로군요."

구라하야의 말에 고개를 끄덕이고 나서 이야기를 계속했다.

"마사자키의 만년필이 왜 그런 곳에 있었는지 의문이었어. 하지만 별것 아니야. 단순한 핑곗거리였지. 술자리가 끝난 후 만년필을 잃어버렸다면서 쓰네키의 방으로 돌아가기 위한. 그리고 둘만 있을 때 쓰네키를 칼로 찔러 죽인 거야."

"수상한 자가 여지없이 범인이라는 거, 정말로 있는 일이네요."

오쓰키가 희미하게 웃으며 말했다.

그의 말대로다. 하지만 쓰네키의 시체가 발견된 날 아침에 마사자키가 몹시 허둥댄 것도 이로써 이해가 간다. 변명이 너무나 지리멸렬해서 오히려 의심하지 않았지만, 그건 그저 거짓말에 너무 서툴렀을 뿐이다. 덧붙여 그는 핑곗거리로 사용한 만년필을 두고 오고 말았다.

"혹시 마사자키가 쓰네키를 죽인 건, 출자 이야기가 원인?"

후시미가 생각난 것처럼 말했다.

"추측에 지나지 않지만 그렇겠지. 쓰네키는 마사자키에 대한 원조를 점점 중단해 나갔어. 만약 쓰네키가 살아 있었다면 마사자키와의 관계도 아예 끊으려고 했겠지. 쓰네키라는 후원자를 잃은 마사자키는 아주 곤란해질 거야."

실제로는 그렇게까지 가혹한 짓을 하지 않았을지도 모르지만, 후시미의 녹음기에 녹음된 마사자키와 호지마의 대화를 떠올렸다. 돌이킬 수 없는 수준까지 정신적으로 수세에 몰렸다면 죽이는 수밖에 없다고 생각할지도 모른다.

"마사자키에게는 쓰네키 오가이를 죽일 이유가 있어요. 생각해보면 그쪽이 자연스럽네요."

"하지만 그렇다면 다음 사건과 앞뒤가 맞지 않아."

후시미가 수긍하는 한편으로 우와지마는 냉정하게 말했다.

"그 점이 걸림돌이었어. 마사자키 구루히사가 쓰네키 오가이를 죽였다면, 호지마가 지옥에 떨어졌다는 가설은 무너져. 그래서 반쯤 역설적으로 호지마가 범인으로 몰렸지."

"그렇다면 호지마 님은 대체 어디로 가신 걸까요?"

구라하야가 숙연한 목소리로 물었다.

"……뭐, 호지마가 과거에 사람을 죽였고, 이번에 또 마사자키를 죽여서 지옥에 떨어졌을 가능성도 없지는 않을 거야. 하지만 호지마도 살해당했겠지. 시체는 바다에 버리면 그만이고."

"그렇다면 마사자키를 죽인 사람이 호지마도 죽였다는 건가요? 그럼 이상한데요. 두 명을 죽이면 범인은 지옥행이에요. 하지만 두 명이 살해당한 직후에 지옥에 떨어진 사람은 없잖아요. 그때는 여덟 명 모두 방에 모여 있었다고요."

모르겠어서 짜증이 나는지 오쓰키가 입술을 삐죽 내밀었다.

"그래. 그 규칙 때문에 사라진 호지마가 쓰네키를 죽인 범인으로 몰렸어. 하지만 그 자리에는 예외적으로 두 명을 죽일 수 있는 사람이 있었지."

그렇게 대답하고 나서 아오기시는 가볍게 숨을 내쉬었다. 이 추리에 다다르기까지 몇 번이나 그날이 떠올랐다. 범인이 지옥에 떨어지는 걸 보고 불타는 차 안에 있는 동료 중 두 명의 죽음을 확신한 날이. 잠시 후에 아오기시는 말을 이었다.

"호지마를 죽인 것도 마사자키 구루히사야. 다만 지옥에 떨어지기 전에 달아났어."

"달아나다니……어떻게요?"

"예를 들어 호지마를 죽인 방법이 독살이라면 어떨까? 호지마가 독을 먹고 죽기보다 먼저 마사자키가 자살하면 지옥에는 떨어지지 않아."

모두가 숨을 삼켰다. 왜 알아차리지 못했을까. 규칙을 피할 방법은 있다. 지옥에 떨어지기 전에 스스로 목숨을 끊으면, 지옥에 끌려가지 않는다. 설령 마사자키가 두 번째 살인을 저질렀더라도 호지마보다 먼저 죽으면 천사의 심판에서는 벗어날 수 있다.

"사실 쓰네키가 쳐내려 했던 건 마사자키뿐만이 아니야. 이 섬에 초청된 대단한 양반들 모두지. 다들 눈치챘거나, 알고 있었겠지? 놈들이 무슨 짓을 했는지."

얄궂게도 살아남은 사람들 대부분이 쓰네키 오가이가 무슨 악행을 저질렀는지 알고 있다. 무시무시한 동맹을 맺어 이 세상에서 특권적인 살인을 자행했던 사업가에 대해.

"먼저 말해둘게. 후시미, 널 여기로 부른 건 분명 호지마 쓰카사일 거야."

"네? 어째서요? 저는 이를테면 쓰네키 오가이의, 그 손님들의 적인데요? 불러서 득 될 일이 없어요."

"맞아. 넌 적이었어. 그래서 선택된 거지. 후시미의 역할은 바로 희생양이야. 범인으로 의심받기에 적당한 사람이 없으면, 의혹의 시선이 어디로 향할지 모르거든. 네가 없으면 나, 우와지마, 오쓰키, 고마이 씨, 구라하야 씨 중에서 쓰네키를 죽인 범인을 마련해야 해."

도코요 저택에서 일하는 사람은 피하고 싶었으리라. 그렇다면 아오기시가 남지만, 탐정에게 누명을 씌우기가 망설여지는 마음은 이해가 간다. 일반 대중들이 탐정에게 품는 이

미지는 경찰과 큰 차이가 없기 때문이다.

그래서 후시미가 필요했다. 원래는 마사자키가 쓰네키를 죽인 것으로 사건이 끝날 예정이었기 때문이다. 그 후에는 배가 데리러 올 때까지 후시미에게 누명을 씌우기 위해 증거를 날조하면 된다. 배가 오기까지는 아직 나흘이나 남아 있었다.

하지만 일은 생각대로 진행되지 않았다.

한 번으로 끝날 터였던 살인이 그들까지 끌어들여서 계속됐기 때문이다.

"그럼 마사자키가 살해당한 날에 대해 설명할게. 그날, 앞으로 어떻게 할지 상의하기 위해 마사자키는 호지마를 방으로 불렀어. 그리고 누군가에게 저녁 반주를 준비시켰던 거야. 자기는 평소 즐겨 마시는 병맥주, 그리고 호지마에게는 레드와인을. 범인 입장에서는 마사자키를 함정에 빠뜨릴 절호의 기회였지. 범인은 그 기회를 놓치지 않고 마사자키가 호지마를 독살하게 만들었어. 물론 마사자키는 모르도록 감쪽같이."

"대체 어떻게……." 후시미가 중얼거렸다.

"분명 와인 코르크 마개에 독을 묻혀놨을 거야. 그러면 이런 상황이 성립해. 현장을 봤을 때부터 묘하다 싶었지. 그때는 몰랐지만 와인 오프너가 왼손잡이용이었어. 와인을 마시는 호지마는 오른손잡이인데 말이야."

호지마가 어느 쪽 손을 쓰는지는 흡연탑에서도 확인했다. 호지마는 아오기시에게 메모지를 건넬 때 오른손으로 펜을 쥐었다. 그걸 생각하면, 너무 늦게 알아차린 자기 자신에게 화가 난다. 원래 같으면 그 테이블 위를 본 시점에 알아차릴 만도 했는데. 반면 마사자키는 오른손에 손목시계를 찼고, 왼손으로 포크를 사용했다. 그는 왼손잡이다.

"호지마가 와인 오프너를 사용하려 해도 잘 안 돼. 그렇다면 어떻게 될까? 왼손잡이인 마사자키가 코르크 마개를 뽑아주겠지."

"확실히 꽤 애먹을 테니까요. 그렇다고 굳이 사람을 불러 와인 오프너를 바꿔 오라고 시키기도 뭣하고."

거듭 고개를 끄덕이는 오쓰키를 보고 나서 말을 이었다.

"왼손잡이인 마사자키가 와인 오프너로 코르크 마개를 뽑아. 독이 묻은 코르크 마개 조각이 와인에 들어가서 독이 섞이고, 의도치 않게 호지마가 독을 먹게 돼. 잠시 후 호지마가 고통스러워해서 마사자키는 당황했겠지. 하지만 의도하지 않았더라도 이건 마사자키의 죄야."

목사 조제약 사건과 똑같다.

그때도 목사에게 받은 약을 먹여서 아이들을 죽게 한 주부가 지옥에 떨어졌다. 심판을 받는 건 직접 손을 댄 사람이다.

수은이 든 약을 직접 먹인 주부는 살의는커녕 독을 먹였다는 자각조차 없이 화염에 휩싸였다.

전 세계에서 식료품 창고를 단단히 문단속하게 된 것도 강림의 영향이다. 만약 식료품에 독이라도 들어가면 의도치 않게 지옥에 떨어질지도 모른다. 혼란이 일어나지 않은 것은 지옥을 실감한 사람들이 그렇게 될까 봐 겁먹었기 때문이리라. 그래도 식료품 관리는 예전에 비하면 엄중해졌다.

"……눈앞에서 호지마 님이 괴로워하자 마사자키 님은 동요하셨겠죠."

구라하야가 표정 변화 없이 말했다.

"이건 내 상상이지만 타이밍을 잘 노려서 범인이 방을 찾아오지 않았나 싶어. 그 후의 대책을 마사자키가 생각해낼 수 있을 것 같지는 않거든."

마사자키는 돌발상황에 냉정하게 대처할 수 있을 만한 유형이 아니다. 그러니 유도한 사람이 따로 있는 것이다. 아오기시가 이야기를 재개하기 전에 우와지마가 말을 꺼냈다.

"그렇구나, 마사자키가 탄 독을 먹고 호지마가 죽으면 마사자키는 지옥에 떨어져."

"그래, 맞아. 범인이 그걸 지적함으로써 마사자키는 선택의 기로에 섰어. 이대로 지옥에 떨어지기를 기다리느냐, 호지마가 독으로 죽기 전에 자살하느냐. 어느 쪽을 선택할지는 말할 것도 없겠지."

　일동이 침묵에 잠겼다. 다들 한 번쯤은 보았을 지옥의 업화를 떠올리는 것이리라. 세상 사람들의 가치관을 바꾸고, 세계를 변혁시킨 화염과 단말마. 같은 상황에 처한다면 아오기시도 자살을 선택한다.

　"그럼 마사자키는 자살했다는 뜻……?"

　후시미가 멍하니 중얼거렸다.

　"응. 마사자키는 범인이 준비한 단도 따위로 목을 찔러서 자살한 거야. 그 후에 호지마가 죽었기 때문에 마사자키는 두 사람을 살해하고도 지옥행을 면한 거지."

2

　"자, 이제부터는 진범의 움직임을 설명할게. 범인은 호지마와 마사자키가 죽은 걸 확인한 후, 일단 죽은 마사자키의 목에 천사 전시실에서 가져온 창을 꽂았어. 이유는 당연히 자살했을 때 목에 생긴 상처를 감추기 위해서야."

　"왜 상처를 감추는데요?"오쓰키가 물었다.

　"상처를 그대로 놔두면 우와지마가 자살이라고 판단할지도 모르잖아. 그래서 판별할 수 없을 정도로 상처 부위를 손상시켜야 했어."

우와지마가 아무리 우수한 의사라도 상처의 형태가 그렇게까지 변형되면 판별은 불가능하다. 부자연스럽게 창을 이용했다는 사실이 부각될지언정 상처를 감추는 쪽을 우선한 것이다.

"그리고 호지마의 시체를 바다에 던지면 현장 상황을, 마사자키를 창으로 찔러 죽인 호지마가 지옥에 떨어진 것처럼 보이는 상황을 연출할 수 있어."

"그나저나 왜 그렇게 번거로운 짓을 한 건가요? 호지마 씨를 범인으로 꾸며야 할 이유를 잘 모르겠는데요."

오쓰키가 재차 질문했다. 아오기시는 냉정하게 대답했다.

"'호지마가 마사자키와 쓰네키를 죽이고 지옥에 떨어졌다'는 구도를 만들지 않고 그냥 두 사람의 시체를 내팽개쳐두면 어떻게 될까? 범인이 자살을 강제했다는 게 간단히 들통나겠지. 무엇보다 호지마의 시체에는 독살의 흔적이 남아있어. 그렇다면 그 시점에 범인의 범위가 좁혀져. 시중을 들어도 부자연스럽지 않은 고마이 씨나 구라하야 씨야."

그 말에 모두의 시선이 메이드에게 집중됐다.

이 자리에 고마이는 없다.

살아남은 용의자는 단 한 명이다.

"그러게요. 그랬다면 저나 고마이 씨가 의심받았겠군요."

모두의 시선을 한 몸에 받은 구라하야는 전혀 동요하는 기색 없이 부드러운 미소를 지었다. 그 모습에 살짝 동요하면서도 아오기시는 말을 이었다.

"……따라서 호지마의 시체를 숨기고 죄를 호지마에게 덮어씌울 필요가 있었어. 실제로 우리도 반쯤은 호지마가 범인이라고 판단했지. 순서가 반대인데도, 왜 창을 흉기로 사용했느냐는 문제에 주목했어."

"과연, 저와 고마이 씨의 혐의가 점점 더 짙어지네요.……고마이 씨가 살아 계시면 뭔가 반론했을지도 모르지만요."

"지즈사, 지금 장난칠 때가……설마 진짜야?"

오쓰키의 얼굴은 창백했다. 범인으로 지목되기 일보 직전의 구라하야보다 훨씬 당황한 것처럼 보였다.

그런 와중에도 구라하야 지즈사는 아오기시에게서 눈을 떼지 않았다.

기품 있게 서서, 자신을 고발하려는 탐정을 뚫어져라 쳐다본다. 잠시 후에 구라하야가 입을 열었다.

"말씀 계속하세요, 아오기시 님. 아직 끝나지 않았죠?"

"그래, 안 끝났어. 다음은 아마사와 다다시가 살해된 사건의 진상을 밝힐게."

아오기시는 구라하야의 눈을 똑바로 바라보며 선언했다.

"아마사와를 죽인 범인은……지옥에 떨어진 소바 아니에

요?"

후시미가 끼어들었다.

"그건 맞지만, 여기서 중요한 점은 '왜 그렇게 됐느냐'야. 소바 입장에서 생각해 봐. 한 명 더 죽이면 지옥행인데, 고마이 씨를 죽이려고 할까?"

"결과만 보면 지옥에 떨어질 각오를 했다는 이야기가 되는데요."

"소바가 그만한 각오를 했다고는 보기 힘들지 않을까? 이 것도 똑같아. 소바는 자기가 아마사와를 죽인 줄 몰랐어. 그 래서 지옥행을 겁내지 않고 살인을 저지른 거지."

"우물에 빠뜨려놓고 죽인 줄 모르다니, 그게 말이 되나."

우와지마가 어처구니없다는 듯이 반론했다. 하지만 아오기시는 담담하게 대답했다.

"아아, 그야 말이 안 되지. 그러니까 우물에 떨어진 건 직접적인 사인이 아닐 거야."

"그럼 뭐가 원인인데?"

"실은 사건이 일어나기 전에 후시미랑 모터보트 근처에 있는 마른 우물에 갔었어. 그때는 우물의 두레박도 밧줄도 멀쩡했지. 떨어질 뻔한 아마사와가 순간적으로 붙잡았을 가능성도 생각했지만 밧줄은 아주 튼튼하고 길었어. 아무래도 그런 식으로 끊어지지는 않아. 그게 흉기야. 아마사와는 교살당한 거야."

그렇게 말하고 나서 다시 구라하야에게 고개를 돌렸다.

"구라하야 씨. 이제부터는 범인이라는 표현을 쓰지 않고 당신 이름을 말할게. 반박할 사항이 있으면 말하도록 해."

"알겠습니다. 아오기시 님 말씀대로 할게요."

역시나 아무 동요도 없다. 식사 시중을 들 때와 목소리 톤이 똑같다.

"일단 구라하야 씨는 아마사와를 그 우물로 불러냈어."

"아마사와 님은 바쁜 분이세요. 제가 부른다고 응하실 것 같지는 않은데요."

"아니, 응했을 거야. 거기에는 모터보트가 있으니까."

쓰네키에 이어 마사자키가 살해당하고 호지마가 자취를 감추자 아마사와는 심각한 공황 상태에 빠졌다. 뭐든지 할 테니까 섬에서 내보내 달라고 고마이에게 눈물을 흘리며 애원하기도 했다고 한다. 그런 상황에서 모터보트 이야기를 꺼내면 아마사와는 두말없이 따랐을 것이다.

"그렇게 우물 근처까지 불러낸 후, 구라하야 씨는 전기충격기로 아마사와를 기절시켰어. 허를 찌르기는 어렵지 않겠지. 아마사와는 천사를 몹시 싫어해. 그리고 도코요지마섬에는 천사가 널렸지. 꼴 보기도 싫은 천사에게서 눈을 돌리고 있는 동안은 무방비한 상태야."

"······천국 연구가면서 천사를 싫어하는 성격이 화근일 줄 이야."

후시미가 씁쓸하게 중얼거렸다. 정말이지 그렇다.

"기절한 아마사와를 옮겨서 목에 밧줄로 만든 올가미를 걸고 우물 속에 떨어뜨려. 밧줄의 한쪽은 땅에 박힌 말뚝의 고리를 통과시켜서 모터보트에 연결하고. 길이가 모자라면 모터보트 쪽에 로프를 잇대면 돼. 이로써 누군가 모터보트를 움직였을 때 아마사와가 교살당하는 장치가 완성되지."

그 모터보트는 닻 때문에 몇 미터를 나아가는 게 고작이지 만, 이 계획에는 그게 낫다. 팽팽해진 밧줄이 몸을 조금만 끌 어올려도 인간은 꼼짝없이 죽으리라.

"그럼 소바 씨가 모터보트를 움직인 건가. 고마이 씨를 죽 인 후에 지옥에 떨어졌으니까 말이지."

"맞아. 소바는 소바대로 도코요지마섬에서 어떻게든 나가 고 싶어 했으니까. 게다가 소바는 선박 면허를 가지고 있었 지. 소바에게도 모터보트는 좋은 미끼였을 거야."

"하지만 이상한데요. 그렇다면 우물에 떨어뜨렸을 때 아 마사와 님은 살아 계셔야 해요. 그렇지 않으면 제가 죽인 셈 이 되니까요."

구라하야는 어디까지나 온화한 목소리로 반론했다.

"그렇지만 그 우물은 깊이가 15미터나 되는걸요. 우물에 떨어뜨리면 아마사와 님은 돌아가실 거예요. 더구나 아오기시 님 말씀으로는 아마사와 님 목에 올가미가 걸려 있었다면서요. 그래서는 더더욱 살아남을 수 없으실 거예요."

그 말에 반론한 사람은 오쓰키였다.

"그럼 아마사와 씨가 우물 밖에 있었다면요? 배가 끌어당겨서 죽이는 장치라면 꼭 우물 속에 눠둬야 할 것 없잖아요. 우물 근처에 앉혀놨다든가."

"우물 근처에 사람이 앉아 있으면 모터보트를 타고 떠나려던 사람이 알아차리지 않을까요. 아주 서두르기는 했겠지만 우물 쪽을 보면 금방 알 텐데……."

후시미가 미묘한 표정으로 말을 이었다.

"그렇다면 역시 아마사와는 우물 속에 있어야 하는데…… 어, 그럼 결국 깊이가 문제네요?"

"그 문제를 해결하는 방법이 하나 있어. 우물을 그때만 얕게 만들면 돼."

"그게 무슨 뜻이에요? 설마 그때만 수위가 아주 높았다든가?"

후시미가 아오기시의 말을 물고 늘어졌다. 오쓰키가 또 반론하고 나섰다.

"그럴 리가 있나요. 그건 완전히 마른 우물이라고요. 지즈사도 그렇게 말했잖아요."

"네, 제가 아는 바로는요. 하룻밤 만에 우물에 물이 차지는 않을 거예요."

"그 정도는 나도 알아. 그 우물은 다른 걸로 채워져 있었어. 그것도 시간이 지나면 알아서 없어지는 걸로."

"그럼 모래나 돌은 아니겠군. 모래나 돌은 알아서 없어지지 않고 애당초 흔적이 남아. 그럼 대체 뭐지?"

우와지마가 궁금해하는 목소리로 물었다. 조금 있다가 아오기시는 대답했다.

"천사야. 그 우물은 천사로 채워져 있었어."

아오기시는 창문을 열었다. 세차게 불어든 바람이 커튼을 흔들었다. 아오기시는 호주머니에서 각설탕을 꺼내 땅바닥에 던졌다.

고작 몇 초 만에 천사들이 모여들었다. 아무것도 없는 저 평평한 얼굴로 어떻게 설탕 냄새를 맡고 찾아내는 걸까? 천사는 땅에 모여 각설탕에 얼굴을 비비댔다.

몰려든 천사들 위에 또 각설탕을 던지자 천사들은 몸에 얹힌 설탕을 찾아 엎치락뒤치락 포개어지며 커다란 덩어리 하나를 이루었다.

번갈아 창밖을 내다본 사람들은 아무 말도 없이 수긍했다. 인간이 유일하게 알고 있는 천사의 탐욕스러운 습성. 그 습성이 지금 고스란히 드러났다. 그로테스크함과 성스러움이 더 이상 혼동되지 않도록 아오기시는 창문을 닫았다.

"순서는 이래. 우물 바닥에 설탕을 뿌려서 천사를 불러. 천사가 몇 마리 모이면 또 설탕을 뿌리지. 열 마리쯤 바닥에 모이면 우물이 제법 찰 거야. 그러다 우물의 깊이가 4미터쯤 되면 목에 올가미를 건 아마사와를 천사 위로 떨어뜨려. 그리고 소바가 와서 배를 움직이기를 기다리면 돼."

소바를 불러낸 방법은 짐작이 간다. 구라하야가 몰래 편지라도 쓰면 그만이다. 모터보트를 발견했다, 선박 면허가 있는 소바라면 사용할 수 있다. 적어도 밤 1시에는 휘발유를 넣어둘 테니 사람들 몰래 도망쳐라. 이런 식으로.

배를 움직이면 우물 속에 있던 아마사와는 목이 졸린다. 배는 어느 정도 나아가다 멈추고, 소바는 되돌아온다. 닻을 끌어올리려고 하지만 잘 안 된다. 결국 소바는 포기하고 저택으로 돌아온다. 그 사이에 우물 속의 아마사와는 죽는다.

"3, 40분쯤 지나면 천사가 설탕 냄새를 다 맡고 물러가니까 흔적은 남지 않아."

천사가 떠나면 아마사와의 목에 감긴 밧줄을 끊어서 시체를 떨어뜨린다. 지하 15미터 깊이에 있는 시체는 회수가 불가능하다.

"시체를 불태운 건 만약을 위해서였겠지. 시체는 회수하지 못할 거라 예상했겠지만, 누가 목에 남은 밧줄 자국을 지적할지도 몰라. 혀가 나오거나 눈을 부릅뜨는 등 얼굴에 목이 졸려 죽은 사람의 특징이 나타났을지도 모르고."

다만 그러는 바람에 우물 속에 독특한 냄새가 남았다. 남은 설탕이 타면서 달콤하게 눋은 듯한 냄새가 퍼진 것이다.

"그리고 다음으로 살해당한 사람, 마지막으로 살해당한 사람은 고마이 씨야."

저도 모르게 표정이 일그러졌다. 더 이야기하기를 마음이 거부했다. 그래도 아오기시는 멈출 수 없었다. 이 정도로 도망친다면 탐정을 자칭할 수 없다.

3

"고마이 씨가 살해된 사건은 단순해. 애당초 우리는 소바가 고마이 씨를 죽인 걸 알고 있어."

"그건 사고랄까……누군가 계획한 결과는 아닌 것처럼 느껴지는데."

우와지마의 말에 고개를 크게 끄덕였다.

"응, 나도 사고라고 생각해. 적어도 구라하야 씨는 그런 사태를 상정하지 않았어. 구라하야 씨는 그때 천사 전시실에서 내선전화를 걸었으니까."

구라하야가 몸을 움찔했다.

"내선전화 통화기록이 남아 있어. 천사 전시실에서 소바의 방에 전화를 건 사람, 구라하야 씨잖아."

"……그렇다면 뭐가 어떻다는 말씀이시죠?"

"그 언질을 받은 것만으로 충분해. 이걸로 구라하야 씨의 마지막 계획을 알 수 있어. 도난당한 엽총과 조합하면 말이야."

"엽총이 있는데, 도둑맞았다고요?"

창고에 뭐가 있는지 몰랐는지 오쓰키가 불쑥 끼어들었다.

"그 창고에는 원래 엽총이 두 자루 있었어. 근거는 나중에 이야기할게. 한 자루밖에 없었던 건 구라하야 씨가 훔쳤기 때문이겠지. 구라하야 씨의 계획에는 엽총이 꼭 필요했으니까."

"그럼 실은……구라하야 씨가 엽총으로 소바를 쏘려고 했다는 거예요?"

후시미가 머뭇머뭇 물었다.

"그게 아니야. 그럼 굳이 천사 전시실로 꾀어낼 필요가 없지. 소바가 방문을 열도록 유도해서 쏴버리면 그만인걸. 천사 전시실에는 다른 객실에는 없는 특징이 있어. 그게 뭔지 알면 구라하야 씨가 그 방에서 엽총으로 뭘 하려고 했는지도 짐작이 갈 거야."

"천사 전시실과 다른 방의 차이가 뭔데요? 천사에 관련된 물건이 가득하다는 거?"

"아니. 천사 전시실의 문은 이 저택에서 유일하게 밖으로 열리는 문이야."

그 방은 원래 소극장으로 만들어졌다. 분명 객석 쉰 개 정도와 작은 무대가 있었으리라. 그래서 문이 바깥쪽으로 열리는 형식인 것이다.

유사시에 원활하게 대피하기 위해 크기와 상관없이 극장의 문은 밖으로 열리도록 설치한다. 다른 방과 객실은 평범하게 안으로 열리는 문이다. 그래서 천사 전시실을 선택한 것이다.

"밖으로 열리는 문이라고요? 확실히 그렇군요. 그게 어쨌다는 말씀이시죠?"

"창고에 남아 있던 엽총을 가져왔어."

아오기시는 천을 씌워놓았던 엽총을 꺼내서 손에 들었다. 그리고 왼손으로 수화기를 쥔 시늉을 하며 오른손으로 총구를 자신에게 향했다.

"이게 구라하야 씨가 천사 전시실에서 내선전화를 걸던 때의 모습이야."

"저기……위험……!"

후시미가 비명을 지르듯 목소리를 높였다. 아오기시는 아랑곳없이 손끝으로 방아쇠를 두드렸다.

"천사 전시실 문손잡이에 실 한쪽을 묶고 다른 쪽은 방아쇠에 묶어. 그러면 천사 전시실의 문을 여는 사람이 방아쇠를 당기는 셈이지. 안으로 열리는 문으로는 이 방법을 사용할 수 없잖아? 그래서 천사 전시실을 선택한 거야."

"……총 내려놓으세요, 아오기시 님. 만에 하나의 일이 일어나면 어쩌시려고요."

"안심해, 총알은 빼놨어."

"그런가요.……그럼 다행입니다."

구라하야는 어디까지나 온화한 목소리로 말했다.

"잠깐만요, 아오기시 씨. 난 전혀 이야기를 못 따라가겠는데요……그거……뭔가 이상하지 않아요? 지즈사가 그런 짓을 했다는데, 그랬다가는 지즈사가……."

오쓰키가 새파랗게 질린 얼굴로 말했다. 분명 구라하야가 총에 맞는 장면을 상상했으리라. 그 상상은 틀리지 않았다.

"그래. 구라하야 씨는 엽총에 맞아 죽을 계획이었어. 소바에게 살해당해 그를 지옥에 떨어뜨릴 목적으로."

내선전화를 걸 때 구라하야는 대체 어떤 심정이었을까. 누군가를 지옥에 떨어뜨리기 위해 자신의 목숨까지 바치다니.

"하지만 소바는 내선전화를 받지 않았지. 그때 이미 방에서 나와서 고마이 씨와 함께 있었기 때문이야."

여기서부터는 구라하야가 모르는 부분이다. 서둘러 완수하려 했던 구라하야의 계획은 어그러졌다. 고마이의 행동이 구라하야의 계획을 망쳐서 목숨을 구하고 말았다. 아오기시는 호주머니에서 접은 종이를 꺼냈다.

"죽은 고마이 씨는 비품 목록을 가지고 있었어. 바로 이게 엽총이 두 자루 있었다는 근거야. 고마이 씨는 창고에서 없어진 물건은 없다고 했어. 하지만 실제로는 엽총이 한 자루 모자란다는 사실을 알아차렸지. 구라하야 씨가 엽총을 가지고 갔다는 사실도."

그래서 의혹을 받을까 봐, 창고에 붙어 있던 비품 목록을 뜯어서 감춘 것이리라. 구라하야를 감싸기 위해.

고마이가 사건의 전모를 파악하지는 못했겠지만, 적어도 소바를 어떻게 하려고 한다는 것은 예상했으리라. 뭐가 어떻게 된 건지 논리적으로는 모르겠어도 구라하야가 범인이라고 직감했음이 분명하다.

그렇지 않다면 그 후에 고마이가 취한 행동을 설명할 수 없다.

"고마이 씨는 구라하야 씨가 소바를 죽이려 한다고 생각했겠지.……지옥에 떨어뜨리려 한다는 것까지 눈치챘는지는 모르겠지만. 어쨌든 설득해서 그만둘 것 같았으면, 구라하야 씨는 이런 짓을 시작도 하지 않았을 거야. 그럼 어떻게 하면 좋을까?"

구라하야는 대답하지 않고 아오기시가 답을 내놓기를 가만히 기다렸다.

"……자기가 먼저 소바 유키스기를 죽이면 된다. 고마이 씨는 그렇게 생각했어."

그리하여 고마이는 구라하야보다 먼저 소바를 지하로 불러냈다.

"고마이 씨가 소바를 칼로 찔러 죽이려 했어. 하지만 소바는 강하게 저항했고 칼을 빼앗아 오히려 고마이 씨를 죽였지. 자기가 아마사와를 죽인 줄 몰랐던 소바는 그대로 지옥에 떨어졌어. 이게 고마이 씨가 살해된 사건의 진상이야."

소바가 내선전화를 받지 않기에 구라하야는 일단 전시실 밖으로 나왔다. 그제야 지하에서 소동이 벌어진 걸 알았다. 자신의 목숨을 바쳐 지옥에 떨어뜨리려 했던 상대가 이미 지옥에 떨어졌다는 이야기를 듣고 구라하야는 몹시 놀랐을 것이다.

그리고 자기 대신 고마이가 죽었다는 사실에 얼마나 절망했을까.

구라하야는 고마이가 자신의 계획을 알아차리거나 말거나 전혀 개의치 않았다. 총을 꺼낸 후 구라하야의 계획은 금방 끝날 것이었기 때문이리라. 고마이가 이렇게 빨리 행동에 나설 줄은 몰랐다. 그리고 무엇보다 고마이가 자신을 위해 소바를 죽이려 할 줄은 상상도 못 했다.

"고마이 씨와 구라하야 씨 말고는 다들 그 시간대에 알리바이가 있어. 구라하야 씨 말고는 천사 전시실에서 내선전화를 걸 수 있는 사람이 없는 셈이야. 내 추리가 틀렸다면 전시실에서 뭘 했는지 알려주겠나? 통화기록이 남는 건 신경도 안 썼지? 원래 같으면 당신은 죽었을 테니까. 변명을 할 필요조차 없었어."

알리바이고 변명이고 하나도 필요하지 않았다. 거기서 구라하야 지즈사의 '살인'은 끝났을 테니까. 그렇게 생각하면 구라하야의 실수는 실수라고 부를 수도 없다.

모든 사실을 폭로당한 아름다운 메이드는 깊은 슬픔에 잠긴 듯한 눈으로 그저 아오기시를 바라보았다.

아오기시는 진심으로 구라하야가 살아 있어서 다행이라고 생각했다.

4

"지즈사, 진짜로⋯⋯."

침묵을 깬 것은 오쓰키였다. 뭔가 구라하야를 두둔할 말을 찾는 것이리라.

"……구라하야 씨가 왜 그런 짓을 해야 했던 건데."

우와지마의 목소리도 딱딱하게 굳었다. 우와지마가 이렇게 티 나게 동요하는 모습은 오랜만에 보았다.

"우와지마 선생님의 말이 맞아요! 지즈사가 이런 짓을 할 이유가 없다고요! 이런 말도 안 되는……."

우와지마의 말을 이어받아 오쓰키가 계속 따지고 들려고 했다.

"오쓰키 씨, 이제 됐어요."

그걸 말린 사람은 다름 아닌 구라하야였다. 느릿느릿 고개를 젓고 나서 다시 입을 열었다.

"이제 됐어요. 저는 원래 벌을 피할 마음이 없었어요. 계획이 끝날 때까지 시간을 벌면 족했죠. 그리고 계획은 다 끝났고요."

"그럼 인정하는 건가?"

"대단하세요, 아오기시 님. 역시 명탐정이셨군요."

구라하야 지즈사는 그 말과 함께, 처음 만났을 때와 똑같이 아름다운 웃음을 지었다.

"한 가지 궁금한 게 있어."

아오기시는 쥐어 짜낸 듯한 목소리로 말했다.

"뭐든지 물어보세요."

"왜 자신의 목숨과 맞바꾸면서까지 소바를 지옥에 떨어뜨리려고 한 거지?"

"그 남자야말로 지옥에 떨어져야 마땅한 인간이었으니까요."

구라하야는 망설임 하나 없이 딱 부러지게 말했다.

"뭐부터 이야기하면 될까요. 여러분, 쓰네키 오가이 일당이 확대 자살을 이용해 다른 사람에게 살인을 위탁했다는 건 이미 잘 아실 텐데요. 처음으로 그 악행을 파고든 건 저희 아버지였습니다."

"설마, ……히모리 모모오?"

"네. 부모님이 이혼한 후 저는 어머니를 따라가서 구라하야 성씨를 쓰게 됐지만, 먼 옛날에는 히모리 지즈사였어요."

그렇게 연결되는 건가. 모모오百生와 지즈사千寿紗 백百에서 천千으로. 아버지에게서 딸로.

"이럴 수가……. 구라하야 씨가……히모리 선배의 딸이라고요……?"

후시미가 믿기지 않는다는 투로 말했다.

"감사합니다, 후시미 씨.……당신이 이 섬에 왔을 때 놀랐어요.……아버지와 하신 약속을 지켜주셨군요."

그 말을 듣고 후시미가 금방이라도 울음을 터뜨릴 것 같은 표정을 지었다.

"히모리 모모오는⋯⋯정의라는 말을 진정으로 사랑하는 사람이자⋯⋯언론 보도로 세상을 바꿀 수 있다고 진심으로 믿는 사람이라⋯⋯, 그래서 쓰네키 오가이에게 목숨을 빼앗기고 말았어요."

"모리이 은행 폭파사건이죠?! 선배는⋯⋯선배는, 그 사건에서⋯⋯아이를 지키려다."

후시미의 말에 구라하야는 조용히 고개를 끄덕였다.

"자기 몸에 위험이 닥쳤다는 건⋯⋯알고 있었을 거예요. 그래도 아버지는 포기하지 않았어요. 쓰네키의 악행을 밝히기 위해 추궁의 고삐를 늦추지 않았죠. 그러니 이르든 늦든 변을 당했을 거예요."

구라하야가 눈을 가느스름하게 떴다. 마치 눈앞에서 비극이 재상영되고 있는 듯한 눈빛이었다.

"그 사건에는 '펜넬'이 사용됐어요. 소형이지만 살상 능력이 뛰어나며 불이 꺼지지 않고 잘 번져서 더욱 많은 피해자를 낳죠.⋯⋯그 폭파사건 때, 아버지는 눈앞에 있는 아이를 구하려고 달려갔어요. 아직 다섯 살밖에 되지 않은 조그만 남자애였죠. 아버지는 그 아이를 몸으로 감싼 채 돌아가셨어요."

"알아요. 그 아이만 구하지 않았다면, 히모리 선배는 죽지 않았을 거래요. 그러니 의미 있는 죽음이라고 다들 그랬는데.”

“후시미 씨.……이 이야기는 그걸로 끝나지 않아요.”

어, 하고 후시미가 외마디를 내뱉었다. 어째선지 우와지마가 괴로운 듯이 인상을 찡그렸다. 그 이유는 금방 알았다.

“……히모리는……아버지는 폭발에서 그 아이를 지켰어요. 그때 폭탄 파편이 목에 박혀서 돌아가셨죠. 그 후 아버지의 몸에 금방 불이 옮겨붙었고요. 아시잖아요. 펜넬의 불길은 꺼지지 않는다는 거. 아버지의 시체는 금방 불에 휩싸였습니다. 구해낸 아이를 품에 안은 채.”

“말도 안 돼, 그런…….”

후시미의 눈에서 굵은 눈물이 뚝뚝 떨어졌다. 이 모습으로 보건대 후시미는 몰랐던 사실이리라.

“아이만 구하려 들지 않았다면 아버지는 폭발에 휘말리지 않을 곳에 있었어요. 하지만 아버지는 위험에 처한 아이를 못 본 척할 사람이 아니에요. 그런 아버지를 저는 자랑스럽게 생각합니다. 하지만 그런 사람이었기에 속절없이 목숨을 빼앗기고 말았죠. 게다가 구하려 했던 아이까지 불타 죽었고요. 만약 아버지가 조금만 주저했더라면 그런 일은 벌어지지 않았으련만.”

“……너무해. 너무 끔찍해.”

그렇게 중얼거리는 오쓰키의 얼굴도 핏기 하나 없이 창백했다. 아마 아오기시의 얼굴도 비슷하리라.

왜 이 세상에 악한 사람이 존재하는 거냐고 구라하야가 진지한 얼굴로 물어본 것이 떠올랐다. 신이 존재한다면 왜 우리에게 구원의 손길을 뻗지 않느냐고 물어보면서 구라하야는 아버지의 죽음을 몇 번이고 반복해서 곱씹고 있었던 걸까.

너무나 비극적이고 부조리해서 인간의 선의를 짓밟는 사건을.

"전직 은행원이었던 범인은 부당 해고에 분노해서 범행을 저질렀어요. 상사고 고객이고 최대한 많이 자신의 죽음에 끌어들이려 했죠. 여기까지는 대부분의 확대 자살과 다를 바 없어요. 다른 점은 '펜넬'이 사용됐다는 거죠. 그리고 사건 후에 범인의 가족이 출처를 알 수 없는 금전적 원조를 받았다는 거예요. ……쓰네키 일당이 결성한 동맹의 수법이었어요. 히모리 모모오가 목숨을 걸고 고발하려 했던 수법이요."

"살인 아닌 살인인가."

"네, 맞아요, 아오기시 님. 원래 이러한 방식을 고안한 사람은 아마사와 다다시였어요. 그는 쓰네키에게 빌붙어 동맹의 기반을 만들었죠. 천국 연구가라는 칭호 아래 그가 어떤 실험을 자행했는지 이루 말할 수 없어요.……그리고 다음으로 그들은 소바를 끌어들여 이 계획에 필요한 흉기를 조달

할 능력을 얻었죠. 그뿐만이 아니에요. 동맹에 가담한 소바는 목적을 좀 더 효율적으로 달성하기 위해 펜넬을 개발했어요."

펜넬이 출현하자 세상의 비극은 한 단계 진화했다. 펜넬만 유통되지 않았다면 피해자가 얼마나 줄어들었을까. 만약 탐정사무소 동료들의 목숨을 빼앗은 차에 실린 폭탄이 펜넬이 아니었다면, 그들은 목숨을 건지지 않았을까. 그렇게 생각하자 가슴속에 증오가 마구 솟구쳤다. 지옥의 업화에 불타는 소바를 보았어도 증오심은 사라지지 않았다.

"소바의 협력 덕분에 쓰네키의 동맹은 더더욱 강한 힘을 손에 넣었어요. 더 나아가 쓰네키는 정계에서 세력을 키우기 위해 마사자키를, 매스컴에 영향력을 행사하기 위해 호지마를 끌어들여 강림 후의 세상을 자기 입맛에 맞게 이용해왔어요. 하지만 천사는 그들의 죄를 심판하지 않죠. 저는 어떻게든 복수하려고 결심했어요. 신이 아무것도 해주지 않는다면 저 스스로 하는 수밖에요. 마침 도코요지마섬에 상주할 고용인을 구한다는 걸 알았죠."

"용케 채용됐군." 아오기시는 느낀 바를 그대로 말했다.

"네. 조건이 워낙 좋아서 경쟁률이 높았다고 들었어요. 저도 채용될 줄은 몰랐고요. 하지만 제게도 일어났거든요. 아오기시 님과 똑같은 일이."

"똑같은 일?"

"'축복'이요."

구라하야는 저주스러워하는 투로 말했다.

"제가 면접장에 들어갔을 때 창밖이 갑자기 어두워졌어요. 이상하다 싶은 마음에 면접관도 저도 창밖을 봤죠. 그러자……수많은 천사가 창문 가득히 붙어 있더군요. 그 때문에 햇빛이 가려져서 마치 밤이 된 것 같았죠."

"그런 일도 있나? 천사한테는 그런 의지가 없을 텐데."

우와지마가 놀란 목소리로 말했다.

"의지는 없었을지도 몰라요. 왜 그런 일이 일어났는지 저도 모르겠어요. 하지만 그 일이 보고돼서 저는 채용됐습니다. 쓰네키는 이 일도 '축복'이라고 부르며 아주 기뻐했죠."

과연 신은 보고 있는 걸까. 이때 천사가 창밖에 모이지 않았다면 구라하야는 도코요지마섬에 오지 못했다. 구라하야가 여기서 일하지 않았다면 여섯 명이나 목숨을 잃지도 않았다. 계기는 천사이자 쓰네키가 염원한 축복이었다.

"저는 기회를 살폈어요. 아버지를 그런 꼴로 만든 쓰네키와 소바만으로는 모자라죠. 비슷한 권리를 누리고 있었던 다른 세 명에게도 벌을 줘야 했어요. 하지만 아무리 지옥에 떨어질 걸 각오해도 두 명 이상은 죽일 수 없잖아요.……아마사와가 고안한 것처럼 폭탄이나 화재를 이용한다면 이야기는 별개지만."

참 아이러니하지 않느냐는 듯이 구라하야가 말했다.

"폭탄을 사용해 확대 자살을 할까 생각한 적도 있어요. 하지만 소바만큼은 그것도 용납할 수 없었죠. 소바는 아버지의 혼마저 불태웠으니까요. 그렇다면 그도 같은 꼴을 당해야, 지옥에 떨어져야 마땅했어요. 그래야 아버지에게 안겨 불타 죽은 아이의 기분을, 본의 아니게 그런 결말을 초래한 아버지의 원통한 마음을 눈곱만큼이라도 이해할 테니까요. 그리고 마침내 기회가 찾아왔어요. 쓰네키 오가이의 천사 신앙이 폭주해서 마사자키가 배신을 생각한다는 절호의 기회가 말이에요."

"마사자키가 쓰네키를 죽이려고 획책한 게 계기였나."

"네. 저는 고용인 신분으로 성실하게 일하면서 그들의 동향을 살폈어요. 그 결과 쓰네키의 정신상태가 악화돼 마사자키가 경제적으로 말도 못 할 만큼 궁지에 몰렸다는 것, 그 사실을 알아차린 호지마가 쓰네키를 처리하라고 은근슬쩍 부추기고 있다는 걸 알았죠."

결국 그들은 마지막까지 같은 짓을 했다. 자신의 손을 더럽히지 않기 위해 희생양에게 죄를 떠넘긴다. 관대하고 눈이 어두운 신은 그 더러운 릴레이를 못 보고 지나친다.

"쓰네키를 살해할 계획을 알고 있던 건 호지마뿐이었나."

"아마도요. 그리고 쓰네키를 죽인 죄를 덮어씌우기 위해 호지마가 후시미 씨를 불렀어요. 저도 지금밖에 없다고 생각했죠. 그 후로는 아오기시 님이 말씀하신 대로예요. 잘 진행됐어요. ……저 대신에 고마이 씨가 돌아가신 것 말고는."

구라하야가 꽉 죄어진 목구멍에서 목소리를 밀어냈다.

"고마이 씨는 구라하야 씨가 죽지 않기를 바란 거겠지."

"참 마음대로 안 되네요. 원래 저는 지옥에 떨어져야 할 죄인이에요. 고마이 씨는 아무 죄도 없었는데."

그렇지 않다. 고마이 또한 갈등하고 있었다. 도코요 저택에서 지내는 이상, 쓰네키 오가이가 저지른 짓과 무관하게 살 수는 없다. 아오기시는 고마이가 토로했던 괴로운 심정을 기억한다. 보고도 못 본 척했던 고마이도 스스로를 죄인이라 생각했다. 구라하야 대신 소바를 죽이려 한 것에는 분명 속죄의 의미도 있었다.

"가르쳐주세요, 아오기시 님."

구라하야의 눈에서 끝내 눈물이 흘러내렸다. 너무 길었던 도코요지마섬에서의 나날을 농축한 것처럼 아주 무거운 눈물이었다.

"왜 이렇게 된 걸까요. 왜 천사가 활개 치고, 뭣 때문에 지옥이 있는 걸까요. 왜 쓰네키와 소바 같은 인간이 벌을 받지 않고, 고마이 씨나 아버지 같은 사람이 희생되는 세상인 걸까요."

아오기시도 답은 모른다. 답을 알기는커녕 아오기시도 신과 천사의 변덕에 휘둘려 인생이 망가졌다. 지옥이 있는 이유고 천국의 유무고 아무것도 모른다. 구라하야도 그걸 알 텐데.

묵묵부답인 아오기시를 보고 구라하야가 울면서 웃었다.

"······저 말이죠, 아오기시 님. 후회는 안 해요. 소바를 지옥의 업화로 불태운 것, 나머지 네 명도 죽인 것. 그건 제 자랑이에요."

"그건,"

"아오기시님, 천국은 찾으셨나요?"

구라하야가 아오기시의 말을 막듯 물었다.

천국이 있는지 없는지 알기 위해 여기 왔다. 하지만 여기서 대면한 건 목에 칼집이 난 보통 천사였다. 아오기시가 사랑한 동료들은 천국에서 드라이브를 즐기고 있을까. 정말로 알고 싶었던 의문의 해답은 아직 찾지 못했다.

"······아니. 하지만 있기를 바라."

결국은 그게 전부였다. 죽은 아카기도, 고노카도, 시마노도, 시야쿠지이도, 덧붙여 히모리 모모오와 고마이도, 천국에서 편안하게 지냈으면 한다. 설령 산 사람의 무책임한 소망이 만들어낸 허구의 이야기일지라도, 아오기시는 천국이 있을 것이라는 희망을 버릴 수 없다.

아오기시의 대답에 구라하야가 고개를 살짝 끄덕였다. 그게 무슨 뜻인지는 알 수가 없었다.

"감사합니다, 아오기시 님. 아오기시 님이 사건을 해결해 주셔서 다행이에요. 아오기시 님이 아니었다면 제 분노도 고통도 그냥 암흑 속에 파묻혔겠죠."

그때 한기가 온몸을 휘감았다.

구라하야와는 몇 미터밖에 떨어져 있지 않다. 막으려면 지금밖에 없다.

하지만 또 한 발짝 늦었다.

"저는 천사에게 붙잡힐 마음 없어요. 천국도 지옥도 부정합니다. 저의 최후는 완전한 허무, 그냥 뇌 기능이 정지하는 거예요."

말이 끝나기가 무섭게 구라하야 지즈사는 품에서 단도를 꺼내 망설임 없이 자기 목을 찔렀다.

5

선혈이 뿜어져 나오고, 가녀린 몸이 천천히 무너져 내렸다.

구라하야가 피 웅덩이 속에 쓰러지는 것과 거의 동시에

우와지마가 달려와서 상처를 꽉 눌렀다. 하지만 출혈은 약해질 낌새가 없었고, 구라하야의 얼굴에서 순식간에 핏기가 가셨다.

"누가 내 방에서 진찰 가방 좀 가져와!"

"알았어요!"

오쓰키가 담화실을 뛰쳐나갔다.

"……젠장, 상처가 너무 깊어……."

"어떻게 안 되겠어?"

"모르겠어. 수혈도 할 수 없고, 지혈하고 싶지만 그것만으로는……."

구라하야의 눈에서 서서히 빛이 사라져갔다. 입에서 핏덩어리도 울컥 쏟아져나왔다.

잠시 후에 오쓰키가 진찰 가방을 들고 돌아왔다. 하지만 그 정도로는 어떻게 손쓸 수 없는 지경에 이르렀다. 눈앞에서 구라하야가 죽어가고 있는데, 아오기시는 할 수 있는 일이 없다.

왜 이렇게 된 걸까. 구라하야까지 죽을 필요는 없었다. 구라하야 본인에게 이유를 물어보고 싶어도 더 이상 말할 수 있는 상태가 아니었다.

"어쩌지, 어쩌지, 구라하야 씨까지 죽겠어……."

후시미가 어쩔 줄 모르고 그저 울먹였다. 죽음이라는 비극이 지척까지 다가왔다. 우와지마가 열심히 조치하고 있지만, 주저 없이 칼로 자신의 몸을 찌른 사람을 구할 수 있을까?

신은 이대로 구라하야 지즈사를 죽일 것인가. 복수만을 생각하며 이 섬까지 온 구라하야가 덧없이 죽도록 내버려둘 것인가.

그런 생각이 초조함과 함께 머리를 스쳤다. 바로 그때였다.

열려 있던 문 사이로 천사가 스르르 들어왔다. 천사는 회유어처럼 빙글빙글 돌면서 홀에 있는 다섯 명을 바라봤다. 그 천사를 알아차린 사람은 아오기시뿐이었다.

반사적으로 덤벼들려고 한 건 그 천사의 생김새가 해괴했기 때문이다. 전체적으로 가느다랗고 길쭉한 그 천사는 꼬일 것 같은 다리를 흔들거리며 서서히 위로 올라갔다. 이 정도면 날개보다 오히려 팔다리가 훨씬 눈에 띈다.

아오기시는 악몽이라도 꾸는 듯한 기분으로 천사가 뭘 어쩌는지 지켜보았다.

천사는 길쭉한 팔다리로 천장에 달라붙더니 고개를 축 늘어뜨렸다. 그러자 천장이 없는 것처럼 부드러운 빛줄기가 쏟아지며 구라하야 지즈사를 비추었다. 그녀 주변만 아름다운 빛으로 감싸여 신의 위업을 싫어하는 아오기시마저 숨을 삼킬 정도였다.

들은 적은 있지만 직접 보기는 처음이었다.

신의 시험, 신의 사랑, 아노디누스다.

아오기시의 시선을 알아차렸는지 오쓰키와 후시미도 천사 쪽을 보았다. 치료에 집중하고 있는 우와지마도 그 빛을 느끼고 몸을 떨었다.

"신이 지즈사를 용서했어."

오쓰키가 불쑥 말했다. 크게 벌어진 눈에서 눈물이 줄줄 흘렀다.

"그래, 지즈사는 신에게 용서받은 거야! 살았어! ……살 수 있어!"

오쓰키가 기도하는 듯한 자세로 말을 늘어놓았다.

"그래야 하고말고. 지즈사의 행동은 정의니까! 나쁜 짓은 안 했어! 신이 용서한 거야. 내내 보고만 있던 신이 이제야 제 역할을 하려는 거라고!"

신이 용서한다. 용서란 대체 뭘까.

신은 왜 여기에 아노디누스를 보낸 걸까. 치료될 가망이 없는 상처를 입었는데 가능성이 있다고, 기적이 일어날 거라고 말하고 싶은 걸까.

기적이 일어난다면 오쓰키 말대로 구라하야가 저지른 살인은 정당한 행위로 인정된 걸까? 복수를 위해 다섯 명이나 되는 사람을 죽였고, 다른 한 명이 희생됐으니 원래 같으면 지옥에 떨어질 만큼 큰 죄를 지은 구라하야가?

그것이 신의 재량이라면 인간인 아오기시는 달게 받아들이는 수밖에 없다. 왜냐하면 아오기시는 보통 사람이고 평범한 탐정이니까.

하지만 그렇기에 허망했다.

이 마당에 와서 구라하야를 용서한다면, 왜 신은 애초에 그녀의 아버지를 구하지 않았을까.

왜 이런 결말로 이끈 걸까.

아오기시는 여기서 죽은 다섯 명을 단죄해야 마땅한 죄인이라고 생각한다. 구라하야의 죄를 밝혀냈음에도 그 다섯 명은 지옥에 떨어져야 마땅하고, 살인범인 구라하야 편을 들고 싶다고 속으로는 그렇게 생각한다. 신도 같은 기분이라면, 왜 다섯 명을 죽인 게 위대한 천벌이 아니라 구라하야의 가냘픈 팔이란 말인가.

그런 생각만 해도 미쳐버릴 것 같았다. 창밖에는 얼굴 없는 천사가 날아다니고 있다. 아무 감정도 읽어낼 수 없고 공감조차 거부하는 듯한 얼굴로 항상 인간 곁에 있다.

"죽지 마."

어느덧 아오기시까지 그런 말을 꺼냈다.

"죽지 마, 아니, 죽이지 마. 구라하야 씨를 죽이지 마. 부탁이야, 죽이지 마."

"안 죽여, 죽게 놔두지 않겠어. 이번에야말로, 이번에야말로 구할 거야……."

우와지마의 비통한 말이 돌아왔다. 하지만 이건 우와지마에게 한 말이 아니다. 저 위, 여기에 없는 신을 향해 아오기시는 간곡히 부탁했다.

"부탁이야. 죽이지 마. 살려줘……이렇게 빌게, 딱 한 번만이라도."

"신이시여, 부탁드립니다. 구라하야 씨의 목숨을 거두지 마세요. 부탁드립니다. 살려주세요. 부탁드립니다."

후시미도 울면서 기도를 올렸다.

"구라하야 씨, 살아야 해. 제발. 신이 축복하잖아. ……죽지 마……."

불타는 차에 달려들어 손에 화상을 입었을 때와 똑같이 절실한 마음으로 그저 기원했다.

—만약 세상이 조금이라도 올바르다면, 구라하야 지즈사를 살려내.

목에 칼집이 없는 천사는 아무 말도 하지 않고 그저 가만히 있었다.

전지전능한 신이 빛을 비추고 있는데도 불구하고, 그로부터 몇 분도 지나지 않아 구라하야 지즈사는 죽었다.

✦ 에필로그

Ubi sunt qui ante nos

In mundo fuere?

Vadite ad superos,

Transite ad inferos,

Hos si vis videre.

우리보다 먼저 살았던 사람들은

어디에 있는가?

천국에 가거나,

지옥에 떨어져야 한다,

그들과 만나기를 바란다면.

(가우데아무스)

1

—음, 이러면 되나. 뭐, 어차피 편집으로 지울 부분이니까.

아카기 스바루는 카메라를 잠시 노려본 후 결심한 듯 입을 열었다.

　—어, 이 영상을 누가 본다면⋯⋯그렇다기보다 고가레 씨
밖에 볼 사람은 없겠지만, 본다고 치면 저는 이미 이 세상에
없겠죠. 제가 이 세상에 있다면 보지 마세요! 이건 제가 천
국에 간 후를 대비한 메시지입니다.

　아카기는 가볍게 헛기침을 하고 나서 말을 이었다.

　—제가 죽었다면 십중팔구 정의를 위해 죽었을 겁니다.
어떤 사정으로 제가 죽더라도 그 길은 반드시 정의로 이어질
거예요. 그러니 제가 죽어도 슬퍼하지 마세요. 저는 제 인생
이 자랑스럽습니다. 아, 어쩐지 눈물이 핑 도네⋯⋯. 아⋯⋯
정말⋯⋯아.

　아카기가 슬쩍 눈물을 닦았다. 그리고 다시 카메라를 보
았다.

　—제가 없어도, 혼자 남더라도 고가레 씨는 계속 탐정으
로 활약해주세요. 고가레 씨가 탐정인 덕분에 구원받는 사람
이 분명 있을 거예요. 그러니 절대로, 저얼대로 그만두지 마
세요. 탐정은 누군가를 구할 수 있어요.

　—야, 뭐하냐.

　—아! 잠깐만요. 고가레 씨, 지금은 안 돼요. 촬영 중이라
고요!

　—무슨 촬영이길래, 곧 죽을 것처럼 그래?

─으아, 으아, 으아, 들으셨어요? 빨리 좀 말씀하시지……정말 너무하네요.

─재수 없는 영상 찍지 마. 죽어도 슬퍼하지 마세요는 무슨.

─저는 아오기시 탐정사무소의 일원으로 그 정도의 각오를 품고 있다는 뜻이에요. 정의의 사도를 지향하다 보면 위험한 일이 생길지도 모르잖아요.

─난 탐정 노릇에 목숨 걸 생각 없어. 야, 너무 몰입한 거 아니냐?

아오기시는 여전히 돌아가는 카메라에 힐끗 시선을 준 후, 겸연쩍은 듯이 웃는 아카기를 보았다.

─각오예요, 각오. 물론 그런 일이 벌어지지 않도록 힘쓸 거지만요.

─음, 이 영상을 누가 본다면……뭐, 볼 사람이야 고가레 씨나 아카기 정도겠지만, 아, 기왕이면 내가 죽는 것과 동시에 각 동영상 사이트에 자동으로 올라가게 해놓을까. 내가 죽을 무렵에는 이 보잘것없는 사무소도 제법 유명해졌을 테고, 마야 고노카라는 이름도 널리 퍼졌을 테니까 사람들이 추모할 수 있도록 해두는 편이 좋을지도 모르겠네.

고노카는 씩 웃은 후, 다시 카메라를 보고 말을 이었다.

─내가 죽었다면 어마어마하게 강대한 적이 나타났기 때

문이겠지. 분명 명예로운 죽음을 맞았을 거야. 죽기는 싫지만 죽는다면 그런 느낌이려나. 어때? 그러니까 뭐, 울어도 되지만 천국에 있는 내게 고마워하도록 해.

고노카가 말을 끊었다. 10초쯤 침묵이 흘렀다.

—하지만 내가 없어도 고가레 씨와 아카기는 있으니까, 탐정을 그만두지 않을 거니까, 이 세상도 분명 괜찮겠지. 그 두 명은 절대 포기할 사람이 아닌걸. 내가 없어도 나머지 사람들이 어떻게든 해줄 거야.

잠깐 고민한 후 고노카는 뒤에 비치던 소파에 드러누웠다.

—이제 할 말이 없네. 생각해보면 사람들의 반응도 못 보는 데 이런 영상을 찍어본들 무슨 소용이람.

—어, 고노카 뭐해?

소파에 드러누운 고노카와 카메라를 번갈아 바라보며 아카기가 물었다. 멀리서 '너랑 똑같은 짓' 하고 아오기시의 목소리가 났다.

—똑같은 짓이라니…….

—있지, 아까 컴퓨터를 뒤지다가 아카기가 요전에 찍은 감성적인 유언 영상을 발견했거든.

—뭐? 그걸 봤어? 진짜? 어?

—뭐, 어때. 감동적이었어. 그래서 나도 흉내를 내볼까 싶어서.

—그걸 봤다니……으아……끄아아…….

—젊은 혈기의 소치였어? 하지만 못 봐줄 정도는 아니던데? 하긴 무슨 일이 있을지 모르잖아. 고가레 씨와 함께할 수 있어서 행복했습니다랬나?

—그런 말은 안 했어!

얼굴이 새빨개진 아카기 앞에서 소파에 드러누운 고노카가 깔깔 웃었다.

—20년 후의 나, 안녕? 시야쿠지이 미쓰키야. 2층 지하철은 나왔어? 오늘 아침 출근길도 정말 최악이었다니까.

시야쿠지이가 카메라 앞에서 웃으며 손을 흔들었다. 아카기가 어이없다는 듯이 말했다.

—진지한 메시지를 남기겠다고 한 게 누구셨더라.

—아참, 그렇지. 이걸 누가 볼 때 난 이미 죽은 거잖아. 아, 좀 무섭네. 난 재취직 대성공! 아오기시 탐정사무소에 오길 잘했어! 저기, 사무소가 궤도에 오르면 차를 살 계획이 있는 것 같은데, 누가 이걸 볼 때는 이미 샀으려나. 역시 색깔은 금색?

—시야쿠지이 씨, 뭐 찍어요?

지나가던 고노카가 신기하다는 듯이 물었다.

—이거? 미래에 보내는 메시지. 고노카도 같이 찍자.

―그게 아니라, 유언! 무슨 일이 생길지 모르니까……왜, 나랑 고노카도 찍었잖아?

아카기의 말에 고노카가 으으으, 하고 질색하는 목소리를 냈다. 이제는 그 영상이 흑역사가 된 모양이다. 절대 안 찍는 다고 거절하는 말과 함께 고노카가 멀어졌다.

―어, 나도 정의를 위해 죽거나 하려나?

―음……뭐, 그럴 수도……시야쿠지이 씨는 능수능란하 게 살아남을 것 같은 기분도 들지만요…….

아카기의 대답에 시야쿠지이가 웃었다.

―그럼 제법 나쁘지 않은 인생이었을지도 모르겠네. 분 명 천국에서 편안한 생활을 보낼 테고, 차도 생길 거야.

―이봐, 아직 차를 살 만한 여유는 없어.

그렇게 말한 건 촬영하는 줄 모르고 들어온 아오기시다. 그런 아오기시를 보고 시야쿠지이가 경쾌하게 웃었다.

―명탐정님이 있으니까 든든해. 그리고 우리는 자신들의 사랑을 위해 싸우니까 무적이야! 정말로 후회는 없어.

할아버지 할머니가 돼도 탐정사무소를 계속하자는 시야 쿠지이의 말에 화면 밖으로 이동한 아오기시가 "아무래도 그때쯤 되면 은퇴해야지" 하고 건성으로 대답했다.

―카메라 돌아갑니다.

아카기의 목소리와 함께 촬영이 시작됐다. 비디오카메라 화면이 많이 흔들려서 보기가 힘들다. 술에 곯아떨어진 고노카가 바닥에 누워 있다. 이불을 둘둘 감싸서 커다란 도롱이 벌레같이 보인다.

카메라가 움직이고 얼굴이 벌겋게 달아오른 시마노가 비쳤다. 아직 반 넘게 차 있는 와인잔을 들고 시마노가 실실 웃었다.

—이걸 볼 때는……볼 때는……? 어라? 뭐, 됐어. 어, 그러니까……내가 죽었을지도 모른다는 거지?

—시마노 씨 과음한 거 아니세요?

—아직 멀쩡합니다!

—그러다 진짜로 유언이 되겠다.

그렇게 말하는 아오기시도 연거푸 술잔을 기울이는 중이었다. 완전히 취했는지 옆에 있는 시야쿠지이가 손뼉을 치며 웃었다.

—저는 하루하루 충실하게 지내고 있습니다. 사람은 언젠가 반드시 죽어요. 하지만 저, 시마노의 의지는 나머지 동료들이 이어받겠죠. 그리고 결국은 온 세상에 저희가 믿은 정의가 싹틀 겁니다!

시마노가 소리 높여 말하고 잔을 쳐들었다.

—우리 모두 항상 건승하기를!

영상은 거기서 끝났다.

2

참극이 일어났는데도 천사는 유유자적하게 하늘을 날아다니고 있었다. 자신들이 감시하고, 눈앞에서 죄를 범하고, 사건에 휘둘렸던 인간 따위는 보이지도 않는 듯하다. 연민도 경멸도 없이 그저 심판만을 내리는 손.

구라하야 지즈사가 죽은 후 아노디누스의 은총은 바로 해제된 것 같았다.

구라하야가 숨을 거두자마자 천장에 붙어 있던 천사가 고개를 흔들며 기듯이 담화실에서 나갔다. 마치 자신의 역할은 다 끝났다는 것처럼. 병원에 있는 아노디누스는 기본적으로 한자리에서 움직이지 않으니까, 그런 점도 보통의 아노디누스와는 다르다.

천사는 기적을 일으키지 않고, 오직 치료할 기회만 준 채 가만히 지켜보았다. 구라하야 지즈사는 겁먹거나 망설이는 기색 하나 없이 스스로를 찔렀다. 그런데 꺼져가는 생명을 되살릴 여지가 과연 있었을까.

그럼 그 아노디누스는 그냥 비아냥거리러 온 걸까? 죄를 저지른 구라하야를 그저 비웃기 위해 신이 보낸 천사였던 걸까. 정말로 그렇다면 하다못해 사경에 처한 구라하야가 아노디누스를 알아보지 못했기를 바라지 않을 수 없었다.

어쩌면 오쓰키가 믿고 싶어 했던 것처럼 그건 축복일까. 신이 구라하야를 용서하고 천국에 맞아들일 준비 단계로서 아노디누스를 보낸 걸까.

어쨌거나 천사에게 인생을 농락당한 구라하야에게는 어느 쪽도 어울리는 결말이 아니다.

아오기시는 천천히 양손을 마주 잡았다. 축복을 받은 듯한 손은 오늘도 매끄럽게 잘 움직였다.

왜 천사는 불타는 차 앞에 내려서서 나를 막았을까. 아오기시는 그 이유를 내내 생각하며 살아왔다.

하지만 도코요지마섬에서 쓰네키라면 축복이라고 이름 붙일 다양한 일을 접할 때마다, 그 불가사의함이야말로 천사와 신의 본질이 아닐까 생각하게 됐다.

물론 아오기시는 여전히 천국을 갈망한다. 앞으로도 평생 그 갈망이 사그라지지 않으리라. 하지만 천사와 신에게 의미를 요구하거나 납득할 수 있는 이유를 요구하는 고성소*에서는 벗어날 수 있을 것 같았다. 신이 만든 방정식의 답을 알아낸 것이 아니라, 거기에 대입해야 할 해가 존재하지 않을

* 죽은 후 영혼이 천국이나 지옥 그 어디에도 가지 못한 사람들이 머무르는 장소.

가능성을 알아차린 것이다.

천사의 강림으로 세상이 뒤바뀌었지만, 그래도 인간은 살아가야 한다. 원래부터 그런 생물이다. 세상이 뒤바뀐 이유를 찾기보다 바뀐 세상에서 어떻게 살아가느냐만이 인간에게 주어진 자유 아닐까.

신의 진심도 천사의 진심도 분명 이해할 수 없을 테니까.

일개 인간에 불과한 아오기시 추측할 수 있는 건 기껏해야 구라하야 지즈사의 진심 정도다.

도코요지마섬에서 오래 지냈음에도 구라하야 지즈사의 방에는 개인 물품이라 할 만한 것이 거의 없었다. 저택에 상주하는 메이드라 그렇다 쳐도 너무 살풍경하다. 구라하야는 여기서 어떻게 시간을 보냈을까?

붙박이 책상에는 빨간 펜 두 자루가 가위표 모양으로 겹쳐져 있었다.

그 외에는 노트북과 미개봉 레드와인이 있었다.

서랍에도 구라하야 지즈사의 사람됨을 알 만한 실마리는 거의 없었다. 굳이 말하자면 구라하야가 얼마나 단단히 각오하고 이번 계획을 실행에 옮겼는지 실감했을 따름이다.

서랍을 닫고 와인병에 다시 시선을 주었다. 아오기시는 잠깐 망설이다 와인병에 손을 뻗었다.

"마시면 안 돼, 고가레 씨."

뒤에서 말리는 목소리가 들렸다. 돌아보자 우와지마가 문 손잡이를 잡고 서 있었다.

"……안 마셔."

"지금 같아서는 그럴지도 모르겠다 싶어서."

우와지마는 딱딱한 표정이었다. 분명 좋지 않은 상상을 했으리라. 스스로 죽음을 택한 범인의 방, 그리고 와인. 상상력을 발휘하기에 충분한 조합이다.

덧붙여 지금 같아서는 아오기시가 죽어도 이상할 것 없다고 여긴 우와지마의 판단은 옳다. 스스로도 이 실의의 수령에서 어떻게 아직 살아 있는지 신기할 정도였다. 잠시 후 아오기시는 조용히 말했다.

"죽으려고 한 게 아니야."

"……그래."

"게다가 이 와인에는 독이 안 들었어."

"그걸 어떻게 알아?"

"독은 서랍에 들어 있었어. 약포지에 싼 가루, 정확하게 뭔지는 모르지만 분명 독이겠지."

약포지는 총 세 개였다. 죽기에는 충분한 분량이리라. 숨기려고 하지 않은 건, 숨겼던 곳에서 이쪽으로 옮겼기 때문일까. 그 상황에서 구라하야에게 독이 필요했던 이유는 하나

밖에 없다.

"자기가 먹을 건데 굳이 와인에 독을 타는 사람이 있겠어?"

구라하야 지즈사는 원래 죽으려고 했다. 그러기 위한 준비도 했다. 고마이가 목숨을 구해주었는데도, 또는 구해주었기 때문에 다시 끝낼 각오를 했던 것이다.

"알고 있었으면 그런 표정은 짓지 마."

아오기시는 자기 표정이 보이지 않는다. 자신의 얼굴을 본 우와지마의 표정으로 추측하건대, 아주 심각한 표정을 짓고 있는 모양이다.

"혹시 내가 수수께끼를 풀지 않았다면 어땠을까, 같은 생각을 하는 거야? 그랬다면 구라하야 지즈사는 죽지 않았을 거라고? 바보 같은 생각이야. 당신은 탐정이고, 수수께끼를 푸는 게 일인걸. 당신에게는 그걸 후회할 권리가 없어."

"갑자기 떠벌떠벌 떠들지 마. 아카기 같잖아."

"왜 구라하야 지즈사가 어젯밤에 죽지 않았는지 고가레씨는 알지 않아?"

그렇다. 구라하야 지즈사는 어젯밤에 죽을 수도 있었다. 아오기시의 어쭙잖은 추리 쇼를 보지 않고 냉큼 암흑의 저편으로 갈 수도 있었다. 아오기시는 그걸 생각하며 스스로를 비하하듯 말했다.

"글쎄. 내가 틀릴 거라고 생각한 게 아닐까. 무능한 탐정 탓에 다른 사람이 누명을 쓸까봐 마음놓고 죽지 못한 거겠지."

"아니야. 구라하야 씨는 진심으로 당신이 수수께끼를 풀어주길 바란 거야. 자신이 어떤 싸움을 했는지 아오기시 고가레가 밝혀주길 바란 거라고."

"아니. 백번 양보해도 고마이 씨의 사건이 어떻게 된 건가 궁금했을 뿐이겠지. 구라하야 지즈사는 고마이 씨가 소바에게 불려 나가서 살해당했는지, 고마이 씨가 소바를 죽일 작정으로 불러냈는지조차 몰랐으니까."

그 사건만큼은 구라하야 지즈사의 계획에서 완전히 벗어났다. 스스로 목숨을 끊기로 결심했지만, 마지막 미련이 남았던 것이리라.

그렇다면 어떤 의미에서 구라하야는 아오기시에게 기대했는지도 모른다. 담화실에 온 순간부터 구라하야는 아오기시가 행간을 메우기를 기다린 것이다. 아오기시는 그 기대에 부응한 것에 지나지 않는다.

"그럼 구라하야 씨를 구한 셈 아닌가."

우와지마가 똑똑히 말했다.

"증거가 있잖아. 구라하야 씨는 아오기시 씨의 추리를 듣기 전부터 자살을 결심했어. 하지만 제일 결행하기 쉬운 밤

사이에 결행하지 않았지."

"마음이 변했을 수도 있지. 막다른 골목에 몰리기 전까지
는 살려고 했는지도 몰라."

"구라하야 씨의 결심은 단단했어. 결말은 달라지지 않았
을 거야. 원래 어젯밤에 죽었을 구라하야 씨는 고가레 씨의
추리를 듣기 위해 결행을 미뤘어. 고작 몇 시간일지라도 고
가레 씨가 구라하야 씨의 수명을 늘린 거야."

"궤변이로군."

"그래, 궤변이야. 하지만 고가레 씨가 의사인 나보다 훨씬
오래 구라하야 씨를 살려놓은 셈이야."

"듣고 온 것처럼 말하지 마. 본업이 영매라도 되나?"

"듣고 왔어. 난 구라하야 씨가 마지막으로 무슨 말을 했는
지 알아."

우와지마는 책상으로 다가가서 서로 겹쳐 있던 빨간 펜 두
개를 바닥으로 떨어뜨렸다. 저도 모르게 "무슨 짓이야" 하고
당혹스러운 목소리가 나왔다. 그러자 우와지마가 말했다.

"이게 구라하야 씨가 남긴 마지막 말이었어."

"……무슨 뜻이야?"

"'펜을 치워요'."

아주 단순한 메시지였다. 마지막 순간에 의식을 되찾은 사
람이 남긴 말 치고는 너무나 간결하다.

"그래서 구라하야 씨 방에 온 거야. 여기 오기까지는 펜이 무슨 뜻인지도 몰랐지만, 십중팔구 이거겠지."

"왜 너한테 그런 부탁을 하는데? 애당초 이 펜은 뭐야. 구라하야 씨는 왜 펜을,"

"모르겠어. 필요 없어졌기 때문 아닐까."

"필요가 없어졌다……."

그때 어떤 생각이 떠올랐다. 구라하야와 처음 만났을 무렵, 둘이서 나누었던 잡담 속에 이것과 똑같은 게 없었던가. 분명 배에서다. 따분함을 달래기 위해서인지, 아니면 호기심이 동했는지 구라하야가 탐정 아오기시의 활약담을 듣고 싶어 했다.

아오기시가 그걸 알아차린 순간 우와지마가 말했다.

"탐정은 수수께끼를 풀어낼 뿐만 아니라 범인도 구원할 수 있는 존재. 그렇게 생각하면 안 되는 걸까."

"그런 의문을 나한테 떠넘기지 마."

이 방에 들어와서 구라하야 지즈사가 죽으려 했다는 것을 알았을 때 위화감을 느꼈다.

이 방에는 구라하야의 유서라고 할 만한 것이 전혀 없다.

어젯밤에 만약 이런 상태에서 죽었다면 구라하야 지즈사가 왜 그들을 죽였는지도, 왜 스스로 죽음을 택했는지도 모른 채 사건이 마무리된다.

아까 고백했듯이 구라하야는 가슴이 찢어질 듯한 심정을 품고 살아왔다. 애달픈 사연과 함께 쓰네키 일당이 저지른 극악무도한 짓을 폭로했다. 그런 심정을 아무에게도 전하지 않고 죽으려 할까?

그렇지 않다. 구라하야는 틀림없이 전했다.

구라하야는 펜 두 자루를 유서 대신 남긴 것이다.

만약 구라하야가 예정대로 아무 말도 없이 죽고, 아오기시가 방에 남겨진 펜 두 자루를 발견했다면 어떻게 할까.

답은 간단하다. 구라하야가 남긴 메시지에 부응하고자 사건에 맞서서 진상을 찾아내려 애썼을 것이다.

"……내가 진상에 다다른다는 보장은 없었어."

구라하야 지즈사가 범인이라는 사실도, 그녀가 어떻게 싸웠는지도 모른 채 끝날 가능성도 있었다. 아오기시 고가레는 천사가 강림한 세상에서 오랫동안 변변치 못한 탐정이었으니까.

"내가 진실에 다다를 수 있을지 없을지도 모르는데 그런 걸 남겨서 어쩌자는 거야. 그럼 그건가? 내가 틀리면 그 펜은 그 상태로 계속 겹쳐져 있는 건가?"

울기 싫은데도 목소리에 점점 눈물이 어리는 걸 알 수 있었다. 시야가 부예져서 바닥에 떨어진 빨간 펜이 잘 보이지 않았다. 그러자 빨간 펜이 그냥 빨간 선처럼 느껴졌다.

"이 녀석이고 저 녀석이고 나한테 무슨 기대가 그렇게 많은 건지."

"기대하고 싶을 만도 하지."

우와지마가 말했다.

"고가레 씨는 살아 있으니까."

일찍이 구라하야와 나눈 대화가 떠올랐다.

―비밀 암호에 인물 교환, 그렇게 화려한 해결편이 현실에 존재하다니. 이런 말씀을 드리면 뭣 하지만, 조금 동경심이 드네요.

―국제신호기를 암호라고 할 수 있을지 모르겠지만. 그건 선장의 재치였어.

―그걸 알아보고 도와주신 아오기시 님은 명탐정이시고요."

구라하야 지즈사는 그렇게 말하고 웃었다. 아오기시가 들려준 활약담에 등장한 배와 배 사이의 말 없는 교신법.

빨간 선 두 개를 가위표 모양으로 겹친 신호의 이름은 빅터다. 여객선 사건에서 이용된 '암호'로, 위험이 물러가면 해제하는 이 신호의 뜻은 다음과 같다.

―나는 당신의 도움이 필요합니다.

3

"배다……다행이야……드디어 왔어!"

배가 다가오자 후시미가 요란하게 환성을 질렀다. 선착장에 모인 우와지마와 오쓰키도 안도하지 않은 건 아니겠지만, 부산을 떠는 후시미의 모습이 워낙 두드러졌다.

"어우, 진짜로……진짜로 무서웠어……."

"이봐, 괜찮나. 쓰네키의 악행을 폭로하겠다고 기세등등하게 선언한 건 다 어디로 갔어?"

기가 찬다는 듯한 아오기시의 말에 후시미가 태도를 싹 바꾸어 진지한 표정을 지었다.

"여전히 기세등등해요. 제 싸움은 이제부터니까요."

선착장에 오기 전에도 후시미는 같은 말을 했다.

시간이 얼마나 걸리더라도 쓰네키 일당이 저지른 짓을 폭로해 그들의 죄를 백일하에 드러내겠다. 그것이 후시미의 맹세였다.

"구라하야 씨는 자신의 손으로 심판을 내려야 한다고 생각했어요.……확실히 그럴 만도 하죠. 저는 이 섬에 와서 결국 아무것도 하지 못했네요. 그냥 희생양으로 이용된 무능한 기자예요. 히모리 선배에게 넘겨받은 일을 조금도 진척하지 못했어요."

후시미가 속상한 듯이 눈을 내리깔았다. 하지만 그것도 잠깐, 아오기시를 똑바로 쳐다보았다.

"하지만 이대로는 안 돼요. 심판을 천사에게 맡겨서는 안된다고요. 인간은 인간의 방식으로, 그들에게 심판을 내려야 했어요."

배가 오는 기척을 느꼈는지 선착장에 천사가 모여들었다. 귀에 거슬리는 날갯소리가 들리자 후시미는 도발하듯 천사들에게 주먹을 쑥 내밀었다.

"같은 실수를 되풀이하지는 않겠어요. 저는 기자로서 이 세상에 정의를 되찾을 거예요. 반드시……그러니까,"

거기서 후시미가 말을 끊었다. 다음 말을 할지 말지 망설이는 눈치였다. 하지만 후시미는 결심한 듯 말을 꺼냈다.

"아오기시 씨는 탐정으로서 싸워주세요."

"……."

바로는 대답할 수 없었다.

구라하야 지즈사의 방에서 메시지를 발견했을 때, 메시지를 치우라고 우와지마에게 부탁했다는 걸 알았을 때, 아오기시의 마음에는 잔물결이 일었다.

막판에 이르러 구조신호를 해제한 구라하야는 아오기시의 추리 덕분에 조금이나마 위안을 얻은 걸까.

그렇다면 천사가 존재하는 이 세상에서, 그래도 정의의 편에 선 탐정에게 의미가 있었다고 할 수 있다. 그렇게 생각하지 않으면 구라하야가 남긴 마지막 말이 무의미해진다.

그래서 아오기시는 이렇게 말했다.

"……그래, 약속할게."

아카기, 고노카, 시야쿠지이, 시마노가 찍은 영상이 머릿속을 스쳤다.

아카기가 혼자서 찍은 '유언'은 어느 틈엔가 단순한 가족 영상처럼 변했다. 함께 시간을 보낸 네 사람의 모습이 담긴 소중한 한때다.

네 사람이 없어지고 나서는 그 영상에 눈길조차 줄 수가 없었다. 한 번이라도 보면 가족 영상이 아니라 본래 용도로 돌아간다. 그게 무서워서 계속 처박아놓았다.

그 때문에 아카기가 영상 첫머리에서 말한 부탁이 기억 속 깊은 곳으로 밀려나고 말았다.

왜 잊어버렸을까. 원래 아오기시는 혼자서 탐정으로 일했는데.

혼자 남았다고 탐정을 그만둘 이유는 없었는데.

쓰네키와 비슷한 짓을 하는 인간은 더 있으리라. 천사가 심판하지 못하는 악이 있다는 걸 아오기시는 직접 경험했다.

그렇다면 이 세상에서 탐정이 해야 할 일은 아직 얼마든지 있다.

"약속할게. 계속 탐정으로 일할 거야."

"약속했어요, 아오기시 씨."

후시미가 그렇게 말하고 웃었다.

도착한 배에서 쓰네키의 부하와 경찰이 내렸다. 앞으로 아오기시는 이 섬에서 무슨 일이 벌어졌는지 신물이 날 만큼 여러 번 이야기해야 할 것이다. 천사가 이렇게나 많이 머무르는 섬에서 벌어진 싸움과 악과 정의에 대한 이야기를. 그건 어둡고 희망 없는 참극으로 받아들여질지도 모른다.

아오기시는 배에 오르기 전에 마지막으로 도코요지마섬을 돌아보았다.

날씨가 맑아서 천사도 별로 없고, 청명한 하늘이 잘 보였다.

굴레에서 벗어나 바라본 도코요지마섬은 아름다웠다. 이 세상의 낙원이라 부를 만한 곳이다.

아오기시가 원했던 네 사람의 모습은 없다. 그들의 환영조차 여기 내려서는 것은 용납되지 않는다.

그때 구슬프면서도 귀에 거슬리는 목소리가 이중으로 울려 퍼졌다.

모두가 그쪽을 보았다.

천사 한 쌍이 배 위쪽을 우아하게 날아다니고 있었다. 그들이 움직일 때마다 목구멍에서 기묘한 소리가 흘러나왔다. 아오기시는 이제 저 목소리의 정체를 안다. 가까이에서 자세히 관찰하면 목에 생긴 칼집이 보일 것이다. 저것은 인간이 억지로 만들어낸 천사의 가짜 목소리다.

하지만 지금은 그 목소리가 출항을 알리는 드높은 기적소리처럼 들렸다.

|

하루에 한 권, 3년에 천 권의 책을 읽고
한 달에 25만 자를 집필하는 소설가 샤센도 유키

일본에서는 최근 '특수 설정 미스터리'라는 장르가 유행
하고 있다. 특수 설정 미스터리란 SF나 판타지, 호러 같은 요
소를 도입해 현실 세계와는 다른 특수한 규칙을 설정하고,
그 규칙에 입각해 수수께끼를 풀어내는 미스터리다.

수수께끼 풀이를 중심으로 하는 본격 미스터리는 트릭과
의외성을 중시한다. 하지만 시간이 흐르면서 트릭과 의외성
은 그 힘이 점점 약해지기 마련이다. 어디서 본 듯한 트릭과
반전이 재탕되면 독자의 흥미는 떨어진다. 독자의 흥미를 끌
고 참신한 트릭과 반전을 연출하기 위해 '특수 설정'은 꼭 필
요한 장치이자 일종의 당연한 귀결이라 할 수 있겠다.

물론 과거에도 특수 설정을 활용한 미스터리는 존재했지
만 2017년에 출간된 이마무라 마사히로의 『시인장의 살인』

이 큰 인기를 끈 후로, 공모 신인상을 차지하는 특수 설정 미스터리가 늘어나고 미스터리 연말 랭킹에서도 높은 순위를 차지하는 등 특수 설정 미스터리의 존재가 더욱 부각된 감이 있다. 그리고 이러한 흐름에 뛰어든 신인 작가가 한 명 있다. 바로 샤센도 유키다.

1993년생인 샤센도 유키는 대학 재학 중이던 2016년에 『키네마 탐정 칼레이도 미스터리』로 제23회 전격소설대상 '미디어웍스 문고상'을 수상하며 2017년에 작가로 데뷔한 후 주로 라이트 문예 분야에서 활동한다. 그런데 데뷔작을 읽어본 편집자가 하나같이 "너는 본격 미스터리를 쓰는 게 좋겠다"라고 평했고, 본인도 내내 읽어왔던 분야라서 본격 미스터리에 도전해보고 싶은 마음이 생겼다고 한다. 어릴 적부터 추리소설을 즐겨 읽었고 시마다 소지의 『기울어진 저택의 범죄(斜め屋敷の犯罪)』에 영향을 받아 샤센도 유키(斜線堂有紀)라는 필명을 지었다고 하니 될성부른 나무로 자랄 떡잎이었다고 할 수 있겠다.

그리하여 처음으로 도전한 본격 미스터리가 바로 '천사'라는 특수 설정을 활용한 『낙원은 탐정의 부재』다. 천사가 강림한 세상, 한 명은 죽여도 심판을 받지 않지만 두 명 이상 죽이면 지옥으로 떨어진다는 설정은 그야말로 매력적이다. 샤센도 유키는 이러한 설정을 바탕으로 으스스하고 찜찜한 천사의 생김새와 행동 양식, '천사 강림' 후 세계에 나타난 혼란, 살인에 대한 새로운 가치관 정립 등 디스토피아적인 세계관을 차근차근 쌓아 올리며 독자의 호기심을 유발하고, 이 세계관에서는 성립할 수 없는 '연쇄살인'이라는 수수께끼를 내어놓는다. 그리고 독특한 세계관 속에 치밀하게 깔아놓은 복선과 힌트를 회수하며 특수 설정 미스터리의 묘미를 보여준다.

한편 주인공이자 탐정인 아오기시 고가레라는 캐릭터도 빼놓을 수 없다. 그는 과거의 비극에 사로잡혀 탐정의 존재 의의에 회의를 느끼지만, 사건과 마주해 범인의 심정을 헤아림으로써 탐정으로 살아가는 의미를 되찾는다. 천사가 강림한 낙원 아닌 낙원에서 탐정만이 할 수 있는 일을 해나가기로 결심하는 것이다. 이처럼 이 작품은 수수께끼 풀이 미스터리이자, 절망에 빠진 탐정의 재생 이야기이기도 하다. 본격 미스터리에서 소홀하기 쉬운 이야기성까지 놓치지 않았다고 할 수 있겠다.

일본 추리작가 협회 입회 인사글에서 샤센도 유키는 이렇게 말한다.

"예전부터 인생에서 제일 즐거운 일은 소설을 쓰는 것이고, 두 번째로 즐거운 일은 소설을 읽는 것이었습니다. 덧붙여 말씀드리자면 소설 중에서 제일 재미있는 분야는 수수께끼를 포함한 추리소설이라고 생각합니다. 그 너무나 큰 존재에 펜을 들어 도전할 수 있어 참으로 기쁩니다."

앞으로도 재미있는 추리소설을 계속 쓰고 싶다는 샤센도 유키. 매달 집필한다는 25만 자로 추리소설을 더욱 많이 써서 국내에도 꾸준히 소개할 수 있으면 좋겠다. 국내 독자들은 일단 『낙원은 탐정의 부재』로 특수 설정 미스터리의 묘미를 맛보시기 바란다.

2022년 초, 겨울

김은모

낙원은 탐정의 부재

1판 1쇄 발행 2022년 1월 31일
1판 2쇄 발행 2024년 6월 14일

지은이 샤센도 유키   옮긴이 김은모
책임편집 민현주   일러스트 Sujan   디자인 디자인비따   제작 송승욱   발행인 송호준

발행처 블루홀식스   출판등록 2016년 4월 5일 제 2016-000100호
주소 경기도 파주시 회동길 483-1   전화 031-955-9777   팩스 031-955-9779
이메일 blueholesix@naver.com

ISBN 979-11-89571-66-5 03830